曾有人这样生活

吴俣阳 著

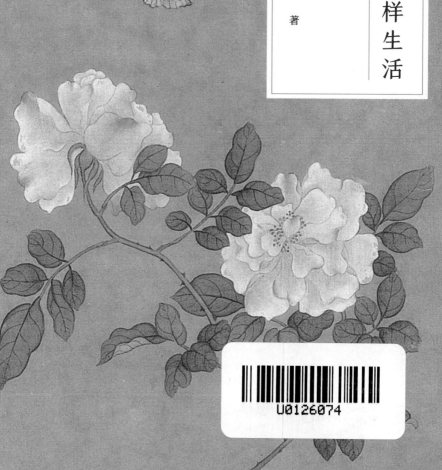

台海出版社

目录

宋·佚名《古代花鸟长卷》（局部）

壹

李清照

千古第一才女的传奇人生

　　李清照虽为闺阁中人，却以锦绣辞章屹立于两宋词林，其诗词魅力历千年而不衰，被后人称为"千古第一才女"。

　　她出生在诗书之家，父亲李格非是苏轼的学生，"苏门后四学士"之一，工于辞章，官至礼部员外郎，母亲是宋仁宗天圣八年（1030年）状元王拱辰的孙女，有着极高的文学素养。受父母影响，秉承家学的李清照巾帼不让须眉，自少年时便才名大震，并得到诸多当世名家的称赞。

　　清代学者沈谦在《填词杂说》中将李清照与李后主相提并论，云："男中李后主，女中李易安，极是当行本色。"可谓对其推崇备至。

千金小姐的无忧生活

在两宋词坛上，李清照的名字是一座绝对绕不过去的高峰。宋朝尚是封建男权社会，女性地位低下，然而，李清照却依靠她不逊色于男子的卓越才华，让陆游、辛弃疾那样的大才子都不得不对她刮目相看。结合李清照的人生经历来看，她的一生堪称传奇。

李清照是天生的才女，少女时期便出口成章，诗词俱佳，散文也写得极好，如果生来就是个男儿身，想必早就参加科举考试进入仕途了。

李清照之所以能够写出一手的好文章，跟她的家庭有莫大的关系。

父亲李格非是神宗朝的进士，年轻时在山东郓州当过一段时间的教授，后来又到开封先后担任太学录、太学正、太学博士等文职，直至礼部员外郎。他大部分时间都在从事教育工作，所以对女儿的教育也特别上心。李格非的教育，对李清照的影响很大。

母亲王氏的祖父王拱辰中过状元，当过翰林学士和吏部尚书，王氏本人亦擅长写文章，琴棋书画无一不精，自然也会用心把女儿培养成一个全能型才女。

从牙牙学语时起，李清照就沐浴在充满书香气息的家庭氛围中，接触到的不是琴棋书画，就是诗酒花茶，自然也就耳濡目染地生出了一颗锦绣玲珑的诗词之心。

早在一千多年前，李格非夫妇就已经深谙女儿要富养的道理了，他们不仅给她最好的教育，还寓教于乐，让她玩得开心，又能学到知识。

在李清照的成长过程中，李格非夫妇并没有压制她的活泼天性，从不要求她每天都待在绣楼里，也没有强迫她做无聊的女红，更没有打算把她培养成符合封建礼教要求的淑女。

所以，李清照能成为名震千古的词人，首先要感谢的就是她的父母。

少女时期的李清照一直过着无忧无虑、岁月静好的生活，根本就不知道忧愁和悲伤是什么滋味。她的生活充满了阳光，周遭也充满了欢声笑语，而她落在纸笺上的各种诗词歌赋，主题都是快乐和惬意。

除了学习，李清照一闲下来，就会跟着一帮女伴偷偷跑出家门，不是去逛街市，就是去放风筝，要么就是去爬山、踏青或者泛舟湖上。总之，只要是她想得出的玩法，她都要去试一试，而且每次都要玩得尽兴才肯回家，甚至有好几次差一点就被关在城门外了。

按照古代的传统，女子应该"大门不出，二门不迈"，只能待在自己的闺房里。但李格非夫妇对女儿非常宠溺，只要不出大事，大部分时候都是睁一只眼闭一只眼。关系亲近的同僚劝李格非不要太放纵女儿，要是这贪玩的名声传出去，将来如何嫁人？李格非据理力争地说，喜欢玩是孩子的天性，他为什么要压制孩子的天性，把女儿塑造成不近情理的木头人呢？再说了，他女儿不仅人长得漂亮，还学贯古今，琴棋书画样样精通，性格又活泼开朗，谁能娶到这样的媳妇就是谁的造化，他才犯不着为了女儿的婚事发愁呢！退一万步说，就算没人敢娶她，他养她一辈子又怎么了？

能够遇到如此开明、豁达的父母，是李清照一生中最大的幸事。在父母的关怀和呵护下，李清照的年少时光无拘无束、快活惬意，就连皇宫大内的帝姬都未必有她好命。作为大家闺秀的她，冰雪聪颖，博学多闻，健康开朗，资质上佳，加上家庭内部浓厚的艺术熏陶，自然也就孕育出了她钟灵毓秀的神采，铸就了她前期词作清新、活泼、淡雅的风格。

如梦令·常记溪亭日暮

常记溪亭日暮，沉醉不知归路。
兴尽晚回舟，误入藕花深处。
争渡，争渡，惊起一滩鸥鹭。

少女时期的李清照，时常在李格非夫妇的眼皮子底下"偷偷"跑出去闲逛、玩耍，而这首《如梦令·常记溪亭日暮》记述的就是那段时期的悠闲生活。

据考证，这首小令应当作于李清照十六七岁的时候，用字洗练，只选取了几个小小的片段，便把风景和词人怡然自得的心情完美地融合在一起，瞬间就给读者带来全方位的美的享受。

那个夏日的傍晚，李清照和小姐妹们一起泛舟清溪，眼见天色已晚，心里想着应该早点回家，省得父母为她担忧，却因为多贪了几杯酒，醉意始终未消，稀里糊涂地就把船划到了荷花深处。

坏了，这下又要误了回家的时辰了，可怎么办才好？罢了，

● 宋·佚名《春游晚归图》

索性再欣赏一会儿荷花吧！反正回去晚了，父母也不会太苛责她，要不就在船上先躺会儿，等酒意彻底消了再回去。

但是小姐妹有点儿不乐意了："这可怎么行？李清照你也太不够意思了，你爸妈不管你、不骂你，你就是待到明天早上也没关系，可我们若回去晚了，轻则会受到一顿训斥，重则可是要被拿戒尺打手心的！"

小姐妹们叽叽喳喳地吵闹着，争相划着船儿往家的方向赶去，李清照也只好跟着加快了划桨的速度，没想到划着划着，却惊飞了一群在水中嬉戏的鸥鹭，引得大家情不自禁地大笑。

明快的色彩，欢乐的格调，简简单单的几十个字，就把李清照少女时期无忧无虑的生活和单纯爽朗的性格，清晰地勾勒了出来。这首词是无可争议的神来之作，也难怪存世词作只有数十首的她，被后世文人一致誉为婉约词派的"一代词宗"，一跃成为"千古第一才女"。

同一时期，李清照还填过一首《如梦令·昨夜雨疏风骤》，此词甫一面世，便让她名动天下，使无数文人骚客为之拍案叫绝，顿生惭愧之心。

如梦令 · 昨夜雨疏风骤

昨夜雨疏风骤，浓睡不消残酒。
试问卷帘人，却道海棠依旧。
知否？知否？应是绿肥红瘦。

这首词是用白描的手法来写的，读之令人心旷神怡。且不说这首小令写得有多好，单看这字里行间凸显出的意境，李清照未出阁时的小日子过得也太惬意了吧！

上次喝醉后误入荷池深处，耽误了回家的时辰。这次喝醉后倒是没耽搁什么事，昏昏沉沉地睡了一夜，心里惦念的却还是美酒的滋味。

对了，院子里的海棠花如何了？昨夜的雨下得那么大，它们不会都凋谢了吧？卷帘的丫鬟回话说："海棠依旧。"她听了有点不满，昨天晚上一夜风雨，怎么会一点事儿都没有呢？这个时节，海棠花本该凋零了，叶子倒是繁茂得很。罢了，不管了，懒得跟这些小丫鬟们争辩了，下雨天，睡觉天，继续睡吧。

出游，踏青，泛舟，饮酒，第二天睡醒了，就跟丫鬟们斗斗嘴，解解闷儿。这就是少女时期的李清照的日常生活写照。

荡秋千，也是她的最爱。闲来无事，她就会到后花园里荡一荡秋千，哪知道这荡来荡去的，倒荡出一段香艳的故事来了。

点绛唇·蹴罢秋千

蹴罢秋千，起来慵整纤纤手。
露浓花瘦，薄汗轻衣透。
见客入来，袜刬金钗溜。
和羞走，倚门回首，却把青梅嗅。

晨光熹微，无聊之际，李清照又叫上几个小丫鬟，一起跑到后花园玩起了荡秋千。她坐在秋千上，丫鬟则负责推秋千。

尽兴之后，她在丫鬟们的搀扶下，轻轻跳下，才发现胳膊和双手都变得有些麻木了，却又懒得去揉搓纤细柔嫩的手。放眼望去，身旁的花枝上还挂着露珠，而她身上穿的薄纱衣也早已被汗水打湿了。

她一心想着早点回房间，没承想偏偏在这个时候，却闯进来一个陌生男子，挡住了她的去路。这可如何是好？她罗衫尽湿，头发也被风吹乱了，这副样貌如何见得了人？何况对方还是个陌生的俊俏少年郎。

她的心变得更加慌乱起来，连鞋子都顾不上穿，掉头就往园外的方向飞快地跑了过去。

这个冒失鬼到底是谁啊，怎么大清早就闯进别人家的后花园来了呢？她一边慌里慌张地跑，一边在心里暗暗咒骂着他，却不料插在发髻上的金钗竟滑落到了地上。

哎呀，这支金钗可是她平常最喜欢的首饰，怎么就在这个节骨眼上掉下去了呢？她只好蹲下身子去捡金钗，一回首间，居然又跟他打了个照面。他远远地望着她笑，满面绯红。她狠狠地瞪了他一眼，然后又一溜烟地跑了。

她怎么想也想不出来者到底是何人，不过他长得倒是挺周正的。这么一想，已经跑到后花园门口的她，忍不住倚着门回过头来，含着满面的娇羞偷偷地望了他一眼。

他还呆呆地立在原地，仿佛在想着什么心事，但依旧望向她微微地笑了笑。他的笑真的很迷人啊，简直就像三月的春风。

她顿时羞怯难当，内心一片兵荒马乱。幸好，园子的门边栽着一棵茂盛的青梅树，她便忙不迭伸手摘了一枝青梅，一边装模作样地嗅着，一边掩饰内心的慌乱，仿佛是想告诉那个男人：哎，谁看你了啊？我看的是青梅，嗅的也是青梅，你千万不要自作多情啊！

这就是少女时期的李清照，一个无忧无虑、活泼俏皮，又带着些许懵懂青涩的李清照。在父母的眷顾下，她活得安逸、惬意、潇洒、优雅，举手投足间，无不透露着那个时代所赋予她的温柔和细腻。

大宋的繁华富庶与整个王朝散发出的自由气息，滋养了李清照隽永而不拘一格的才情和美好从容的生活态度，她根本不需要为衣食住行担忧，更不用为柴米油盐烦恼，她要做的就是好好享受生活，按照自己的心意过好生命中的每一天。

茶就是人生

众所周知，李清照和丈夫赵明诚，给后人留下了一段美好而浪漫的爱情故事。

她的夫君赵明诚，就是那个在她荡秋千的时候，冒冒失失地闯进后花园的陌生男子。赵明诚不仅人长得英俊，学问也是一等一的好，而且还是当朝宰相赵挺之最宠爱的幼子。嫁夫如此，还有什么不满意的呢？

李清照嫁给赵明诚那年，她还不满 18 岁，赵明诚也不满 21 岁。他们是典型的郎才女貌式婚姻。两个人志趣相投，恩爱异常。不管有多忙，赵明诚都会抽出时间来陪她读书、吟诗、弹琴、品茶、喝酒。

　　赵明诚是含着金汤匙长大的，在他婚配之前，赵府上下都任他予取予求，可等他把李清照娶进门后，他就像变了个人似的，每天都换着花样讨妻子欢心，她要什么，他就给她什么。就连公公赵挺之看在眼里，都不得不感叹一句，好一对佳儿佳妇。

　　李清照已经有了一对把她当成掌上明珠的父母，没想到出嫁后又遇上了一个把她宠上天的丈夫。这样的人生，何其幸福?

　　他们都有一颗诗情画意的心，经常守在一起勘校诗文、唱和辞赋，既是同舟共济的伴侣，也是志同道合的朋友，简直就是一对神仙美眷。

　　除了喜欢诗词歌赋，赵明诚对碑帖字画、金石古玩也特别感兴趣。其时，赵明诚尚未出仕为官，还是太学里的学生，手上并不宽裕，所以他就想办法节衣缩食，有时候还要典当衣物，用这些钱去购置文物。每有所获，他就会兴高采烈地跑回家，与李清照相对展玩，仔细品味。每得到一本好书，夫妻二人就共同勘校，重新整理；每得到一样书画、彝鼎等古玩文物，他们也会聚在一起把玩赏析。即便是在赵明诚出仕以后，他们依然过着清贫的生活，用省下来的钱四处搜集古玩、书画、金石。

　　渐渐地，这成了赵明诚夫妇生活中最大的乐趣，后来他们还把存放金石文物的房间命名为"归来堂"。两人都爱好文史、诗书，经常诗词唱和，相互切磋，生活充满了笑声与乐趣。这个时期的他们，琴瑟和谐，恩爱异常。

　　结婚后的第二年，赵明诚就负笈远游。每当收到赵明诚的书信，就会勾起李清照对丈夫深切的思念。于是，她便会找来一方小锦帕，书一首新词向夫君诉说相思之苦。这一首清新流丽的《一剪梅·红藕香残玉簟秋》，便是相思之作。她以灵巧之笔抒写了自己的思夫之心，反映出初婚少妇沉浸在情海中的悱恻之情。

一剪梅·红藕香残玉簟秋

红藕香残玉簟秋。轻解罗裳，独上兰舟。

云中谁寄锦书来？雁字回时，月满西楼。

花自飘零水自流。一种相思，两处闲愁。

此情无计可消除，才下眉头，却上心头。

据元代伊士珍《琅嬛记》记载，有一年的重阳节，李清照填了一首《醉花阴·重九》寄给远方的丈夫。

醉花阴·重九

薄雾浓云愁永昼，瑞脑销金兽。

佳节又重阳，玉枕纱厨，半夜凉初透。

东篱把酒黄昏后，有暗香盈袖。

莫道不消魂，帘卷西风，人比黄花瘦。

赵明诚收到信笺后，大为赞赏。他的好胜之心被激起了，便花了三天时间写了 50 首词，和李清照的《醉花阴·重九》混杂在一起，请他的好朋友陆德夫评点。

陆德夫看后只是淡淡地说："只三句绝佳。"

花似菊而紅
葉則迥然異自題
屬東籬殊難解用意
徒爾設色工選藥詩
其一厠　辛亥清和
御題

秋風融日滿東籬萬疊輕紅簇
翠枝若使芳姿同眾色無人知
是小春時

宋·佚名《胆瓶秋卉图》

赵明诚问："哪三句？"

陆德夫答："莫道不消魂，帘卷西风，人比黄花瘦。"

由此可见，李清照的文采远在赵明诚之上。

然而，婚后的生活并不总是那么风平浪静。就在赵明诚负笈远游的那一年，李清照的父亲李格非卷入了党争，被罢官还乡。没过多久，李清照也以罪臣之女的身份被迫离开了京城。

这是李清照经历的第一次人生起落，从小养尊处优的她还不太懂得人世的艰辛，以为生活一直都是明朗和快乐的。这次变故给了她当头一棒，让她看到朝廷的黑暗与腐败，也深刻地认识到，人生不会永远阳光明媚。尽管如此，李清照的心里仍然有光，仍然对未来充满希望。

两年多以后，朝廷大赦，李清照重新回到京城，与赵明诚团聚。本以为日子可以慢慢安定下来，却不料朝堂之上的斗争无休无止。因为权相蔡京的构陷，公公赵挺之被贬，不久后就溘然长逝，而蔡京却没有停止对赵家人的打压，赵氏的家眷亲朋要么被罗织各种罪名逮捕下狱，要么被剥夺身份赶出京城。就这样，赵明诚成了平头百姓。

变故来得太过突然了。要知道，李清照返回京城还不到一年，赵家便迅速分崩离析了。这冷酷而又无情的事实，着实让她无法理解，更无法接受。

算起来，这已经是她经历的第二次人生起落。这一次，她真的再也无法继续乐观下去了。被贬为庶民的赵明诚，正经历着人生中最失意的时刻，而李清照唯一能做的，就是强忍内心巨大的悲痛，陪在他身边，给他温暖，给他慰藉。

眼看着那些从前受过赵家恩惠的人，没有一个敢对他们伸出援手，甚至避之唯恐不及，赵明诚对这个世界彻底失望了。于是，在经过一番深思熟虑后，他和李清照达成了共识，尽快离开开封这个是非之地，回到老家青州，继续过他们的小日子。

当时的他们并不知道，这是他们一生中做出的最正确的选择。在青州，他们像往常一样，继续搜集各种金石文物，继续夜以继日地研究古籍书画，继续捧着香茗读遍天下好书。家中的藏书早已堆积如山，他们一本也舍不得扔，便腾出一间屋子辟作书房，依然命名为"归来堂"。

眼看着他们的二人世界慢慢恢复了往日的宁静与悠闲，李清照索性"附庸风雅"一回，把自己住的房间命名为"易安室"。"归来"和"易安"，这两个名字都出自陶渊明的《归去来兮辞》。她还觉得意犹未尽，又把"易安"二字拿来做了自己的号，从此，"易安居士"这四个字便随着岁月的流转在中国词坛大放异彩。

在青州和赵明诚一起撰写《金石录》期间，李清照对自己的博闻强识颇为自负，于是，在穷极无聊之际，她突发奇想，开始在家中推行一种以考验对方经书典故知识为主的"茶令"，赢者可以先饮茶一杯，输者则后饮茶。

两人吃完饭后，端坐于"归来堂"中，烹好茶，其中一人便指着成堆的书籍，要对方说出某一典故出自哪本书的第几卷第几页甚至第几行，以对错来定胜负，谁赢谁先饮茶。而在行茶令的过程中，他们经常会因为对方犯错而忍俊不禁，致使茶水洒到衣服上，结果两人都喝不上茶。

这个由他们独创的游戏，便是我们今天耳熟能详的"赌书泼茶"的典故。

李清照就是这样一个人：即使背井离乡，也不愿意让生活变得平庸与俗套，每一天、每一个时辰，甚至每一分、每一秒，都必须保持生活的新鲜感与仪式感。

一杯清茶，可以饮，可以品，可以游戏，也可以用来助学，增长智慧。弥漫着书香与茶香的浪漫生活，是李清照与赵明诚在平淡无奇的日子里，坚持寻求的别样温情与雅致。

在李清照生活的那个时代，茶早已注入老百姓生活中的方方面面，它不仅给人们带来了一种有滋有味又有情有趣的美学体验，同时也让人们从中找到了一种精神寄托，极大地丰富了他们的闲暇时光。李清照是个活得通透又优雅的女子，对茶自然也了解得非常清楚，在品茶和对茶的研究上，她着实是下了一番功夫的。

摊破浣溪沙·病起萧萧两鬓华

病起萧萧两鬓华，卧看残月上窗纱。
豆蔻连梢煎熟水，莫分茶。
枕上诗书闲处好，门前风景雨来佳。
终日向人多酝藉，木犀花。

在风雨来临的时候，即使抱病在床，她依然会记得嘱咐丫鬟，要用豆蔻为她煎些熟水，而不要煎茶给她喝。

所谓熟水，是宋元时期非常流行的一种饮料，大抵相当于今天的花草茶，但没有茶叶。南宋陈元靓在《事林广记》中记载过一种"御宣熟水"，说宋仁宗敕翰林定熟水，以紫苏为上，沉香次之，麦门冬又次之。由此可知，熟水并不是茶，而是一种以中草药为主料熬煮的药茶，跟我们现在喝的"王老吉"凉茶差不多。

"豆蔻"是一种植物，种子有香气，可以入药，性辛温，能祛寒湿。李清照词中所说的"莫分茶"，即不饮茶，因为茶性凉，与豆蔻正相反，故忌之，想必当时的李清照患的是一种寒症，所以特地强调要饮熟水、不饮茶，而且还要加入豆蔻一起煎煮。

生活在北宋时期的文人生活富足，他们大多数人都受到当时社会风气的影响，开始将茶文化发扬光大，并把品茶与琴棋书画、诗词歌赋，甚至熏香、插花等艺术品类有机地结合在了一起。

据说，宋徽宗一生耽于茶道，尽得茶之雅致，给宋代茶文化打上了强烈的皇家烙印，作为与宋徽宗同时代的"一代词宗"兼生活美学家，李清照又怎么可能不对茶青睐有加呢？

小重山·春到长门春草青

春到长门春草青。江梅些子破，未开匀。
碧云笼碾玉成尘。留晓梦，惊破一瓯春。
花影压重门。疏帘铺淡月，好黄昏。
二年三度负东君。归来也，著意过今春。

初春时节，晨起，放眼望去，但见碧草如茵，红梅吐蕊。可惜夫君赵明诚在外做官，无法与她共赏这份美景。李清照念着梦中的夫婿和景致，一个人孤单地碾碎茶叶，煮好茶，慢慢饮下。

明媚的阳光下，红花，绿草，素手，清茶，目光所及之处，都有一种梦幻般的美好向她铺天盖地地袭来，只可惜没了往日里赌书泼茶的温馨与浪漫。

到了晚上，花影、月影交相辉映，这醉人的时刻，却唯独少了夫婿，她心里多多少少还是有些惆怅与失落的。快些回来吧，春天已经到了，我们还要像往常那样，一起坐在归来堂里，一边喝茶，一边读书，好好享受这宁静而又悠闲的时光。

浓情蜜意，自是少不了茶的陪伴。要想让越过越寡淡的日子，继续过成往昔的诗情画意，没有了茶，还真不成。那就继续品茶吧，不管他在还是不在，只要有茶时刻陪伴着自己，这味同嚼蜡的日子，便不会再像想象中那般难熬了。

鹧鸪天·寒日萧萧上锁窗

寒日萧萧上锁窗。梧桐应恨夜来霜。
酒阑更喜团茶苦，梦断偏宜瑞脑香。
秋已尽，日犹长。仲宣怀远更凄凉。
不如随分尊前醉，莫负东篱菊蕊黄。

到了秋天，心情还是没能好起来。该怎么办呢？除了喝酒，便是喝茶。酒是喝得比从前更加多了，为了解酒，茶也顺带着喝得多了。随着时间的推移，李清照越来越喜欢上了苦茶的滋味，想来这便是人生的况味吧！

　　李清照留存于世的茶词并不多，但从仅有的篇幅来看，描写的事物大抵都与她个人的心境相关。事实上，这也正是茶的魅力所在。中国人品茶，喜欢从精神的层面去感悟，从文化的高度去分析，而茶所带来的生活仪式感和各种心理感受，也就是当下流行的"生活美学"的一种。

　　品茶本身不具备文化属性，但当它被赋予了人的情感和人文价值后，就理所当然地成为一种文化现象。想来，李清照的赌书泼茶，也算得上是茶文化史上最深情、最有温度的饮茶方式了吧！

往事如烟，尘缘已旧

　　赌书泼茶的日子，维持了13年。宋徽宗宣和年间，赵明诚再次被朝廷启用，出任莱州知州。

　　兴许是朝廷觉得赵挺之死得太冤，又或许是宋徽宗良心发现，一心想要补偿赵家，所以在赵明诚被贬为庶人13年之后，又给了他一个不大不小的官职，以示恩宠。

　　好男儿志在四方，尽管已在青州故里赋闲了十余年，但赵明诚依然有着建功立业的渴望，便接受了任命。李清照自然也不好说些什么，只好帮着他一起收拾行囊，目送他离去。

　　李清照因为身体抱恙，未能同行，赵明诚和她约定，待他把一切打点妥当之后，便立马派人接她去莱州。

　　万万没有想到，这一等居然就是大半年之久。等待是最磨人的事情，李清照免不得要胡思乱想，但丈夫的为人她还是信得过的。他在家赋闲了十多年，官场上的事也早就生疏了，加上地方上各种乱七八糟的人际关系都需要他去梳理，一时半会没有打点妥当，想来也是有可能的……可是，为什么他最近连信都懒得给她写了呢？这是一个极不寻常的讯号。但她懒得往深处想，仍然守着青州的老宅，过着诗酒花茶的雅致生活。

渐渐地，一些风言风语传进了她的耳中，有人说赵明诚在莱州纳了一个年轻貌美的小妾，成日里你侬我侬的，又哪里会想起家里那个黄脸婆来？

一开始，她觉得这个传言非常荒唐可笑，赵明诚真心想要纳妾，有的是机会和理由，还用等到现在吗？可是，架不住众口铄金，她慢慢也起了疑心：莫非，他真的背着她做了对不起她的事吗？

凤凰台上忆吹箫 · 香冷金猊

香冷金猊，被翻红浪，起来慵自梳头。

任宝奁尘满，日上帘钩。

生怕离怀别苦，多少事、欲说还休。

新来瘦，非干病酒，不是悲秋。

休休！这回去也，千万遍阳关，也则难留。

念武陵人远，烟锁秦楼。

惟有楼前流水，应念我、终日凝眸。

凝眸处，从今又添，一段新愁。

面对甚嚣尘上的流言蜚语，一向镇定自若的李清照坐不住了。她不是不相信赵明诚，而是对人老珠黄的自己失去了信心。一个年近四十的中年妇人，又没给丈夫生个一儿半女，能拿什么留住他的心呢？

她被翻涌的愁绪折磨得一天天憔悴了下去。怎么会呢？明诚不是那样的人，纵使要纳妾，他也一定会写信先征求她的意见的。不孝有三，无后为大。虽然这十余年来，赵明诚一直对她不能生育孩子不以为意，但她心底毕竟还是对他生出了些许愧意，如果他真的想要纳妾延续香火，她也不是不明事理的人，不但不会阻挠，反而会亲自替他物色合适的女子，又何必这么猴急呢？

她终于忍不住，一路坐船从青州赶到了莱州，亲自证实了传言。她没有哭，没有闹，也没有寻死觅活，更没有责怪赵明诚，而是把所有悲苦难言的委屈和那些欲说还休的痛苦，都和着泪水一饮而尽。

她知道，自己没有立场责怪他纳妾，也没有权利指摘他变心，毕竟自己青春不再，还是个没有子嗣的黄脸婆，就算闹将起来，大半也是自己脸上无光，再说她也无意与他理论，既然如此，不如索性丢开这件事，顺其自然好了。

感怀

寒窗败几无书史，公路可怜合至此。
青州从事孔方兄，终日纷纷喜生事。
作诗谢绝聊闭门，燕寝凝香有佳思。
静中吾乃得至交，乌有先生子虚子。

　　李清照内心很清楚，就连皇帝都赞成和鼓励臣子蓄养歌姬、侍妾，赵明诚好歹也是管理一方的知州，纳个妾室很正常。她想不明白的是他的刻意隐瞒和日渐疏远的态度，所以不管他怎样向她解释，隔在他们之间的那层薄纱始终难消。

　　她什么也没说，只是继续静静地喝着她的酒，品着她的茶，赵明诚倒也知趣，总是想方设法地逗她一乐。尽管从表面上看起来，他们好像又恢复了往日的恩爱，但李清照内心非常清楚，那终究只是皮相，内在已经发生了翻天覆地的变化。他们的关系，已经回不到过去了。

　　情变，是李清照人生中经历的第三次起落。她心里非常清楚，自他瞒着自己在外面纳妾后，他们就不再是亲密无间的爱人了，充其量只是一对精神伴侣罢了。

　　相爱的时候，她可以为他赴汤蹈火，倾尽所有，哪怕肝脑涂地也在所不惜，而今，当他找到了更加可心的另一半后，她便告诉自己，这个男人已经配不上她的爱了。那一瞬，她收回了所有的深情，他在或是不在，她都已心如止水，不会再为他泛起一丝涟漪了。

　　没过多久，李清照就回青州去了。与其待在莱州，看着他和新娶的小妾卿卿我我，还不如回青州老宅打理花花草草。再说了，青州还有他们共同搜集来的各种古玩字画、书籍文献和金石，整整搁满了十几间屋子，既是举世无双的宝贝，更是他们夫妻二人半生的心血，既然爱情已死，那她就回去守着它们过完下半辈子吧！

　　自此之后，他们便真成了一对相敬如宾的夫妻，偶尔相聚，也不过谈些寻常家事，要不就是他写《金石录》，她写《词论》，往日里赌书泼茶的温馨甜蜜，是再也无处可寻了。

靖康元年（1126 年），已由莱州知州调任淄州知州的赵明诚，从一户姓邢的人家那里得到了白居易亲笔手书的《楞严经》，立刻策马赶回青州家中，目的就是要赶在第一时间和她一起分享这绝世宝物。

赵明诚回到青州家中时，天已经很晚了，夫妇二人却兴奋不已，激动得连觉都不想睡了，索性相对坐着喝酒，直至喝到微醺，依然没有一丝睡意。于是，李清照又起身煮了一壶茶，一边喝茶，一边继续欣赏白居易的真迹。

那个时候，赵明诚虽然有了俸禄，但大部分钱财依然都被他拿去买古籍金石了，所以他们商定，以后但凡在家看书，只要是晚饭过后，便只能用一支蜡烛，待蜡烛燃尽就去睡觉。可那天得了白居易的《楞严经》后，他们却全然忘记了曾经的约定，眼见蜡烛一支接着一支地点燃，两个人谁也没有开口阻止，而是反复地观摩、点评，几乎一夜未眠。

锦瑟年华谁与共？在李清照眼里，她和赵明诚的爱情，早在他偷偷摸摸地于莱州纳妾的那一刻起，便已经死了。如果不是白居易的《楞严经》真迹，她也未必会有那样的兴致，能跟他相对坐着喝一晚的酒，品一晚的茶，聊一宿的天，看一宿的经书。

也许，她只是把他当作了一个知心老友，没有了爱，有的只是志趣相投、尊重与欣赏。

那个时候的李清照并不知道，酝酿已久的暴风雨就要来临了，他们的人生就要发生巨大的转变。

何处话凄凉

靖康二年（1127 年），李清照的生活发生了剧变。那一年，金兵攻下北宋都城，徽宗、钦宗被金人掳去，北宋灭亡，这就是历史上有名的"靖康之变"。

接着，赵构在南京应天府称帝，史称宋高宗。不久，宋高宗任命赵明诚为江宁知府，然而还没等到成行，赵母就在江南去世了。

中原大地一片兵荒马乱，赵明诚便和李清照商定：他先带着精心筛选的十五车金石珍玩赶往江宁赴任，顺便前去吊唁亡母，而李清照则暂时留在青州，守着剩下的古玩字画。

当年，金兵入侵青州，城内有叛徒放火接应，滔天的火势迅速在全城蔓延开来，李清照和赵明诚视若生命的十几屋珍玩，一下子便都灰飞烟灭了。幸好，她拼命从大火中抢出了《赵氏神妙帖》，这是赵明诚最看重的东西。除此之外，房子和半生心血通通化为乌有。痛定思痛后，她夹杂在逃难的人群中，一路往南逃去。

她要去江宁找赵明诚，却又于途中碰到好几股叛军，差一点就死在了路上，不过她还是凭借着顽强的毅力日夜兼程，于第二年赶到了江宁，见到了她的夫君赵明诚。

尽管感情有了裂痕，但赵明诚依然是她生命中唯一的精神支柱，她只能去找他。人到中年，突然遭逢亡国毁家之痛，她想哭却哭不出来，唯有叹息着与赵明诚相对而坐，无语凝噎。

这已经是李清照人生中经历的第四次起落了。

1129 年，战火蔓延到了江州。彼时，赵明诚已改任江州知州，李清照跟随他暂时寄居在江州。转运副使李谟得知御营统制官王亦准备在江州起兵作乱，连忙向赵明诚报告。赵明诚却并未把这桩事放在心上，也没有指示下属如何应对，于是李谟只好自行布阵，以防不测。

是夜，王亦果然造反，被有所准备的李谟成功击败。拿下王亦之后，李谟去找赵明诚汇报军情，哪知道他的上司早已带着两个手下逃到城外去了。

李清照没想到丈夫居然能干出弃城逃跑的事来，他不顾及她这个糟糠之妻也就罢了，怎么能丢下全城的百姓不管，只顾自己逃命呢？

叛乱平定之后，赵明诚被朝廷革了职。李清照为丈夫临阵脱逃的行为感到万分的羞愧。在她心里，那个曾经与她两情缱绻的赵明诚也彻彻底底地死了。

国破山河裂，在这样的时刻，大家不是应该一致对抗外敌吗？可作为江州百姓的父母官，他竟然选择了弃城而逃，哪里还有一点男儿的血性？经过乌江的时候，她想起了至死都不肯回江东的项羽，再看看身边窝窝囊囊的赵明诚，终于忍不住写下了名震千古的《夏日绝句》，表达了对他的不满与讽刺。

夏日绝句

生当作人杰，死亦为鬼雄。
至今思项羽，不肯过江东。

本以为这次被革职，赵明诚的仕途会就此终结。没想到朝廷严重缺人，又起用他当了湖州知州。因为随身带着大量的金石书画，行动非常不便，赵明诚遂决定自己先行赶往湖州赴任，留下李清照殿后，一路护送大批金石文物慢慢东行。

时值酷夏，赵明诚急着赶路，忙乱之下便中了暑，他又一时心急，胡乱吃了大量寒凉的药物，结果适得其反，病情加剧，眼看是无力回天了。

当李清照匆忙赶到建康（今江苏南京）时，赵明诚已经病入膏肓，即便把城里最好的大夫找来给他看病，依然束手无策。在卧榻上辗转绵延了两个月之后，赵明诚终究还是没能挺过来，撒下她走了。弥留之际，他一心挂念的还是自己从青州带出来的那十五车金石书画。赵明诚留下遗言，要李清照替他守护好珍玩，帮他完成尚未完成的《金石录》。

尽管早已对他失望透顶，但李清照还是大哭了一场。46岁的李清照，一夕之间成了一个无家可归的寡妇。这也是她人生中经历的第五次起落。前几次她都还能承受，而这一次她是真的有些承受不住了。

打理好赵明诚的后事后，李清照带着十五车金石书画，去南昌投靠亲戚。她本以为自己会在南昌终老，没想到几个月后，金兵就攻陷了南昌，而被李清照夫妇视若生命的金石书画，大部分在战火中毁于一旦。哀莫大于心死。她欲哭无泪，为什么老天爷总要在她最痛苦的时候给她致命一击呢？

偏偏就在这个时候，又传出了赵明诚投降卖国的流言，说他把价值连城的玉壶献给金人作为投诚之礼，还要带着夫人去北方赴任，传得有鼻子有眼的，好像是他们亲眼所见一般。

李清照不想让赵明诚蒙羞，为了平息物议，她想到了一个办法，那就是把劫后余生的金石书画全部献给宋高宗，以证清白。

其时，南宋小朝廷在金兵的各种侵扰追击下，东躲西藏，行踪不定，李清照根本不知道皇帝会在哪里落脚，只好向东一路打探。

宋高宗像惊弓之鸟，一路都在躲避金人的追剿，跑得比兔子还快，而李清照却带着众多珍玩，行动颇多不便，自然是追不上皇帝。在剡县的时候，她索性把一部分珍玩字画寄存在当地，继续追赶皇帝。最终，她还是没有追上皇帝——赵构跑得实在太快了，留在剡县的珍玩字画，都被乱兵和盗贼抢走了。

那可是李清照夫妇一辈子的心血，也是他们甜蜜时期的见证。当她听说又损失了一批金石字画时，终于瘫倒在地，号啕大哭起来。这已经是她人生中经历的第六次起落了。她明明答应了他，要替他守护好剩下的金石珍玩，可她偏生接二连三地弄丢了它们，这可叫她如何向他交代啊！

十几屋的金石书画，到如今只剩下了屈指可数的六箱，她再也不能大意了。于是，她终日寸步不离地守着这些珍玩，夜里睡觉的时候，也要把它们藏在床底下才敢入睡。屋漏偏逢连夜雨，这最后的六箱珍玩，竟然又被人偷偷从屋外挖了通道，直接盗走了五箱。

身逢乱世，颠沛流离中，能够活下来已是万幸，眼看着赵明诚留下的金石书画接二连三地失散，她亦只能强忍住悲痛，一边辗转迁徙，一边继续替他完成那部浸染了他一辈子心血的《金石录》。

这是她唯一能为他做的事了，也是纪念他的唯一方法。尽管爱情早已萎靡，但她李清照依然是赵明诚的未亡人。可是，续写完《金石录》后，她又该何去何从呢？

烟花易冷

绍兴二年（1132年），四处追击南宋小朝廷的金兵，因为战线拉得过长，遭遇了多重失利，只能退回北方。宋高宗终于得到了喘息的机会，带着后宫和大臣辗转来到了杭州。

李清照的弟弟李远是皇帝身边的近臣，大局甫定，她便跟着来到了杭州。本以为这一回生活能彻底安顿下来了，没想到一次错误的邂逅，加上一次错误的选择，给她带来了又一次致命的打击。

在错误的时候，她遇见了那个貌似正确的人——张汝舟。张汝舟是宋徽宗崇宁二年（1103年）的进士，早年曾在池阳军中当过小吏，虽没当过大官，也没什么名望，但这份履历表看上去依然足够光鲜。李清照跟张汝舟相识的那年，他已在南宋朝廷谋到了一份还不错的差事，当过右承务郎、监诸军审计司，虽然不能跟赵明诚比，但也算是事业有成。

张汝舟中年丧妻，谈吐幽默风趣，是个饱读诗书的雅士，李清照倒也不排斥他，只要他登门拜访，她就好酒好茶地招待他，但要说到改嫁，她的确没有那个心思。

偏偏妾无意郎有情，张汝舟看上了李清照，一门心思要把她娶进门当续弦，明里暗里跟她提了很多次，可她就是装傻不接他的茬。赵明诚才刚死三年，尸骨未寒，她就这么着急忙慌地把自己嫁出去，不是主动招惹非议吗？

一个不想嫁，一个偏要娶。张汝舟眼见李清照不为所动，遂心生一计，走了一条曲线救国的求婚之路。他隔三岔五就带着古玩字画，来找李清照帮忙品鉴。这一来二去的，李清照对他的好感也与日俱增，他便趁热打铁，竭尽关怀之能事，她想吃什么，他就下厨给她做；她想去哪里玩，他便搁下公事陪她一起去。这十八般武艺使下来，李清照哪里还有招架之力？她甚至觉得，张汝舟比赵明诚还要懂自己，于是，她不顾外界的物议，大胆地向前迈了一步，再次披上嫁衣，成了张汝舟的妻子。

有宋一代，女子改嫁是要承受很大的压力和非议的，可李清照管不了那么多，只要这个男人对她好，能够给她现世的安稳和温暖，那些风言风语又算得了什么？然而，她牺牲自己的名节换来的婚姻，并不是她想象中的你侬我侬，而是一场不折不扣的骗局，让她本就濒于破碎的心彻底被击成了齑粉。

原来，张汝舟并不是她要等的良人，他对她的柔情蜜意，通通是装出来的，而他之所以想尽一切办法要和她结婚，竟然是打起了她那一箱金石书画的主意。

遗憾的是，那些金石书画都是些不太值钱的东西，张汝舟发现这个事实后，终于露出了狰狞的面目，不仅不再对她关怀备至，还把她当作累赘，成天在外面花天酒地，晚上更是夜不归宿，不但偷偷把她藏好的金石拿出去卖钱，还经常在酒醉后对她拳打脚踢。

一箱不太值钱的金石书画，让李清照彻底看清了张汝舟的真面目，她义无反顾地向他提出离婚。可对方却露出了地痞流氓的本性，坚决不同意离婚。

即便失去一切，她也铁了心要离婚。张汝舟之前参加科举考试时作过弊，这可是大逆不道的罪过，只要拿捏住他这个"七寸"，告倒了他，她就能彻底脱离苦海。于是，不愿意委曲求全的她，走上了一条状告亲夫的道路。而这样一来，她也完完全全地把自己推到了风口浪尖，引来了更多的嘲笑与非议。

按照当时的律法，妻子状告丈夫，无论是赢是输，都必须坐两年牢，李清照一纸状书把张汝舟告上官府的同时，也等于把自己逼上了绝路。可她一点也不在乎，只要能跟他离婚，坐牢也在所不惜。

值得庆幸的是，她终究还是打赢了官司。张汝舟被革职流放，她也成功脱离苦海，恢复了自由身。然而，国家的律法不是儿戏，恢复了自由身的李清照，很快就被关进了大牢，要在牢里度过漫长的两年。

幸运的是，因为她的名气实在太大，朝中很多官员都竭力为她求情，加上她弟弟李远又是宋高宗身边的近臣，最后，她只在狱中待了九天就被放了出来。

尽管只吃了九天的牢饭，但也让李清照元气大伤，一夕之间仿佛老了十岁。这场婚姻，仓促而来，狼狈而去，让李清照吃尽了苦头，受尽了委屈，更让她的余生都要在别人的各种指摘中凄凉度过，怎能不让她悲恸怅惘？

这也是她人生中经历的最后一次起落，自此之后，她便关起门来，潜心替赵明诚编撰《金石录》，而她的词作也不再充满明媚与阳光，落在纸笺上的，除了忧伤，便是愁闷。

声声慢·寻寻觅觅

寻寻觅觅，冷冷清清，凄凄惨惨戚戚。

乍暖还寒时候，最难将息。

三杯两盏淡酒，怎敌他、晚来风急！

雁过也，正伤心，却是旧时相识。

满地黄花堆积，憔悴损，如今有谁堪摘？

守着窗儿，独自怎生得黑！

梧桐更兼细雨，到黄昏、点点滴滴。

这次第，怎一个、愁字了得！

再回首，往事已成空。何以解忧，唯有填词；何以解愁，唯有喝酒。当然，各种博弈的游戏她依然没有放弃，掷骰子已经不过瘾了，要玩就玩骑马、弹棋、象戏。

李清照晚年的生活，从表面上看，似乎是安定下来了，然而，孤身一人的她，难免会时常升起孤寂的感觉。她常常想起开封的荣华乃至故里枝繁叶茂的草木。她的父亲、丈夫赵明诚乃至家翁，均是名重一时的仕宦，而她自己也负一时重誉，可惜她的晚景，却是相当凄楚，相当悲凉。

彼时彼刻，李清照完全被南渡的权贵们遗忘了，甚至她的卒年在史书中亦无法考知。根据一般推断，她活到了 60 岁左右，"天下第一才女"就像风一样悄然而逝，留下的只是后人对她的无限怀念与景仰。

宋·赵黻《长江万里图》(局部)

陆游

平生两最爱，唐琬和养猫

　　每个人的心中都住着一个陆游，许是儿女情长的痴心男子，许是学贯古今的绝世才子，许是豪情壮志的热血儿郎，但在我心里，他就是一位优雅的行者，无论生活给予了他怎样的磨难与煎熬，无论他经历过怎样的漂泊与沉沦，哪怕颠沛流离半生，他都始终保持着一份极致的温柔与体面，从未与这个世界产生过激烈的冲突与对抗。如今，即便已与他隔了千年，但是透过他的种种经历，我所能感受到的，依然是他的明媚、温暖，还有他周身散发出的光辉。

　　在中国古代诗人中，陆游留存于世的诗作达到了9000余首，是存诗最多的诗人之一。他诗风豪放，气魄雄浑，颇似李白，故有"小太白"之誉，与杨万里、范成大、尤袤合称为"中兴四大家"，梁启超更是在《读陆放翁集》中对其赞誉有加："诗界千年靡靡风，兵魂销尽国魂空。集中什九从军乐，亘古男儿一放翁。"

陆游留下的词作虽然不多，但写得荡气回肠、感人肺腑，处处流露着他的真性情。那首缠绵悱恻而又裹挟着满腹愁绪的《钗头凤·红酥手》，让他成为南宋最具知名度、最为出挑的词人才子，那几句"春如旧，人空瘦，泪痕红浥鲛绡透。桃花落，闲池阁。山盟虽在，锦书难托"，至今听来，都无法不让人为之感动唏嘘。

他是一个才子，他是一个英雄，他是一个雅士，他是一个俊杰，他是一个热爱生活又懂得生活的温柔体贴的男子，同时也是一个气宇轩昂、热血澎湃的爱国好男儿。他字字珠玑的作品，他雪操冰心的品质，他荡气回肠的故事，他言行一致的操守，早在千年之前就携着一缕明媚的阳光，洞穿了泛黄的纸笺，一直照耀到现在，给后世的人们做出了出色的表率。

长大后我就成了你

陆游，越州山阴（今浙江绍兴）人，出生在南北宋交替之际，相传是北宋文学家秦观转世。母亲唐氏在淮河上生他的时候曾梦见秦观来访，所以他的字（务观）便沿用了秦观的名，名也理所当然地承袭了秦观的字（少游）。

秦观是江苏高邮人，陆游是浙江绍兴人，陆游出生时，秦观已经去世25年了，但陆母的一个梦，居然就将这两个八竿子都打不到一处去的大文豪硬生生地捆绑在了一起，虽然有些勉强，可也算是一段佳话。

陆游是不是秦观转世，这个问题自然不用多说，陆母到底有没有做过那个梦，更是无法考证，想必也就是陆母太过崇拜秦观的缘故，所以才会把儿子视作秦观转世吧！

据传，陆母是秦观的超级粉丝，非常喜欢秦观的词作，所以她用秦观的名字为儿子命名，也就可以理解了。

可以说，陆游一出世，父母就对他寄予了厚望，而陆游也没有辜负父母的期望，小小年纪就博得了才子的名声，着实替已经家道中落的陆家扬眉吐气了一把。

秦观擅长填词，陆游则长于作诗，他们侧重的创作方向并不相同，尽管两人都有词作流传于世，但他们的词风却迥异，秦观作为"苏门四学士"之一，更多地继承了苏东坡婉约词风的一面，而陆游的词更多地汲取了苏东坡豪放词风的一面。

宋孝宗曾经问过身边的人这样一个问题："当今之世，诗人当中可还有诗仙李白那样的人物？"身边人回答："陆游。"自此以后，人人便都称呼陆游为"小李白"。从此，陆游声名鹊起，好不风光，想必这也是他重诗轻词的一个内在缘由。

不过，终其一生，陆游依然始终如一地把秦观奉为自己的偶像，他的词里一直带有秦观特有的纤丽，如果把他们的词拿给一个不曾读过他们作品的人去品读，要区分出哪一篇是谁的大作，还是得费一番思量的。

陆游不仅与秦观有缘，就连与臭名昭著的秦桧也有缘得很。真不知道他前世跟姓秦的都有哪些牵扯，要不怎么会在有生之年，接连跟两个姓秦的人产生了剪不断理还乱的纠葛呢？

1143 年年末，18 岁的陆游怀揣着必胜的信念，来到临安城参加进士考试，却意外地以落榜告终。年轻气盛的他并没有把考试失利放在心上，亦未及时赶回家乡山阴，而是和从舅唐仲俊一起留在了临安，待到看过次年的上元节灯会后，才依依不舍地离开了都城。

1153年，28岁的陆游重返临安参加锁厅试（专为官宦子弟及在职官吏设置的科举考试），并以出众的文采被主考官陈阜卿看中，拔得头筹，不料这一来却得罪了位高权重的丞相秦桧，陈阜卿更因此遭到排挤打压。

原来，那一年秦桧之孙秦埙也在临安参加锁厅试，陈阜卿不畏强权，愣是把陆游录取为第一，令秦桧颜面尽失。但录取榜单已下，秦桧也无可奈何，便怀恨在心，想伺机报复陈阜卿与陆游。第二年，陆游与秦埙参加礼部举行的省试，陆游又被主考官录取为第一，但秦桧以陆游是主战分子、平日喜谈收复中原为由，断然将其除名。这一做法无疑断送了陆游的前程。

陆游不甘心。自从跟随罢官南归的父亲陆宰回到故乡山阴以来，小小年纪的他便读遍家中藏书，年纪稍长些后又师从江西诗派诗人曾几习诗，深得其真传。自18岁初赴举场以来，陆游便以出众的文采而出名，名震东南。晚年时，他还曾写诗记述当时与众文友在灵芝寺郊游借榻的情景。

灯笼

我年十六游名场，灵芝借榻栖僧廊。
钟声才定履声集，弟子堂上分两厢。
灯笼一样薄腊纸，莹如云母含清光。
还家欲学竟未暇，岁月已似奔车忙。

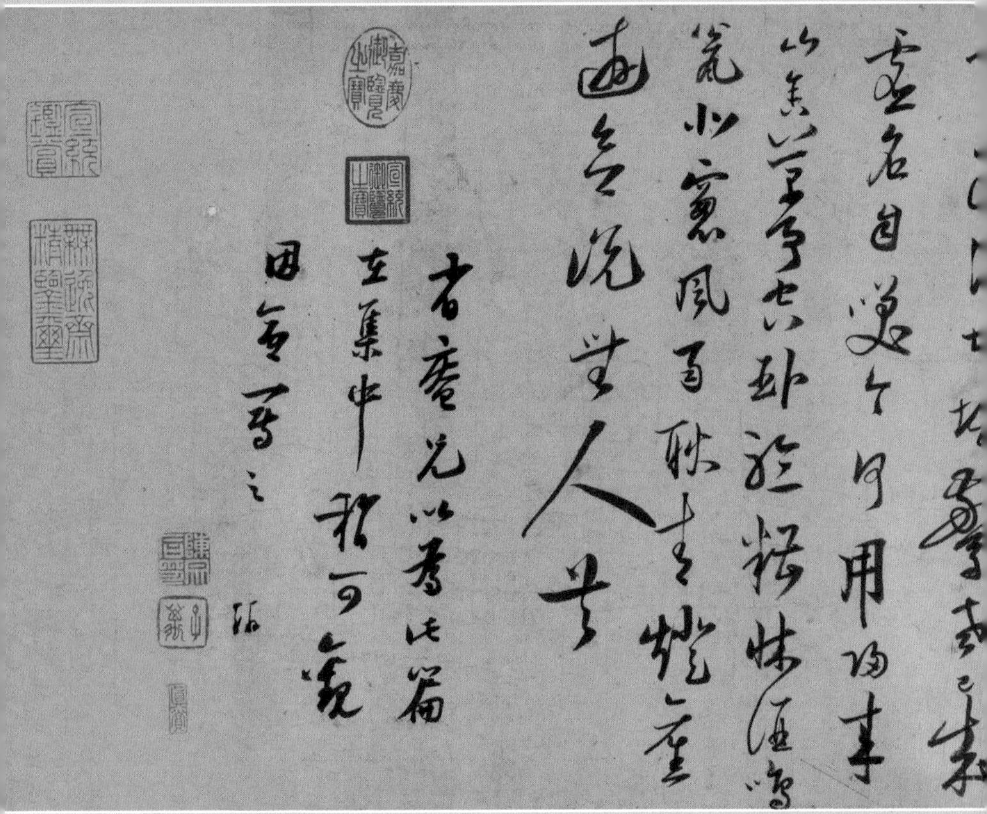

五十犹豪纵锦城一

觉繁华梦竹叶春醪碧

玉壶松花酥发

鹧鸪吾与汝别

零落尽壮岁

赠佳人袍画出泥金样

帽耸去来残银貂石管

晨书至一楮纸破海棠

回春梁云利手梅

宋·陆游《怀成都诗卷》

虽然初次进京赴试以失败告终，但这丝毫没有动摇陆游的信心。十年来，他遵从母命，埋头苦读，希望能够金榜题名，甚至为之付出了与唐琬离异的巨大代价，换来的却是被除名的结果，这怎能不让他悲愤莫名？

这次礼部省试被除名，对陆游的打击是巨大的，影响也是深远的。本以为自己稳操胜券，其他人也都认为新科状元非他莫属，却没料到半路杀出个程咬金毁了他的前程。面对只手遮天的秦桧，他唯有将一腔悲愤寄予文字之间。

由于秦桧刻意的打击与压制，陆游很多年都没能缓过劲儿来，直到秦桧去世，他才开始得到朝廷的任用，被安排到福建宁德县（今宁德市）当了个芝麻官主簿，开启了仕宦生涯。

人生自是有情痴

陆游这辈子最爱的女人，就是他的原配唐琬。他们青梅竹马，早在孩提时代就把对方当作彼此一生中最为珍视的人，等到两人长大成人，便在双方家长的撮合下，结成了一对佳偶。

他爱她，怎么爱都爱不够，而她也整天都黏着他，终日形影不离，让他总感觉时间不够用，慢慢地，便把那读书求取功名的心淡了下去。

按理说，小两口新婚宴尔，成天卿卿我我、耳鬓厮磨，也算不得什么过错，偏偏陆母唐氏看在眼里很不受用，便把心底积压的那股无名之火，一股脑儿地撒到了儿媳妇唐琬身上。日积月累，婆媳关系也就变得势同水火了。

很多史料及附会的文学作品，都把唐氏对唐琬的不满归结为唐琬削弱了陆游求取功名的决心。其实，按现代思想来分析，无非是唐氏觉得儿子婚前婚后判若两人，认为唐琬抢走了自己的儿子，从而形成了巨大的心理落差，所以想要把儿子从媳妇手里重新抢回来。这发生在婆媳之间的争夺战，从一开始就弥漫着浓重的火药味。

在陆母眼里，陆游历来都是个听话的孩子，她说东，他就不敢往西，可自打他成亲娶妻后，这个对她言听计从的儿子就不再那么听话了，问题的症结在哪里不言而喻——除了他屋里那个终日缠着他描眉施粉的新媳妇，还能有谁？

陆母寻思，这要是放任不管，只怕婆婆地位不保，儿子的前程也会受影响，得早点想一个绝妙的办法解决这个问题。

陆母决定给唐琬一点颜色看看。她多次把唐琬叫到跟前，声色俱厉地指出她的种种不是，并要她严格规范自己的言行，做一个合乎礼教要求的妻子与儿媳妇。但是，唐琬也是一个有个性的千金大小姐，婆婆说的那一套，她根本就当耳边风，甚至觉得婆婆是小题大做。陆母前脚刚教训完她，她后脚便又和陆游一起有说有笑了。这样一来，陆母对她恨得咬牙切齿。

短短两年多的时间，唐氏与唐琬频繁过招，彼此都相当厌烦了。于是，唐氏使出了终极大招，以唐琬嫁到陆家没有生育为由，逼令陆游休妻。

陆游结婚两年多了，两人又天天都腻歪在一起，可唐琬的肚子却始终不见动静。不孝有三，无后为大。抓住了这个"把柄"，唐氏变得理直气壮了，对外也有了应对的说辞，总之一句话，要媳妇就别要她这个娘，要她这个娘就必须将唐琬扫地出门。

唐氏与唐婉的矛盾，已经到了水火不容的地步。为了让儿子休掉唐婉，唐氏甚至搬出了一个尼姑来，说是让尼姑看过唐婉与陆游的生辰八字，这段婚姻要是再维系下去，连陆游的小命也要保不住了。

生不了孩子，又干扰丈夫读书上进，影响丈夫未来的仕途，如今再加上克夫，这么看来，唐婉简直就是陆家的丧门星，这段姻缘还怎么延续下去呢？

在古代，父母恩大于天，父母对子女的婚姻是拥有决定权的。尽管和妻子无比恩爱，但陆游依然无法保护唐婉，只能眼睁睁地看着母亲以"无出"和"克夫"的罪名将她逐出家门，并在母亲的威逼下，无奈地写下一纸休书，断绝了夫妇之名。

陆游也曾试图另筑别苑把唐婉悄悄安置下来，等母亲回心转意后，再想办法把她接回来，不料他的举动，却惹得母亲大动肝火，彻底断绝了他的念想。

后来，陆游顺从母亲的心意，另娶了各方面都中规中矩的王氏女为妻，而唐婉也改嫁给了有着赵宋皇族身份的赵士程，一对有情人就这样被生生地棒打鸳鸯了。

然而，陆游始终都没有忘记唐婉，从此之后，他把唐婉藏到了内心深处最为隐秘的角落，直到去世的那一刻，都还在深深地惦念着曾与她花前月下许下的种种山盟海誓。

出乎意料的是，多年之后，他们再度相遇了。有一年春天，陆游来到沈园散心。当时的沈园，百花齐放，他独自一人穿行在姹紫嫣红的风光中。百无聊赖的时候，他的眼前突然一亮，那不远处坐在亭子里饮酒赏花的女子，不就是他心心念念多年的发妻唐琬吗？

不，她已经不是他的妻子了，而今的她早就成了赵士程的家眷。这满目的春意与璀璨再也与他无关，眼下他唯一能做的就是假装没有看见，然后毅然决然地转过身去，落荒而逃。

没想到，唐琬也看到了他，落落大方地走到了正犹疑不前的他面前，微笑着邀请他与他们夫妇共饮。他不知道该如何回应唐琬，更不知道到底该不该拒绝这份美意，但最终还是鬼使神差地跟着唐琬走到了凉亭中，并在赵士程善意的注视中，接过了她亲手为他递来的一杯黄滕酒。

十年未见，她愈发美艳，气质高雅又雍容华贵，哪里还能找寻到当年在陆母面前当受气包时的半分影子？

赵士程是个儒雅俊逸的男子，看得出他很宠爱唐琬，也很懂得维护她的体面与尊严，想必她在赵府的日子一定过得非常适意。这样看来，自己当初弃她于不顾，反倒是成全了她现在的幸福，这让他不由得生出了更多的唏嘘与伤感。

饮过杯中的美酒，他匆匆找了个借口拜别而去。而今的她，生活幸福，感情美满，他不想打扰她，更不想搅乱她已经平复的思绪，只想躲在远远的角落里，为她祈祷，为她祝福，而那些纷繁又冗长的思念，就通通交给时间去处理吧！

然而，他终究还是无法放下这段感情，转身之后，便在沈园的墙壁上题写了一首《钗头凤·红酥手》，每一个字眼都透着对她无尽的眷恋与深爱。从表面上看，他早就放下了，只有老天爷知道，其实他从来都没有放手，他只是换了一种方式去爱，更为她积攒了满心的怅痛与悲伤。

钗头凤·红酥手

红酥手，黄縢酒，满城春色宫墙柳。

东风恶，欢情薄。一怀愁绪，几年离索。

错！错！错！

春如旧，人空瘦，泪痕红浥鲛绡透。

桃花落，闲池阁。山盟虽在，锦书难托。

莫！莫！莫！

这世间有着太多太多的不得已。陆游有，唐琬同样有。被陆游休弃，是她今生经历的最深的痛，不过她始终都没有怨恨于他、迁怒于他，而是默默忍受了一切悲痛与屈辱，开启了一段她并非真心想要的婚姻。

赵士程贵为宗室，还是个正人君子，待她也眷顾有加，是打着灯笼都找不来的好夫婿，可她那颗痴心偏偏毫无保留地交给了陆游。无奈，爱情的世界里从来都是挤不下第三个人的，尽管赵士程一心一意地爱她、护她，但她还是无法说服自己与陆游彻底划清界限。

后来，唐琬再游沈园，看到了陆游写在墙壁上的这首词，勾起了苦涩的回忆。她很清楚，这首词是为她而写的，也明白陆游对她的心意从来都没有更改，可现在再来说这些还有什么意义？

早知如此，何必当初？看了这首词，她到底还是对他生出了那么一点点的怨恨。既然早就对她弃之不顾，又为何要写下这样的文字来惹她伤怀？十年了，为什么还要再让她忍受一次噬骨的煎熬？

　　她想回到从前，可现实却是无论她怎么努力、怎么挣扎，也不可能再回到他的身边，所有的思念，所有的痴心，都注定只能是一场徒劳的梦，一份与现实格格不入的妄想。所以，她只能怀着满腔的悲愤，在沈园的墙壁上挥笔写下了一首《钗头凤·世情薄》，为他们无法圆满的爱情彻底画上了句号。

钗头凤·世情薄

世情薄，人情恶，雨送黄昏花易落。

晓风干，泪痕残。欲笺心事，独语斜阑。

难！难！难！

人成各，今非昨，病魂尝似秋千索。

角声寒，夜阑珊。怕人寻问，咽泪装欢。

瞒！瞒！瞒！

　　写完这首词半年后，唐琬郁郁而终。唐琬去世后，陆游被外放到很多地方当过不大不小的官，但一心想要光复中原失地的他，每一次都会毫不例外地沉沦在报国无门的颓丧与失意之中。而唐琬，则是他灰暗人生之中的一束光。

　　1186 年，陆游担任严州知州。当时，宋朝人喜欢把菊花晒干作为枕芯，称之为"菊花枕头"。有一天，陆游采菊花的时候，想起了自己 20 岁时和唐琬一起采菊做枕囊的往事。他不由心潮澎湃，抑制不住对唐琬的思念，写了两首诗。

余年二十时尝作菊枕诗颇传于人
今秋偶复采菊缝枕囊凄然有感二首

采得黄花作枕囊，曲屏深幄闷幽香。
唤回四十三年梦，灯暗无人说断肠。

少日曾题菊枕诗，蠹编残稿锁蛛丝。
人间万事消磨尽，只有清香似旧时。

如今，陆游已经六十多岁了，万事皆休，只有这菊花的香气（对唐婉的思念），还一如从前。

后来，陆游告老还乡，回到了故乡山阴，在镜湖畔隐居了下来。为了重温旧梦，他多次重游沈园。在他 75 岁故地重游的时候，看着墙壁上他和唐婉分别题写的那两首早已被岁月侵蚀得模糊了字迹的《钗头凤》，忍不住泪如雨下，回到家后便写下了感人肺腑的《沈园二首》，再次缅怀了他们那份爱而不得的痴情。

沈园二首

城上斜阳画角哀，沈园非复旧池台。
伤心桥下春波绿，曾是惊鸿照影来。

梦断香消四十年，沈园柳老不吹绵。
此身行作稽山土，犹吊遗踪一泫然。

陆游 81 岁时，在梦中再游沈园，梦醒后写下了一首诗来纪念唐琬。在梦中，时节依然是春天，处处姹紫嫣红，但当年梅花下的人却已经不在了。

虽然你已经去世 40 年了，但是我对你的情，从未改变。

十二月二日夜梦游沈氏园亭

城南小陌又逢春，只见梅花不见人。
玉骨久成泉下土，墨痕犹锁壁间尘。

就在陆游去世前一年，84 岁的他再次重游沈园，此时唐琬已经去世 50 多年了，他也老迈得走不动路了，但他依然沉浸在对唐琬无限的思念中无法自拔，于是又提笔为她写下了一首缠绵悱恻的《春游》，为他们的爱情奏下了最后的回响。

春游

沈家园里花如锦，半是当年识放翁。
也信美人终作土，不堪幽梦太匆匆。

可以想见，陆游一定多次在梦里遇到唐琬，但是梦醒之后，一切成空。这首词，由一个八十多岁的人写出来，让人读之落泪。

如果要用时间来衡量一段感情的真挚，陆游对于唐琬的爱，无疑是真爱了。她明媚了他一生的念想，也让他悲伤了一生。如果生命可以重来，他一定不再软弱，会勇敢地站出来与母亲据理力争，护她一生周全。

然而，生命是不可重来的，他只能寄希望于来生，只是来生，她还会是那个爱他爱到失去性命也无所畏惧的女子吗？

时间流转，唯有深情不移。也只有真爱，才能让人一生牵挂吧！

何以解忧？唯有养猫

有一种说法，叫盛世养猫。宋朝就是一个流行养猫的朝代。也许很多人不知道，陆游不仅是个大文豪，还是个不折不扣的"猫奴"。

陆游喜欢书，可书买多了，也衍生出了各种各样的烦恼，比如虫蛀，比如纸张脆化，而最让他头疼的就是书斋里的书经常会被老鼠啃坏。为了制止老鼠继续破坏他的宝贝书籍，他便养了一只猫。没想到，他竟然慢慢喜欢上了养猫，且一发不可收拾，不仅终日以养猫为乐，还屁颠屁颠地当起了一个快乐的"铲屎官"。

陆游第一次养猫是在临安。临安是南宋的都城，繁华程度丝毫不亚于北宋时期的开封，老百姓的日子也比较富足，在日常工作之余，他们把剩下的大把时间都用在了消遣上，不是养只鹦哥教它学说话，就是养只狗儿猫儿解解闷儿。

可以说，养猫已经成了一种风靡都城的时尚，几乎家家户户都会养上一只，你要是不养，反倒成了别人眼中的异类，即使不当面说你没有爱心，也会在背后嘀咕一句：这个人真是无趣。那会儿，养猫最大的功能绝对不是消灭老鼠，跟现代人一样，绝大多数的人都是把猫当成宠物来养的。

有宋一代，百姓们不仅喜欢猫、爱护猫，在养猫的问题上还有很多讲究，就拿抱养来说，绝对不是直接抱回来就行，而是如同娶妻纳妾一样，是需要特地为它们准备一份"聘礼"的。

瞧，早在宋朝，老百姓就把猫拟人化了，在他们眼里，猫是家庭中的一员，要是有亲戚朋友想来领养它们，不给聘礼是绝对不行的，要想强行把它们带回去，更是门儿都没有。即便是把无主的野猫生下的小猫捡回来，也要特意给野猫准备好一串小鱼，以向它表示感谢。

当然，给猫下的聘礼也不是什么贵重的东西，而是家中必不可少的调味品——盐。如今，用盐去换一只宠物猫回来，还真有些拿不出手——拿一袋不值钱的盐就想抱走活泼可爱的猫咪，简直是异想天开。

可宋朝人却不这么想，尽管他们非常爱猫，甚至把猫当成了自己的亲人，但他们并没有把猫当成奇货可居的商品，更不会把它们当作赚钱的工具。他们觉得养猫就是一种乐趣，甚至是一种优雅的生活方式，只要对猫有爱心，他们会很开心地把猫送出去，而那所谓的聘礼，也不过是一种象征性的仪式罢了。

既然是用"聘礼"聘回去的，走了正式流程，想必它们的新一任主人也不会轻贱它们，要是把它们"聘"回去的人不好好待它们，它们的"娘家人"可是会在第一时间替它们主持公道的。

那年，陆游也是以"盐裹"作聘，才从友人家中把他人生中第一只猫给抱回来的。那只小猫非常软萌可爱，不仅身姿灵动矫健，还非常活泼顽皮，陆游便给它起了一个很形象的名字"小於菟"，也就是小老虎的意思。

本来指望小於菟多抓几只书斋里的老鼠，没想到它却完全不务正业，不去抓老鼠，平常总爱霸占着陆游心爱的地毯，不是在他身边大闹天宫，就是撒娇卖乖，缠着陆游一起玩，逼得陆游不得不拉长着脸对它说："如果你能多抓几只老鼠，我就让你每天都能吃到你最喜欢吃的鱼。"

小於菟大概是听懂了陆游的话，很快就展示出了自己在祖传手艺上的惊人天赋，轻松解决了陆游的烦恼。没办法，老天爷赏饭吃。陆游自然也不能食言，不仅每天都按时为它准备丰盛的鱼食，还特地为它一口气写下了三首小诗，竭尽所能地夸赞起了它的可爱与能干。

赠猫

其一

盐裹聘狸奴，常看戏座隅。

时时醉薄荷，夜夜占氍毹。

鼠穴功方列，鱼餐赏岂无。

仍当立名字，唤作小於菟。

其二

裹盐迎得小狸奴，尽护山房万卷书。

● 宋·佚名《戏猫图》

惭愧家贫策勋薄，寒无毡坐食无鱼。

其三

执鼠无功元不劾，一箪鱼饭以时来。
看君终日常安卧，何事纷纷去又回？

从字里行间可以看出来，陆游是真的把小於菟当成了自己的家人，从某种程度来说，他甚至把小於菟当作了精神寄托。

其时，唐琬才刚刚去世几年，陆游还没从她故去的悲伤中彻底走出来，沉浸在无尽的失意与伤怀中无法自拔。小於菟的到来，给他灰暗的人生带来了一丝亮色与暖意。

晚上在书斋里读书的时候，小於菟总是乖乖地趴在陆游的身边。他甚至会允许它爬上卧榻翻弄他的书籍，一点都不恼怒它的淘气。每每望着它，他便仿佛看到了那个曾经天天缠着他画眉描唇、娇态丛生的唐琬。

用一包盐的代价换来的小於菟，总是尽心尽力地呵护着书斋里的书籍。陆游恨不能给它天底下最好的待遇，但遗憾的是，因为俸禄有限，在天冷的时候不但没能给它准备上一条温暖舒适的垫子，有时候就连鱼食都供应不起，这着实让他感到万分惭愧。

小於菟啊小於菟，你刚刚立下了扫荡鼠穴的汗马功劳，我肯定会给你准备一顿丰盛的鱼虾大餐作为犒赏。放心好了，你是我聘过门的小宝贝，我一定会好好待你宠你的，你能不能抓到老鼠都无关紧要了。能够捉到最好，捉不到我也不会追究你，每天的一瓢加鱼饭，我都会按时给你送来。你整天趴在书斋的地毯上，陪我读书、写文章，陪我看窗外的风景，但有时候你又淘气得厉害，总是在家里来来回回地到处乱窜，一会儿奔到东，一会儿跑到西，都不知道究竟为了什么事，每天都这么忙忙碌碌的。

真是一只让人爱怜的小宝贝！陆游对它的宠爱也到了无以复加的地步。

陆游晚年的时候，长期闲居在山阴家中，生活还是比较闲适安逸的，平常不是养养花、种种田、喝喝茶，就是翻翻自己的藏书。当然，养猫也是必不可少的。回归故里后，他又养了一只名叫"雪儿"的猫，从名字来看，大概是一只通体雪白的小家伙吧！

这只叫雪儿的猫咪，看上去一点都不像它的名字那般温婉沉静，反而跟陆游年轻时在杭州养过的小於菟一样，淘气得不像话，但他还是很喜欢它，一刻都不想让它离开自己。

雪儿不仅喜欢爬树，还喜欢像小马驹一样到处跑来跑去，每天都闹腾得厉害，丝毫不服管束，陆游也乐得由着它的性子去折腾，反正折腾累了，它还是要乖乖地躺到他的脚边，听他一番怜爱的训斥。

雪儿闹归闹，对自己的本职工作还是很上心的，而且它还是个工作狂，一心一意只想抓老鼠，有时候忙得连陆游准备好的鱼食都顾不上吃。

雪儿不仅会抓老鼠，还总能逗得他开怀大笑，陆游自然愈来愈喜欢它，常常担心它冷了没有毛毡可以取暖，饿了没有小鱼干可以果腹，要是它受了一点点的伤，都会心疼得不行。

晚年的陆游，总是喜欢一边饮着薄荷酒，一边陶醉在雪儿的娇憨模样中自娱自乐，他甚至怀疑雪儿的前世是他的书童，知道他今生寂寞，所以才化作了一只可爱的小猫来到他身边，陪他在安静的山村里安度晚年。陆游爱猫，与他温良的性情有关，但也脱离不了时代所赋予的独特文化属性。中国人养猫的历史其实十分久远，几乎与中华文明并行发展，在很多古代文化遗址中都可以看到猫的踪迹，但猫真正成为人类的宠物，却已经是唐朝的时候了，而宋代则将宠猫之风推上了高峰。

从宋朝起，人们开始对猫产生了一种特别的感情，猫的宠物属性也逐渐加强，各种"铲屎官"和"猫奴"也就应运而生，而这从宋诗里各种描写猫的篇章中便可窥见端倪。

猫在激扬浪漫的唐诗之中，不过是一种寻常不过的普通生灵，在璀璨的诗画作品中也没有什么特殊的地方。但到了宋代，猫作为一种宠物，开始被赋予一种独特的地位，各种诗家的文章中，都会不吝笔墨地描写它们的各种情态，由此，猫咪们温驯、乖巧的形象一下子便跃然纸上。

猫既聪明又乖巧，而且有自己的想法，被当作宠物也能淡然处之，对宋人来说，它们不仅仅是用来取乐解闷的宠物，还是最亲密的朋友，甚至是精神寄托。

宋朝是个非常特殊的历史时期，那般的繁华富庶和那份宽容潇洒的气度，是领先于时代的。而宋人在偏安一隅的境地下，不仅讲求现世安稳，还能做到舍生忘死、精忠报国，这份豁达的心胸与强大的精神内核，更是后来朝代所无法企及的。

猫在宋人心中，成为一种传递心声的文化印记，陆游自然也不能例外，他以猫入诗，不仅写出了他对猫咪的宠溺之情，更表露了他壮志未酬、报国无门的苦闷与悲愤。

　　陆游到底养过多少只猫，我无从得知，但从他留下的诗文来看，他至少养过三只有名字的猫咪，除了前面提到的小於菟和雪儿，便是下面要说到的粉鼻了。

　　粉鼻，顾名思义，这个可爱的小家伙长了一只粉色的鼻子，陆游一直都对它非常纵容宠溺，怎奈它恃宠而骄，一日比一日慵懒下去，竟连老鼠都懒得抓了。如果陆游唠叨得多了，它甚至会发脾气拿尾巴去扫他的脸，或是故意在地上撒一泡尿来气他。陆游实在看不过去了，便提笔写下了对它的满腹牢骚。

赠粉鼻

连夕狸奴磔鼠频，怒髯嗔血护残囷。

问渠何似朱门里，日饱鱼餐睡锦茵？

　　被偏爱的猫咪，干什么都是有恃无恐的，根本不会在意它的主人会怎样想、怎么看。嗨，陆放翁，你不就是个"铲屎官"嘛，快来给我们铲屎啊！在陆游毫无原则的宠溺与纵容下，猫咪们很快就在他的眼皮子底下彻底放飞了自我。

二感

狸奴睡被中，鼠横若不闻。

残我架上书，祸乃及斯文。

乾鹊下屋檐，鸣噪不待晨。

但为得食计，何曾问行人。

惰得暖而安，饥得饱而驯，

汝计则善矣，我忧难具陈。

尽管猫咪们一次又一次地刷新着陆游的底线，可他依然宠溺它们到了无法自拔的地步，只需要它们使出一个卖萌的小眼神，他便彻底沦陷认输了。唉，不捉老鼠就不捉吧，喜欢踢翻食盆就继续踢吧，谁让我上辈子欠了你们的呢！

其实，在那些隐居的日子里，身居故乡书斋之中的陆游，虽处江湖之远，看似对什么事都淡漠疏离，心中却时时记挂着庙堂之事，亦从未忘记自己毕生的精神追求，很多看似写猫的诗，终不过是借猫抒怀罢了。

《十一月四日风雨大作》，是陆游最知名的诗作之一，不过它并不是孤立的一首诗，而是并存的两首诗，只不过因为第二首太出名了，才掩盖了第一首的风头，要真正推敲起来，若没有第一首的铺垫，这第二首便要黯然失色多了。

十一月四日风雨大作

其一

风卷江湖雨暗村，四山声作海涛翻。

溪柴火软蛮毡暖，我与狸奴不出门。

其二

僵卧孤村不自哀，尚思为国戍轮台。

夜阑卧听风吹雨，铁马冰河入梦来。

"溪柴火软蛮毡暖，我与狸奴不出门"，这幅画面与室外的狂风骤雨形成了强烈的对比，更为后来的"夜阑卧听风吹雨，铁马冰河入梦来"埋下了伏笔。

第一首诗以极其夸张的手法描摹了屋外的雨势之强，风雨跌宕，汹涌澎湃，恰如陆游那颗渴望报效国家、收复中原的心，加上通过描写狸奴的感受，来表现出自己的主观情绪，也使得作者自身的凄凉处境更加一览无余。

67 岁的陆游，住在清冷孤寂的山村之中，尽管屋外大雨倾盆、狂风怒吼，可他心里所思所想的，却依然是沦丧的故土山河。曾经的秀丽江山，早已被金人侵凌得满目疮痍，可他有什么办法改变这种局面呢？他已经老了，说话也不管用了，只能守着书斋发一发牢骚了。

幸运的是，身边始终都有猫咪与他做伴，乖巧可爱的它总能给他带来一份别致的温暖与慰藉，让他不至于丧失最后的优雅与体面。既如此，那就关起门来，从此再也不过问尘世间的俗事，只一心一意地给他的猫主子们当好"猫奴"吧！

陆游无比宠爱猫咪，猫咪也一如既往地陪伴在他身边，当他伤怀失落的时候，会乖巧地窝在他怀里，温暖他那颗逐渐冰凉的心，让他不至于感受到太多的孤独与凄冷，所以也算是没有白爱它们一场。

从种种迹象来看，陆游"大宋第一猫奴"的称号是跑不了的。谁能想到，他在写下名句"夜阑卧听风吹雨，铁马冰河入梦来"的时候，在家逗了一整天的猫呢？

王齊翰善人物氣度不凡迴出風埃物
表其勘書諸圖徽宗藏之内府卷皆首
尾標題重加珍賞審此信為冝然嘗不
此上德逾輩益驅爭先印方駕顧陸
諸人夫豈務讓
襄平晃子耿信公識

晏殊

太平宰相的闲适人生

王齐翰

　　知名女作家张爱玲说过，出名要趁早。晏殊就是当之无愧的"出名要趁早"的代表人物。当别的孩子还在嬉闹玩耍的时候，7岁的晏殊就写得一手好文章，是江西抚州赫赫有名的神童了。14岁的时候，晏殊被地方官推荐给朝廷，和一千多个考生一起参加了宋真宗亲自主持的殿试，赐同进士出身。

　　晏殊的起点，是无数文人梦寐以求的终点。接下来，他开始一路狂奔。

　　宋真宗整整比晏殊大了23岁，当晏殊以神童的身份来到皇宫大内时，已年近四旬的真宗皇帝还没有儿子，所以，当他看到一脸青涩而又满腹才华的晏殊时，想必是把他当成了自己的孩子，恨不能把这世间所有最美好的东西都给他。

宋真宗特别器重晏殊，任命他为秘书省正字[1]。真宗在位期间，一直都很喜欢他，不仅给他高官厚禄，解决了他因贫穷而产生的种种后顾之忧，还让他当了太子赵祯的老师，对他的信任已经到了无以复加的地步。

对于宋真宗的这份知遇之恩，晏殊也以卓越的政绩和绝对的忠诚给予了回报。他不仅辅佐宋仁宗开创了大宋的太平盛世，更用他过人的智慧和不偏不倚的处事态度，为朝廷官员做了最好的表率。

晏殊的职业生涯可谓顺风顺水，步入仕途以来也是官运亨通。他从最初的秘书省正字一路做到参知政事，最终担任同平章事兼枢密使，也就是宰相，位极人臣。其间，虽然也有几起几落，但总的来说仕途还是非常顺畅的，所以才有了"太平宰相"的称号。

除了做官，晏殊的文学成就也不低。能诗善词的他，据说一生之中光诗就写了上万首，而且篇篇"娴雅有情思"，辞藻华丽，格调清新，一不小心就成了"为天下所宗"的文坛领袖。可惜的是，这些诗作大多已经散佚了。

同时代的大文豪宋祁曾在《笔记》中称赞晏殊："晏相国，今世之工为诗者也。末年见编集者乃过万篇，唐人以来所未有。"就连才高八斗、学富五车的宋祁，都毫不吝惜笔墨地夸赞他，说明他写的诗还是有"两把刷子"的。

相比诗的高产，晏殊的词不多，留存于世的只有 136 首，

---

[1] 秘书省正字：即"秘书省"的"正字"官。"秘书省"是古代管理国家藏书的机构，类似于中央档案馆、国家图书馆等机构。"正字"是官职名，负责文字勘正工作。

都收录在词集《珠玉词》里。他的词作不仅继承了五代"花间派"词人温庭筠、韦庄等人温婉含蓄的特点，还吸收了南唐词人冯延巳典雅流丽的风格，而且加入了自己独创的理念，一举开创了北宋词的婉约文风，就连晚清江南才子冯煦都在《蒿庵论词》中称之为"北宋倚声家之初祖"。

在晏殊看来，词真的就是诗余小技，拿来附庸风雅，或是无聊的时候用来解解闷，倒是没什么问题，但要把它们跟诗文放在一起比较，那就登不上大雅之堂了。他的词大多为娱宾遣兴、流连光景之作，有描写男欢女爱的，有描写离情别恨的，有描写伤春闺怨的，有描写歌舞宴会。风花雪月、草长莺飞，一旦入了他那双才气纵横的眼，于笔间流转而出的，便是清新之辞、娴雅之气。

当然，晏殊也不是想写什么就随便胡写一气，除了一贯的富贵气象，他的词作还融入了很多个人的主观情感与特有的人生体悟，有着浓厚的士大夫气质。晏殊是词这一文体由"伶工之词"向"士大夫之词"过渡时期的集大成者。

"无可奈何花落去，似曾相识燕归来。""昨夜西风凋碧树。独上高楼，望尽天涯路。""念兰堂红烛，心长焰短，向人垂泪。"晏殊所作的词留存下来的虽然不算多，但是佳句迭出，哪怕隔了一千多年的时光，依然被人们广为传唱。

神童是怎么炼成的

晏殊 7 岁的时候，就被乡人视为神童。按照惯例，神童受家族传承和家庭氛围的影响很大，一般出现在官宦世家。然而，晏殊的父母只是平民百姓，既不富，也不贵，家里的经济情况顶多就是混个温饱而已。

父亲晏固是临川县（今江西抚州市临川区）的"手力节级"，"节级"是唐宋时期对低级狱吏的称呼，而"手力"则意味着他还不是有正式编制的狱吏，相当于临时工。母亲是普通家庭主妇。可以说，这对夫妇的资质都不怎么样，估计也没上过什么学，但他们却能培养出名震天下的神童来，那就着实有点让人吃惊了。这要不是天资聪颖，又怎么解释？

偏偏这还不是最让人吃惊的。这晏固虽然只是一名粗人，但生出来的儿子竟一个比一个强，抛开老二晏殊不说，大儿子晏融也好生了得，早早中了进士，在朝中做过御史、赞善大夫、殿中丞等官，而比晏殊小3岁的老三晏颖打小也是个出类拔萃的神童，且和晏殊一起被抚州的地方官送入开封参加殿试，只是因为年纪太小，宋真宗便把他留在翰林院继续学习，等到六年之后才赐了他同进士出身。

你瞧，这三兄弟是不是很厉害？父母普普通通，偏偏就培养出了三个出色的儿子。

7岁就被乡人视为神童的晏殊，一点也不走寻常路，你说他早慧吧，可他5岁的时候还不会说话，也不会走路，非但没有一点神童的气象，反倒让人担心有自闭症。就连父亲晏固，都不得不怀疑自己是不是生了个傻子。

但是在内心深处，他又隐隐约约觉得，晏殊不应该是个傻子，说不定还是一个大人物。因为他出生的时候，上天出现了异象。不是说，天有异象，就说明这个孩子不是凡人吗？

晏固清楚地记得，晏殊出生那天，有一只白鹤一直在晏家的屋顶上盘旋，他想要用弓箭把这只白鹤射下来，但无论他怎么发力，总也射不着它。正郁闷的时候，天边突然响起了一声惊雷，还没等他反应过来，晏殊就呱呱坠地了，而那只白鹤也失去了踪影。

这仙鹤来得奇，消失得更奇，莫不是跟老二的降生有些什么关联？晏固越想越觉得奇怪，说不定就是天降吉兆，难道老二是天上的谪仙托生到老晏家的吗？可为什么老二都长到 5 岁了还不会说话、走路呢？莫非这就叫天赋异禀？晏固陷入了深深的疑虑中。

事出反常，必有妖异。晏固越想越不对，觉得这个孩子可能真的有问题，就准备了一个木桶把晏殊放了进去，随后又把木桶推到了河里。

从河边回来小半天后，晏家人又跑回去看看木桶有没有顺流而下，可没想到的是，他们竟然看到小晏殊正独自在河滩上奔跑玩耍。晏家人都觉得不可思议，但真正让他们震惊的还在后面，待他们走近一看，居然发现晏殊在河滩上用手指头写了一个字。好家伙，这孩子居然无师自通会写字了！

晏殊回到家后，便像开了窍一般，不仅会走路、会说话了，还变成了一个过目不忘的神童。晏固夫妇欣喜若狂，尽管他们都没什么文化，但对孩子的培养可一点也不敢马虎，哪怕自己每天都吃糠咽菜，也要省下钱来给孩子学习。

小晏殊也没让他们失望，7 岁就能写出一手好文章，名气传遍了整个抚州。那么，这个神童又是怎么从抚州走到开封，从一个平民之子成为皇帝赞赏的天之骄子的呢？这一切，都得

宋·佚名（传苏汉臣）《冬日戏婴图》

益于一个叫作李虚己的人。

晏殊在 13 岁的时候，遇到了他生命中的第一个贵人——洪州通判李虚己。李虚己特别欣赏晏殊的才华，不但把晏殊收入门下为徒，还将自己的女儿许配给了他。

通判虽然官职不大，但李虚己来头不小。在出任洪州通判之前，他曾在朝中做过给事中，而且他的曾祖父李允、父亲李寅、弟弟李虚舟，都曾在朝堂担任要职，可以说是正儿八经的簪缨世族。

对晏殊来说，李虚己能将出身贫寒的他收入门下，已经是破格的恩典了，而把女儿嫁给他，就属于意外之喜了。要知道，不管从哪方面看，这都是一桩门不当户不对的婚姻。然而，李虚己看重的是晏殊的才华。这么有才华的后生，将来必是国之栋梁，怎么能因为他出身条件不好就低看他一眼呢？

李虚己是个爱才的人，也是个敢于打破陈腐观念的人。他不嫌弃晏殊家贫，不嫌弃晏殊没有任何的社会背景，也不嫌弃摊上个在监狱里当临时狱吏的亲家，他觉得这些都不重要，甚至完全可以忽略不计。对他来说，最重要的就是晏殊这个人——他不仅是个神童，而且是个可造之才，自己的女儿嫁给他绝对亏不了，这个宝他算是押定了。

成为晏殊老丈人后，李虚己走到哪里都不忘宣传自己的女婿，一点也没有避嫌的意思。在李虚己眼里，要论起文采来，13 岁的晏殊一点也不比那些朝中的大臣差，甚至有过之而无不及。他对晏殊是越看越喜欢，想要好好地提携他一番。他决定在自己的有生之年，帮这个小女婿把将来的路都铺好了，让他少走点弯路，少受点坎坷，一心一意地施展才华就好。

在李虚己的牵线搭桥下，晏殊很快结识了当时的大文豪杨亿。从杨亿日后所写的诗作《晏殊奉礼归宁》来看，他和晏殊之间的关系是十分亲密的。有了前辈杨亿的支持与提携，晏殊的才名在士大夫中迅速传播开来，就连远在开封的天子都知道抚州出了个神童晏殊。

可以说，李虚己不仅是个好官，还是个好丈人。为了让女婿将来在官场上拥有立足之地，他不仅将自己的学识都手把手地教授给晏殊，还准备让晏殊参加童子举步入仕途。根据《宋史·选举志》记载，有宋一代，凡是 15 岁以下精通诗词歌赋的儿童，都有机会被地方政府选拔送到开封参加殿试，由皇帝亲自出题测试他们的才华，通过考试的人则成为预备官员，长大后可以直接当官，也就不需要去参加成年人的科举考试了。

李虚己很清楚，像晏殊这样的神童，要通过童子举，简直轻而易举。万事俱备，只欠东风，现在只差一个有分量的地方官员出面向朝廷推荐晏殊了。这个人最好当过京官，深受皇帝器重，在皇帝面前说得上话。

思来想去，他把最后的赌注下到了时任江南安抚使的张知白身上。

1004 年，江南发生旱灾，宋真宗派大臣张知白前往江南治理旱灾，李虚己作为地方长官，经常陪同张知白一起处理灾情，一来二去，便成了无话不谈的知己。张知白曾经是皇帝身边的近臣，由他出面推举晏殊再合适不过了。于是，李虚己便利用和张知白的这层关系，向张知白推荐了自己的女婿晏殊。

按照规则，张知白必须对晏殊进行一次考试。晏殊自然没有给老丈人丢脸，不管张知白怎么考他，他都能对答如流，且诗词文赋无一不佳。晏殊的才华让张知白折服了。他一回到京城，就把这个小神童推荐给了宋真宗。就这样，宋真宗钦点了晏殊，要求地方送他来开封参加殿试。

李虚己既是他的岳丈，也是他的恩师，而且还是个奉公守法的好官，不仅得到过宋太宗的表彰，更被宋真宗赞誉儒雅谨慎。张知白后来官至宰相，为人洁身自好，清廉俭约，也是一个难得的好官。不得不说，这两个人的品行操守，对晏殊的影响还是很大的。

和晏殊一起被送往开封参加殿试的，还有他的神童弟弟晏颖。这兄弟俩从江西出发前往开封，坐完舟船坐马车，见什么都觉得新鲜。

到了开封，14岁的晏殊和11岁的弟弟晏颖一同参加了殿试。面对一千多名考生和皇帝，他们居然一点也不怯场，不慌不忙地答完了所有题目，下笔如有神助。考完以后，宋真宗接过试卷一看，忍不住拍案叫绝，当即就要赏赐晏殊兄弟同进士出身，但却被当时的宰相寇准以"南方下国，不宜多冠士"的理由给拦了下来。

宋太祖赵匡胤曾经定下规矩，"后世子孙无用南士作相"。除此之外，他还不放心，亲自写了"南人不得坐吾此堂"的训诫，刻在宰相办公的政事堂上。宋初任用的宰相，都是北方人。所以寇准出面阻挠，倒也不是毫无依据。

北宋前期的顶级文臣都是北方人，在南方人面前有种天然的优越感，再加上晏殊的出生地抚州原来是南唐的疆土，他们很自然地就把晏殊视作了被征服地区的遗民，内心多带有轻视感。

偏偏宋真宗很欣赏晏殊、晏颖这对小兄弟，他忍不住反驳寇准："难道张九龄不是南方人吗？"宋真宗把晏殊兄弟比作唐朝名相张九龄，说明他并非心血来潮，而是真心想重用人才，所以一下子便堵住了寇准的嘴，让他知难而退了。

两天之后，晏殊又参加了复试，可他刚刚拿到考题，顿时就愣住了，一时间竟不知该如何是好。难倒他的不是不会答题，而是不知道如何取舍——是做一个诚实的人，还是做一个投机取巧的人？

他发现考试的题目，自己几天前刚好练习过，如果答了这样的试题，对别的考生来说，就是一场不公平的竞争。岳丈李虚己和对他有知遇之恩的张知白都是清白做人的好官，从不弄虚作假，他自然也不能例外。所以他只是稍稍犹豫了一下，就向宋真宗报告说，这题他刚刚做过，请求换题。

考前押中了题，是多么幸运的事啊，可晏殊却不这样认为，他第一个想到的就是公平公正，宁可不答这道题，中不了童子举，也不肯占便宜。

宋真宗见他如此诚实，心里更加高兴了，马上就赐他同进士出身，并授予其秘书省正字的职位。从此，晏殊作为天子门生，正式开启了仕宦生涯。

秘书省正字，是从八品官职，工作内容就是在宫廷图书馆"秘阁"负责抄抄文书，改改错别字，顺便继续深造。而晏颖因为年纪太小，并未同时获授官职，被安排到翰林院跟着晏殊一起学习，六年后才被赐同进士出身，并获授奉礼郎之职。

就这样，晏固家的两个神童儿子，都作为国家的一级后备人才，被宋真宗安置在了朝堂之中。想必远在临川的晏固夫妇，每天晚上都是笑着入眠的吧。

神童到底是怎么炼成的呢？这跟他们自身具备的天赋和后天的努力肯定是分不开的，但如果没有李虚己和张知白的推举，晏殊兄弟到底能不能脱颖而出，还真得打上一个大大的问号。良驹常有，别具慧眼的伯乐却不常有，神童也需要有人抬举提携，才能真正成为人才啊！

富贵优游五十年

1011 年农历七月，17 岁的晏颖写下辞藻华丽的《宫沼瑞莲赋》，名噪一时，并获得了宋真宗的赞许，被赐同进士出身，授予奉礼郎之职。这本应是个好的开端，没想到却因此打开了潘多拉魔盒，没过多久，他便无缘无故地仙去了。

野史记载，晏颖受到宋真宗的赏识，被授予官职回到家后，脸色平静，走进屋子就把自己反锁了起来，一连几天都没有出来。晏颖和晏殊一样，都是幼年成名，但他性格有些孤僻，甚至可以称得上怪异，所以对他略显反常的举动，大家都没有特别在意，等真正意识到不对劲再破门而入时，才发现小小年纪的他已经去世多时了。

人们发现，晏颖还在书桌上留下了两首诗。一首写着"兄也错到底，犹夸将相才。世缘何日了，了却早归来"；另一首则写着"江外三千里，人间十八年。此行谁复见，一鹤上辽天"。很明显，是他自己不想活了，所以便挣脱了这一身的臭皮囊，潇潇洒洒地走了。

晏颖死了，但他却给这个世界留下了太多的疑问。他还不满18岁，怎么就突然死了呢？小小年纪又有什么想不开的，莫非真像他诗里写的那样，想去当神仙了？

临川当地一直流传着关于晏氏三兄弟的传说。晏殊祖父下葬的时候，晏家人曾挖到过一块青石板，并在青石板下面发现了三条白鳝。白鳝乃是稀世之物，世间罕有，大家都觉得万分惊奇，纷纷围拢上去观看，一不小心就弄伤了其中的一条，于是众人赶紧把它们一起放入了附近的潭水中。这口潭就是"白鳝潭"。因为当时发现的白鳝总共有三条，晏固也正好生了三个儿子，所以乡人就附会说晏殊三兄弟都是白鳝转世，而早夭的晏颖就是那条被弄伤的白鳝。

然而，这终归只是一个传说，当不得真的。那么晏颖到底是怎么死的？关于晏颖的死因，正史没有记载，野史更是语焉不详，并没有明确说明。

晏家人包括晏殊在内，都对他的死讳莫如深。晏颖的生命被永远地定格在了17岁，让人惋惜和遗憾。可晏殊的命运似乎也没那么顺畅，还没等他彻底从晏颖死亡的悲痛之中挣脱出来，仅仅一年之后，他的结发妻子李氏就因病去世了。

然而，这还不是最惨的。妻子死后一年，父亲晏固也跟着撒手人寰了，又过了两年，含辛茹苦地把他们兄弟几个拉扯大的母亲竟然也去世了。

短短五年的时间，晏殊居然连续失去了四位至亲，叫他如何不痛，如何不悲？

可是，日子还是要继续过下去的。痛定思痛之后，晏殊先后两度离开朝堂，回乡为父母守制，没想到宋真宗居然两度下旨夺情，不仅要求他立即返回开封继续当官，还让淮南发运使特地备好了船只来迎接他回京。

众所周知，帝制时代，丁忧是官员必须执行的纲常制度，于是夺情就成了判断大臣是否得宠的风向标。晏殊两次被夺情，这在历史上是非常少见的，由此可见，他在宋真宗心中的地位非常重要。

宋真宗到底有多珍视晏殊呢？看看晏殊刚刚进入朝堂时，宋真宗都给了他哪些特殊的恩遇吧！首先，在被赐同进士出身的那年，宋真宗特地指派晏殊的江西老乡、著名才子陈彭年做他的老师，指导他学习；其次，宋真宗到南郊进行祭祀时，尚不满 15 岁的晏殊请求跟随，可按照宋朝的祖制规定，老弱是不能参加祭祀的，但宋真宗居然下旨批准了晏殊的请求，不仅允许他进行郊祀，而且下诏，以后未满 15 岁的京官，只要愿意参加，就可以前去郊祀。

这得有多喜欢，才能如此区别对待，又如此特别看顾？前面我已经说了，宋真宗整整比晏殊大了 23 岁，这位真命天子兴许真就是把这个小神童当作了自己的孩子吧。

正因为宋真宗对晏殊超出常规的宠爱，才让晏殊那颗濒临破碎的心重新活跃了起来。他要报答宋真宗这份知遇之恩，可他年纪尚轻，资历尚浅，也不能真正帮到皇帝什么忙，那就趁着自己还年轻多读点书，成年后再为朝廷好好效力吧！

北宋时期，经济繁荣，社会安定，百姓的幸福指数很高，朝中的文武百官下了朝，一得了闲，就会拉着三五好友四处游逛，或赏花，或观月，或听曲，或拥着歌舞伎喝得酩酊大醉，或干脆在家里组织各种名目的宴会，日子过得比大内的皇帝还要潇洒恣意。偏偏晏殊是个特例，他不仅不出去玩，不喝花酒，不去勾栏瓦舍，还拒绝了很多同僚的应酬，每天不是在编修资料，就是在学习充电，一天到晚完全没有娱乐活动。

晏殊的刻苦与勤奋，被宋真宗暗中派出去观察臣僚言行的近臣——看在了眼里，所以这些年晏殊做了些什么，又有哪些成长，宋真宗都是一清二楚的。宋真宗很是心疼这个一心扑在工作和学习上的年轻人，就派人把他叫到身边，问他："别的臣子每天下朝后都会到处游玩，你为什么不跟着他们一起去玩，也从来都不参加宴会呢？难道你不喜欢这样的生活吗？"

宋真宗以为晏殊会回答说自己确实不喜欢这样的生活，可令他意外的是，晏殊居然回禀他说："启奏陛下，不是我不喜欢出去玩，而是我没钱出去玩，如果臣有闲钱，也是要去宴饮游玩的。"宋真宗听了他的回答后，忍不住哈哈大笑起来——这后生也太实诚了吧？不过，他就喜欢晏殊的实诚，也只有这样的人，他才能放心地把年幼的太子交到他手里。

宋真宗天禧二年（1018 年），27 岁的晏殊已经入朝为官13 年了。同年，宋真宗唯一健在的儿子赵受益被封为升王，九月再晋封为太子，并改名为赵祯，而晏殊也因为独得圣宠，被特地安排进东宫，当了太子的老师兼伴读。

既然都给太子当老师了，官职自然也得升一升。宋真宗先是将晏殊迁升为户部员外郎兼太子舍人，赐金紫，不久之后又给他安排了知制诰、判集贤院的职位，主要工作就是负责给皇帝起草诏令。过了两年，宋真宗索性把他迁至翰林学士，充任景灵宫判官、太子左庶子，兼判太常寺、知礼仪院等职务，要不是看晏殊太年轻了，估计真的能提拔他做宰相。事实上，这段时间晏殊已经在帮助宋真宗处理各种政事了，干的就是宰相的工作。

渊博的学识，干练的办事风格，诚实沉稳的性格，都让宋真宗越来越倚重晏殊，但凡遇到棘手的问题，宋真宗都喜欢写个小纸条向他咨询。

由此可见，皇帝对晏殊的重视和欣赏，真不是一般大臣能够比拟的。发展到最后，只要他提的建议，宋真宗一般都会采纳。在皇帝心里，刚届而立之年的晏殊早就是他最为倚重的股肱之臣了。

遗憾的是，因为常年体弱多病，宋真宗不久之后就驾鹤西去了，年仅12岁的太子赵祯即位，而这位小皇帝就是我们大家相当熟悉的"狸猫换太子"故事的主人公宋仁宗。

宋仁宗登基后，作为天子之师的晏殊，也终于迎来了他开挂的人生。虽然因为之后得罪了太后刘娥而遭到过贬斥，但总体来说，他的仕宦生涯还是相当顺利的。

宋仁宗天圣三年（1025年），晏殊迁枢密副使，刚刚34岁就成了大宋朝的宰执之一。枢密院和中书并称"二府"，是大宋的决策机构。古往今来，能够在三十多岁就当上宰执的人少之又少，而晏殊就是其中之一。

明道元年（1032年），晏殊任参知政事，加尚书左丞；康定元年（1040年），进枢密使，同年加检校太尉；庆历二年（1042年），以刑部尚书、集贤殿大学士、枢密使加同平章事，正式担任宰相之职。

虽他后来被贬斥，但官阶依然升至开府仪同三司、上柱国，并获封临淄公。而他几次被贬的地方，不是南京应天府，就是距离开封很近的亳州、陈州、许州，要不就是西京洛阳，最远的地方也不过是西安，都是当时比较繁华的城市，所以实际上他并未受过多少委屈，与被贬至雷州的寇准和被贬到儋州的苏轼相比，简直就是天差地别。

因为刚刚经历了宋太祖、宋太宗和宋真宗三朝的潜心建设，当时的社会渐趋稳定，百姓安居乐业，所以在晏殊辅佐朝政的那段时期，大宋呈现出了一片太平景象，加之他一生始终通透如玉、柔缓似水，没遭受过什么大的挫折，所以后人便称他为"太平宰相"，就连他的学生欧阳修都说他"富贵优游五十年，始终明哲保身全"。

虽然在他长达50年的仕宦生涯中，鲜有彪炳史册的突出建树，但他在为相期间，还是做出了一定成就的。比如西夏李元昊叛乱时，他力罢监军，使大宋结束了过去以阵图授前线诸将的遥控传统，直接放权给军队统帅，让处于前线的将领能够有权决定军中大事，可以审时度势、随机应变地应对战事。

另外，晏殊还建议整顿财赋制度，以充实国库，这一举措不仅得到了宋仁宗的大力认可，更为整个宋朝的税收制度打下坚实的政治基础。

而为史学家所称道的"庆历新政"，也是发生在晏殊当政时期。那些年，国家经济发展很快，国库充盈，士大夫们对精神生活的追求越来越高于对物质生活的追求，于是，填词作曲之风开始逐渐盛行起来，涌现出了柳永、张先等一批杰出的才子词人，而有着"词人宰相"之称的晏殊，功不可没。

娴雅才是真富贵

如果要用一个词来形容晏殊的人生，那就是"真富贵"。尽管出身于平民百姓之家，而且生性节俭，不事浮华，但晏殊依然担得起"真富贵"三个字。

晏殊的富贵体现在气象，是一种雍容典雅、低调内敛的风度。他身处太平盛世，生活富足圆满，所以说话行文多富贵之语与平和之音。不过，与同时期的柳永等人所写的富贵景象不同，出现在晏殊词中的富贵，另有一番气象与风度，而这又与他娴雅的士大夫审美情趣密切相关。

据记载，宋仁宗时有位叫作李庆孙的书生，参加科举考试后高中探花，被同年的进士们一起拉到酒楼喝花酒。结果，酒一喝多，他一时没能克制住激动狂喜的心情，居然大笔一挥，志得意满地写下了"轴装曲谱金书字，树记花名玉篆牌"的句子。意思是说，他家的曲谱是用黄金做成的，植物的名牌是用玉璧制成的。这不就是赤裸裸地炫富吗？

这句话传到晏殊耳中，见惯了大世面的他当即点评："这是没有亲身经历过富贵的人写出来的富贵，不仅有辱斯文，而且着了穷酸相，根本就没有领会什么才是真正的富贵。"

那么，什么是真正的富贵呢？晏殊自有他的理解。能够在楼台上看到"楼台侧畔杨花过，帘幕中间燕子飞"的悠然自得，便是真正的富贵；能够在院子里体验到"梨花院落溶溶月，柳絮池塘淡淡风"的恬静，也是真正的富贵。而一般人家里，没有杨花飘飞的楼台，没有燕子飞过帘幕的闲适，也没有梨花院落、柳絮池塘这般诗情画意的景致，所以，他们以为写金玉锦绣就是在描绘真正的富贵，这其实是着了相的，大错特错。

在晏殊的理解里，唯有娴雅才是真正的富贵，才具备了"真富贵"的气象。所以，他的词作往往兼具富贵与高雅的气息，而他的词集被命名为《珠玉词》，也正是想表达珠圆玉润、富贵娴雅的意思。

无独有偶，寇准也写下了一句好生了得的富贵语——"老觉腰金重，慵便枕玉凉"，愣是把他的金腰带和凉玉枕大大地炫耀了一番。但是晏殊看后，觉得太过俗套，认为这根本不是什么富贵之语，和白居易的"笙歌归院落，灯火下楼台"比起来，境界差了何止十万八千里。

晏殊认为，白居易才是真正的善言富贵者。和白居易比起来，无论是新科进士李庆孙，还是老资格的寇准，不仅连富贵的皮毛都没沾着，甚至可以说，他们从来都不知道什么才是富贵。

富贵就是有权有势吗？富贵就是珍珠玛瑙、琥珀琉璃吗？富贵就是位极人臣、富可敌国吗？很显然，这些都是对富贵最肤浅的理解，真正的富贵是气定神闲、心头无事，而真正的富贵语，也不是总把锦衣玉食、美屋华厦放在嘴边，而是要释放出富贵的气象，比如他眼里的小桥流水、阳春白雪，还有窗外那缕温婉的月光。那些言必金玉的富贵人，他们终究还是没有弄明白，只有真正的富贵人，才会有那份闲情逸致去欣赏曼妙的风景。试想，拥有了精美的庭院、楼台，还用得着天天上赶着炫耀家里的金银财宝吗？

晏殊追求的富贵气象，绝对不是靠什么"金玉锦绣"的富贵语来烘托点缀的，恰恰相反，它是通过对生活进行必要的过滤和提炼后，自然而然地流露出来的。这种气象的存在与延续，还需要具备两个不可或缺的条件，一是什么也不缺的真正的富贵生活，二是高雅不俗的趣味，而这两个条件晏殊兼而有之，所以我们今天读他的诗词，都能强烈地感受到那种由内而外散发出来的富贵娴雅的气度。

寓意

油壁香车不再逢，峡云无迹任西东。
梨花院落溶溶月，柳絮池塘淡淡风。
几日寂寥伤酒后，一番萧索禁烟中。
鱼书欲寄何由达，水远山长处处同。

看着只是刮起了几阵淡淡的柳絮池塘之风，但它散发出的却是浓浓的富贵气息。浓和淡，富贵和文雅，在晏殊的诗词里辩证地结合在一起，所以《宋史》里说他"尤工诗，娴雅有情思"，确实并非虚语。

他还有一首《清平乐·金风细细》。

清平乐·金风细细

金风细细，叶叶梧桐坠。
绿酒初尝人易醉，一枕小窗浓睡。
紫薇朱槿花残，斜阳却照阑干。
双燕欲归时节，银屏昨夜微寒。

细细的金风，飒飒的梧叶，小小的窗扉，醉人的美酒，西下的夕阳，缤纷的落花，翩跹的双燕，精致的屏风，这意境就很唯美浪漫，也很晏殊。

晏殊词作的字面，大多选用的是那些清丽淡雅、温婉含蓄的辞藻，所以他的词风才会有一种浑然天成的富贵气象，而又不会让人觉得有浓稠油腻感，处处都透着恰到好处的韵致。

晏殊的诗词文章中，也没有单单写富贵生活里的闲情逸致，他落笔的每一句话，都有着对人生独到的思辨和体悟，甚至能够让读者在他看似圆满的人生中，敏锐地捕捉到不圆满，这在他最负盛名的代表作《浣溪沙·一曲新词酒一杯》中就显得尤为突出。

浣溪沙·一曲新词酒一杯

一曲新词酒一杯，去年天气旧亭台。夕阳西下几时回？
无可奈何花落去，似曾相识燕归来。小园香径独徘徊。

笙歌听曲，美酒新词，确实很雍容华贵，但这首词处处彰显出一种清新淡雅、流丽洗练的气韵，而这正是晏殊想要让我们看到的世间"真富贵"。

"无可奈何花落去，似曾相识燕归来"，这是晏殊词作中的金句，清代词人沈雄写的《古今词话》对这个对子赞赏不已，而晏殊自己也对这两句话十分中意，还将它们放进他的一首七律诗里。

示张寺丞王校勘

元巳清明假未开，小园幽径独徘徊。
春寒不定斑斑雨，宿醉难禁滟滟杯。
无可奈何花落去，似曾相识燕归来。
游梁赋客多风味，莫惜青钱万选才。

叶梦得在《避暑录话》中记载了关于晏殊的一个故事。

晏殊虽然富有，但平时生活很简朴，唯独有一个花钱的爱好，就是喜欢宴请宾客，以酒会友。

晏殊的家宴很有特色，宾客每人一张空桌子、一个杯子。晏殊喊一声"上酒"，宴席就正式开始了。果品菜肴一道道上，歌伎乐手一个个来，宾主一边吃着佳肴，一边饮着美酒，一边欣赏美女仙乐。酒过三巡，看宾客吃得差不多了，晏殊一挥手，歌伎纷纷退下。好了，家宴的重头戏来了。杯盏碗盘撤下，笔墨纸砚摆上，晏殊乘着酒兴，和宾客一起吟诗唱词，尽享文人之趣。

但凡有客来访，晏殊看到欣赏的便硬留下来喝酒，所以晏府基本上是天天有宴席。晏殊喜欢喝酒，但醉翁之意，实则不在美酒佳肴与歌舞伎人上，而是在高雅的情调、格调与腔调上。

有一年中秋的晚上，晏殊邀请了一众宾客来家里饮酒赏月，觥筹交错，红袖添香，自是其乐融融。但大家等了许久，天上仍是满天乌云，哪里有什么月亮？这一下，刚刚还意兴盎然的晏殊，立马变得兴致全无，索性躲进里屋不出来了。

过了一会儿，好友王琪跑过来敲门，屋里的晏殊毫无反应。

王琪见状，便故意在门外轻声吟诵了起来，"只在浮云最深处，试凭弦管一吹开"，一下子就把晏殊心里的诗情画意勾了出来。

吹笛抚琴，云开见月明，该是何等的浪漫与风雅啊！压根就没睡着的晏殊立刻披衣而起，饮酒又赋诗，达旦方罢，至于那轮犹抱琵琶全遮面的明月，何时出现，会不会出现，谁都不会在意了。

晏殊的确一直都过着优渥的日子，可谓朝朝有酒、夜夜笙歌，在这种优越的生活环境中创作出来的词作，又如何脱离得了富贵气息呢？然而，这种富贵并不是晏殊刻意去追求的，位极人臣的他有着极为高雅的审美趣味——娴雅之气。

其实，晏殊是一个特别节俭，对物质生活也没有太多追求与欲望的人。他的老乡曾巩说晏殊"虽少富贵，自奉若寒士"，《宋史》中也称他"奉养清俭"。那么，晏殊到底有多么俭省呢？举个例子来说，他从来都不会浪费纸张，但凡公家文牒或朋友之间的往来书信，看过之后，他都会把废弃的纸张和封皮一一收好，拿小刀把纸张上的空白处裁剪下来，用来写字。贵为宰相，晏殊能做到如此俭约，确实难能可贵。

"真富贵"的晏殊，天性中还有一种极其宝贵的品质，那就是忠厚诚实，他一生都没有做过任何阿谀奉承、见风使舵的事，更不曾欺瞒皇上，居功自傲。在晏殊的仕宦生涯中，他曾向朝廷举荐过不少人才，却没有利用手中的权势，为儿子晏几道在朝中谋得一官半职。在担任枢密使的时候，因为宋仁宗提拔了他的女婿富弼为枢密副使，为了避嫌，他主动请求辞去自己的职务。

晏殊不但为官清廉，胸怀也特别宽广。他和同有才子美誉的"红杏尚书"宋祁一度走得非常近，为了能时常见到宋祁，和他一起饮酒作词，晏殊甚至在自己的居所旁边，特地为宋祁安排了一个住处。

可令人颇感意外的是，和晏殊"亲密无间"的宋祁，在晏殊被罢相的时候，却表现得有些过于积极，他不但抢着写罢免晏殊的文书，而且在文书中故意将晏殊说得非常不堪。但晏殊在知道了宋祁的所作所为以后，只是付之一笑，什么都没有说。或许，遇事不争不辩，不怨恨，不谴责，不恶语，也是晏殊对"真富贵"的一种理解吧！

红尘深处的豁达

宋仁宗天圣五年（1027年），晏殊被罢枢密副使，以刑部侍郎出知应天府。在任期间，他大力扶持应天府书院，并邀请范仲淹到书院执教讲学，命其全面主持书院的工作，广收门徒，大兴教育。回到朝堂后，他又和范仲淹一起联手，命令州县办学校，创立分科教学，改良科举考试，促成了宋代学校教育的兴起。

在晏殊和范仲淹的共同努力之下，应天府书院培养出了一大批经世致用的人才，为朝廷输送了新鲜的血液。应天府书院也因此成了北宋四大书院之一。

尤为可贵的是，尽管晏殊跟欧阳修、王安石、范仲淹在政见上多有不合，但他仍然能够做到办事公平公正，唯贤是举，对他们多有提拔与照顾，即便王安石当众质疑他"为丞相而喜填小词，能否治理好国家"，他也只是微微一笑，并送了他八个字"能容于物，物亦容矣"。

这就是晏殊，一个豁达宽容的晏殊。这不仅表现在他对同僚和后进的态度上，同时也体现在他的日常生活中。

晏殊被宋仁宗贬至陕西出任永兴军节度使的时候，将著名才子张先辟为通判，并带着他一同前往西安赴任。在西安，晏殊看中了一个柔情似水、体态风流的歌伎，很快将其纳为侍妾接进了府中，并给她起了一个香艳的名字——萧娘。

这个萧娘不仅人长得美，而且极其聪慧，精通音律。让人意想不到的是，她还是张先的粉丝，张先每次到晏殊府上做客，她都会亲自出来迎来送往，吟唱张先的词作。久而久之，就引起了晏殊第三任夫人王氏的极度不满。

王氏认为，萧娘既然已经进入了晏府，就应当谨守内院女子的本分，怎么能频繁抛头露面，当着众人的面唱那些淫词艳曲呢？王氏不好指摘晏殊，就以女主人的身份，愣是将萧娘转卖给了别人。晏殊虽然不舍，却也无可奈何。

清平乐·秋光向晚

秋光向晚，小阁初开宴。

林叶殷红犹未遍，雨后青苔满院。

萧娘劝我金卮，殷勤更唱新词。

暮去朝来即老，人生不饮何为。

事已至此，晏殊只能追忆着萧娘往日的音容笑貌填词一首，在时光的流痕里默默打捞她的身影。

萧娘被卖掉后没多久，张先又来做客了。因为少了萧娘的吟唱与欢声笑语，席间显得颇为冷清，晏殊便让人到教坊唤了一个歌伎前来助兴。

比晏殊年长一岁的张先最懂晏殊，他知道萧娘离去之后，晏殊心中非常难舍，于是模仿萧娘的口气填了一首新词交给新来的歌伎吟唱。

当歌伎唱到"望极蓝桥，但暮云千里，几重山，几重水"的时候，晏殊心中更是惆怅到了极点，他望着窗外的景致沉吟了许久，然后挺身站起，立即唤人将萧娘赎了回来。

世人眼里的晏殊，高官厚禄，锦衣玉食，住的是华屋美厦，看的是人间美景，哪里真正懂得痛苦忧愁？即便忧愁，也都是故作扭捏的无病呻吟，其实这种理解是对他的一种误读。尽管他大半生都过着无忧无虑的优渥生活，且文辞中少有惊心动魄之作，仿佛这世间发生的所有纷争都与他无关，但若细细品味，便会发现，他并不是不在意或冷漠无情，而是时刻都保持着平和的人生态度。

或许，张先不让歌伎唱那首新词，他就不会冒着与夫人产生龃龉的风险，鼓起勇气把萧娘接回来，但他着实也不是惧内，只因为他实在不想因为一个侍妾就搅得家中不宁。

他已经先后失去两个夫人了——原配李氏早在他22岁的时候就病逝了，继配孟氏也在他40岁左右的时候撒手人寰了，如今的王氏一直与他相处和睦，与其为了萧娘与她闹不和，倒不如自己退一步，兴许也就海阔天空了。

晏殊生性喜欢替别人着想分忧，享富贵而真淡泊，这是尤为难能可贵的。有一次，他去洛阳参加门生欧阳修举办的宴会，邂逅了名伎张采萍，并与她一见钟情，却因为时间仓促，只能匆匆擦肩而过，留下了莫大的遗憾。回到开封后，那份刻骨的相思早就住进了他的心里，但他却本着不打扰、不纠缠的态度，只在纸笺上悄然写下了对她的忆念，来祭奠那段来也匆匆、去也匆匆的感情。

蝶恋花 · 槛菊愁烟兰泣露

槛菊愁烟兰泣露。罗幕轻寒，燕子双飞去。
明月不谙离恨苦，斜光到晓穿朱户。
昨夜西风凋碧树。独上高楼，望尽天涯路。
欲寄彩笺兼尺素，山长水阔知何处？

路漫漫其修远兮，这山长水阔的恋慕，除了会带给她各种烦扰与郁闷，还能有什么呢？罢了，罢了，这份浓得化不开的相思，还是将它一直搁在内心最深的角落吧！

谁也没想到，就在晏殊沉溺在相思之际，善解人意的欧阳修，竟然派人将张采萍从洛阳送到了他的府上，成就了一段美好姻缘。自此，晏殊正式纳张采萍为妾，老夫少妻恩爱异常。

张采萍才貌双全，一点也不比萧娘逊色，而且冰雪聪明，好学又有捷才，在晏殊的影响下，也颇喜吟诗填词，还喜欢玩猜谜的游戏，为晏殊的诗酒生活添色了不少。

某天，范仲淹、张先、韩琦等一众大臣，结伴来晏府拜访晏殊。晏殊想让客人们亲眼见识张采萍的才学和智慧，便吩咐她去街上买二斤猪肉、一斤猪肝，但最后一样东西他没有说出来，而是拉过张采萍的手，在她手心里写了个"千"字，然后问她明白了没有，张采萍眼睛滴溜溜一转，只微微笑着说了声"明白了"，就转身走了。

不一会儿，张采萍就把晏殊要的几样东西买回来了。大家簇拥在一起打开包裹，见里面除了猪肉和猪肝，竟然还有一副猪舌头，众人纷纷疑惑不解地盯着晏殊，可晏殊却回答，张采萍没有买错。

为什么会是猪舌头呢？张先非常纳闷地问张采萍："刚才我明明看到晏公在你手心写的是个'千'字，你怎么买回来猪舌头呢？"张采萍笑了笑回答说："先生，请问'舌'是怎么个写法呢？"张先伸出手指刚要写，忽然就明白了过来，连声赞叹说："不错，'千'就是'舌'字之头，妙！"众位客人也跟着哈哈大笑。

有张采萍相伴在侧，晚年的晏殊尽管长期被贬斥在京城之外，但日子还是过得相当舒适惬意的，而他豁达通透的人生态度，便也在这段时期，于他"珠圆玉润"的辞赋中，愈加彰显了出来。

浣溪沙·一向年光有限身

一向年光有限身，等闲离别易销魂，酒筵歌席莫辞频。
满目山河空念远，落花风雨更伤春，不如怜取眼前人。

"一向年光有限身"，端的是人生短暂，再怎么不舍，再

● 宋·林椿《枇杷山鸟图》

怎么惆怅，也无法留下这尘世间所有的美好。既然无法回到过去，亦无法把握未来，那便好好珍惜当下，再也不要让自己沉陷在无聊的回忆中痛苦彷徨了。

采桑子·时光只解催人老

时光只解催人老，不信多情，
长恨离亭，泪滴春衫酒易醒。
梧桐昨夜西风急，淡月胧明，
好梦频惊，何处高楼雁一声？

晏殊的这首词，写尽了人生的况味。他将离别的惆怅、无情的时光、老去的年华，一一落笔在纸笺上，表达了心底的无奈与感伤，如同天际的雁鸣，虽只有短促的一声，却显得十分悲凉凄切。

妙就妙在，晏殊笔下的文字，虽惹起了一缕闲愁，但却不显凄厉，他没有继续沉溺在痛苦中无法自拔，而是在思索中对人生有了更为透彻的理解。

清平乐·春花秋草

春花秋草，只是催人老。
总把千山眉黛扫，未抵别愁多少。
劝君绿酒金杯，莫嫌丝管声催。
兔走乌飞不住，人生几度三台。

光阴荏苒，这满院的春花秋草，只是兀自催人老。这番愁恨何时可以消除，恐怕纵使扫尽了千山眉黛，也扫不去这盘结于心间的离愁别绪啊！

岁月变迁，"人生几度三台"。想他晏殊曾经几度登临台阁，位极人臣，权重一时，然而时过境迁，回头再看，一切的荣华富贵、功名利禄，也终不过是浮生一梦罢了。

晏殊写下"人生几度三台"，并非矫揉造作，没有自傲，没有自夸，更没有任何炫耀的成分，他只是如实地记录下他一生的荣耀，以及荣华富贵衍生出的种种忧愁与惆怅。

几度三台，半生繁华，不过是在一场富贵名利梦里耗尽了年华，有什么值得夸耀的？此时天高云淡，山长水阔，终于可以携着心爱的佳人，划一叶扁舟，从容归去花酒间。

7 岁闻名乡里，14 岁获赐同进士出身，27 岁陪侍太子，34 岁荣升宰执，36 岁第一次被贬，41 岁再登副相，51 岁封相，兜兜转转，终又在晚年遭遇了十年贬谪。

他已尝尽了世间的荣华富贵，那些过往的名利，终在岁月的流转中，流淌成满纸泛黄的陈迹，或喜或悲，或明或暗，至此都已然不重要了。重要的是，他知道，此生已了无遗憾，他已找到了自己想要的圆满。

宋·高克明《溪山雪意图》（局部）

肆

辛弃疾

硬核诗人的血性人生

　　辛弃疾是两宋存词最多的词人，流传下来的词作多达六百余首，号称"南宋第一词人"。他不仅词写得极好，还是一个非常了不起的军事人才，所谓"文能提笔安天下，武能上马定乾坤"，用在他身上再恰当不过。

　　从中原故土回归大宋后，辛弃疾本以为，凭着自己出色的才干，他一定能做出一番大事业来，却没想到，他执着北伐的热情被当权者视作异类，而"归正人"（即投归正统之人，南宋对北方沦陷区南下投奔之人的称呼，是一种蔑称）的尴尬身份也局限了他在仕途上的发展，再加上他豪迈倔强的性格，竟使得能文能武的他在官场上难以立足，终其一生，朝廷给予他的最高官职也不过是从四品的龙图阁待制。

　　他灰心了，失望了，既然无法建功立业，还不如退居田园，享受山水之乐。他便决意在江西上饶建筑庄园以安度晚年，从此自号"稼轩居士",开始了长达 20 年的赋闲生活。

然而,20 年漫长的赋闲生活,并没有消磨辛弃疾的斗志。尽管身居乡野,他始终关注着朝堂局势,依然摩拳擦掌着想要奔赴沙场,为国家建功立业。

嘉泰三年(1203 年),主张北伐的宰相韩侂胄起用主战派官员,辛弃疾被召为绍兴知府兼浙东安抚使。63 岁的他精神为之一振。不久,辛弃疾担任处于抗金一线的镇江府知府,获赐金带。

就在辛弃疾紧锣密鼓地筹划进攻时,韩侂胄主导的北伐再次遭遇失败,一切的努力都化为泡影。他内心非常失望,在登临北固亭时,痛心于报国无门,便凭高望远,抚今追昔,写下了传诵千古的《永遇乐·京口北固亭怀古》。

不久后,在谏官的攻击下,辛弃疾又被降职了。尽管后来又被委以重任,甚至要给他兵部侍郎的官职,但他拒绝了。开禧三年(1207 年)秋,朝廷再次起用他为枢密都承旨,并命令他火速赶赴临安府就任,但诏令抵达铅山时,他已病重卧床不起,只得再次上奏请辞。

不久后,辛弃疾带着满心的遗憾病逝于瓢泉庄园,据说他临终时还高呼"杀贼"。

可怜一片报国心,到最后都漫随落花东流去。

少年的你,梦回大宋

宋高宗绍兴十年(1140 年),金兵南侵,岳飞出兵抗金,经过多场恶仗，重创金军主力，大破对方王牌骑兵部队"拐子马"和"铁浮屠"。

宋军乘胜追击，一路长驱直入，最后杀到了距开封只有二十多公里的朱仙镇。面对势不可当的岳家军，敌军将领完颜宗弼下令金军准备放弃中原，渡过黄河北撤燕京。

然而，岳飞还没来得及收回旧河山，宋高宗就在权臣秦桧的挑唆下，一口气连续发出十二道金牌，命令岳飞班师回朝。

十年心血，就因为宋高宗的反复无常和秦桧的一己之私而生生毁于一旦。至此，偏安一隅的南宋朝廷恢复旧日河山的理想，基本宣告破灭。

就在岳飞被十二道金牌召回的两个月前，山东历城（今济南）有一个叫辛弃疾的孩子出生了。此时，历城早已被金国占领。也就是说，从他呱呱落地的那一刻起，就是金人眼里的二等公民，与大宋再也没有丝毫瓜葛了。

改朝换代，对老百姓而言，便意味着灾难与战火、离乱与废墟，但时过境迁，待一切都重新安定下来，大多数人都选择了沉默，继续过自己的生活，仿佛一切都没有发生过，至于是做大宋的遗民还是大金的顺民，根本就无关紧要。但偏偏也有那么一群人，他们心里还存着大义与气节，坚决不肯接受异族的统治，时刻在谋划着推翻大金王朝，恢复汉家天子的正统地位。这其中就包括辛弃疾的爷爷辛赞。

靖康之变发生后，宋室南渡，辛赞苦于家中人口众多，无法跟随南下，只好暂时留在北方，并接受了金人给予他的官职。尽管辛赞表面上对金人唯唯诺诺，但他没有忘记国破家亡的仇恨，私下里积极谋划着反抗，并一直在暗中帮助各地的起义军，为他们提供情报。他在等待一个机会，只要时机一成熟，他就会揭竿而起，把金人赶出中原大地。

辛赞为孙子起名"弃疾"是大有用意的。山河沦丧，故国不再，他也一天天衰老下去，恢复中原的重任，只有寄希望于这个刚出生的小娃娃了。弃疾啊弃疾，记住，你是大宋的子民，你身上流的是汉人的血液，等你长大了，一定要成为汉朝大将军霍去病那样的人物，守护疆土，保家卫国。

辛弃疾出生一年多后，岳飞被南宋朝廷以"莫须有"的罪名，与其子岳云一起被杀死于大理寺狱中。消息传到历城后，辛赞伤心欲绝。尽管他和北方各地的起义军将士一样，因为岳飞的死对南宋朝廷生出了许多不满与愤懑，但在民族大义面前，他依然选择了与金朝对抗到底。

他把所有希望都寄托在了小弃疾身上，而辛弃疾也没有辜负祖父的期待，小小年纪便已学得文武双全。说他是神童，也绝无半点夸张的成分。

岳飞被杀后，辛赞一直希望孙子长大后能够像岳飞那样收复故土，做一个人人称颂的大英雄，所以只要有空，他就会给辛弃疾讲岳飞的故事，讲大宋的故事，讲靖康之变的屈辱，并再三告诫辛弃疾，你是大宋的子民，不是金国的百姓。

因为祖父循循善诱的教导，辛弃疾从小就立下了光复中原的志向。因为年纪尚幼，辛赞要求他先把书读好，然后按部就班地参加金国的科举考试，等时机成熟了再伺机而动，收复故土。

后来，辛弃疾被当地官府保举，到燕京参加科举考试，没想到竟然落榜了。要知道，辛弃疾尽管还不满 15 岁，但已经学贯古今，在当地早就是闻名遐迩的小才子了，以他的才学，要考取个进士出身还是相当容易的，可因为金朝内部的各种腐败黑暗，即便他才高八斗，也只能名落孙山。

然而，辛弃疾并没有泄气，回到家后继续埋头苦读。三年后，他再次参加科举考试，本以为这一次肯定稳操胜券了，但依然榜上无名。

不过，辛弃疾一点也没把考试结果放在眼里。他之所以参加科举考试，只不过是为了完成祖父的心愿，在金人的朝廷谋个一官半职，像祖父那样为北方的起义军提供军事情报。

对他来说，能不能在金朝当官并不重要。难不成当不了金朝的官，就不能一展抱负吗？成功的途径有千条万条，祖父可以利用给金人当官的便利为起义军提供情报，他照样可以以布衣的身份做到这一点。

父亲辛文郁在辛弃疾很小的时候就去世了，辛弃疾是被祖父辛赞一手拉扯大的，所以他一直都很尊敬祖父，对祖父向来言听计从。

按理来说，辛弃疾生于金国，又长于金国，是货真价实的金国人，但因为自幼就接受祖父对他的爱国主义教育，他从小就不认同自己是金国人，等他稍稍长大后，又因为目睹了汉人在金人统治下所受的各种屈辱与痛苦，早早地就在心里埋下了对金国统治者仇恨的种子。

两次科举考试落榜，更坚定了辛弃疾光复旧日河山、为大宋报仇雪耻的决心。他是大宋子民，要向他心目中的大英雄岳飞学习，要让欺辱大宋老百姓的金国统治者付出应有的代价。他向祖父辛赞保证，无论身在朝堂，还是处于市井，他都要尽力收复中原，这是他终生为之奋斗的理想。

辛弃疾心中的宋朝，并不是那个偏安于江南一隅的南宋小朝廷，而是靖康之变前的那个繁华富庶的大宋。此时的少年辛弃疾，还不太懂得誓言的分量，更不知道往后余生，他会为这个信念奋斗到死。

出道即巅峰

俗话说，君子报仇，十年不晚。而辛弃疾则是君子报仇，枕戈待旦。成年以后，他迫不及待地想要飞驰沙场。1161年，他终于等到一个绝佳的时机——金兵大举南下，后方空虚，他便召集了两千多人的队伍，走上了抗金的道路。当时，他的祖父辛赞已经因病去世了。

那时的金国，沦陷区的人民过着水深火热的生活，起义军风起云涌，而金朝既要对外发动战争，又要对内镇压起义，已处于疲于奔命的状态。辛弃疾正是在这样的时代背景下，当上了一支抗金义军的首领。

辛弃疾带兵打了一段时间的游击战后，慢慢地发觉自己的力量太弱小了，很难干出一番大事业。经过一番深思熟虑后，他加入了山东境内声势最为浩大的一支起义军，首领叫耿京。辛弃疾被耿京任命为掌书记，负责掌管文书和帅印。

辛弃疾对耿京给自己安排的职务感到不满，因为他只想上阵杀敌，但他毕竟是自己主动前来投军的，寸功未立，根基不稳，便也只好听之任之。过了一年多时间，辛弃疾犯下了一个大错，他把帅印弄丢了。耿京听说后震怒，要军法处置辛弃疾。

漢使昔年還　月出如畫年人今

清耕鳴時時

　　命

濃白乃丸三事日

宇三向東

長安

● 宋·岳飞《悼古战场》（局部）

情急之下，辛弃疾提出，给他三天时间，他一定能把被盗的帅印追回，如果到时还追不回，再处置他也不迟。耿京尽管很生气，但还是爱惜人才，便痛快地答应了下来。

其实，盗走帅印的不是别人，而是辛弃疾的结拜兄弟义端和尚。当初，义端也跟他一样，是起义军的头领，辛弃疾投奔耿京的时候，顺带说服他一起投奔到了耿京帐下。哪知道这个义端，因为吃不了在军中当差的苦，竟偷走了帅印，准备拿去金营里邀功，谋取一官半职。

事不宜迟，辛弃疾连夜出发，埋伏在了去往金营必经的路上。不出其所料，天快亮的时候，义端果真骑着马出现了。义端一看见辛弃疾，拍马便逃。辛弃疾紧追不放。就这样，一个在前面跑，一个在后面追，义端累得气喘吁吁，料定自己逃不过辛弃疾的追截，只好与辛弃疾决一死战。辛弃疾手起刀落，结果了叛徒的性命。

顺利完成任务后，耿京对辛弃疾刮目相看，不仅把军中要务都交给他处理，后来还派他去联络南宋朝廷，商量归顺朝廷的事宜。

万万没想到，就在辛弃疾回来的路上，耿京竟然被叛徒张安国杀害了。耿京一死，起义军军心涣散，顿时乱成了一锅粥，有人投奔了张安国，有人在默默观望，有人则不知所措。

生死看淡，不服就干。在起义军生死存亡的关键时刻，辛弃疾带着 50 名敢死队员，突袭了 5 万人的金军营地，生擒了叛徒张安国，还顺手策反了一万余名金兵归宋。他的英雄壮举瞬间轰动了宋金两国，成了一时的传奇。

当时著名文学家洪迈在《稼轩记》里记载了这次神奇的斩

首行动："齐虏巧负国，赤手领五十骑，缚取于五万众中，如挟毚兔，束马衔枚，间关西奏淮，至通昼夜不粒食。壮声英概，懦士为之兴起，圣天子一见三叹息，用是简深知。"

一介书生，以 50 人之力，于 5 万敌阵中擒获叛贼，竟如探囊取物，古往今来，恐怕也只有岳飞才有这样的神勇吧？

很快，一战成名的辛弃疾就被任命为江阴签判，从此开启了他在南宋的仕宦生涯。

但由于自己"归正人"的特殊身份，辛弃疾在南宋官场中一直受到排挤，这让他感到非常郁闷。

三十多岁的时候，他写下了名噪千古的《青玉案·元夕》，看似描写元宵之夜的盛景，其实是对自己怀才不遇的暗喻。

尽管辛弃疾军事才能突出，但朝廷对从北方来的他并不完全信任，加上皇帝也不希望再出现一个岳飞，所以只安排他去担任转运使、安抚使一类的地方官职，负责治理荒政、整顿治安，看似很重用他，其实就是不想让他参与北伐事务。他空有一腔报国之志，却没有用武之地。

青玉案·元夕

东风夜放花千树，更吹落、星如雨。

宝马雕车香满路。凤箫声动，玉壶光转，一夜鱼龙舞。

蛾儿雪柳黄金缕，笑语盈盈暗香去。

众里寻他千百度，蓦然回首，那人却在，灯火阑珊处。

刚到江南的时候，辛弃疾上书力陈北伐的可行性和必要性。

起初，新登基的孝宗皇帝也是热血沸腾，一心想要光复中原，但没过多久，他昂扬的斗志便在太上皇宋高宗和主和派大臣的掣肘下，慢慢地偃旗息鼓了。

自打岳飞死后，主战派纷纷噤若寒蝉，朝堂上只剩下那些软弱怯战的官员在不停地叫嚣，这时候竟无端地杀出一个主张北伐的"归正人"，在他们看来既可笑又荒唐，此时不排挤他、打压他，更待何时？

年轻气盛的辛弃疾，处处不受待见，在临安根本没有他的立足之地，但他毕竟是名动天下的青年才俊，要不把他安置好，肯定会引起天下物议。

于是，在多方权衡利弊后，宋孝宗决定把辛弃疾派到地方上去历练。

那一刻，辛弃疾终于理解了偶像岳飞的孤独，也明白了岳飞为什么会以"莫须有"的罪名被朝廷处死。所有人都清楚辛弃疾是把削铁如泥的宝剑，但因为锋芒太过锐利，终是没有人敢起用他北伐，更不敢把他放在重要的军事岗位上。辛弃疾少年成名，一身的英雄气概和军事才能却被搁置和辜负，身上的光芒也慢慢变得黯淡。

宋孝宗安排给辛弃疾的工作，就是让他去各地充当灭火队员，处理各种急事和难事。他心里虽然很急，但也无可奈何，只好慢慢等待机会。

可惜的是，他都已经在江南安家并娶妻生子了，皇帝却迟迟不提让他领兵北伐的事。

事实证明，辛弃疾很有做官的才能，皇帝交代给他的事，他都能在第一时间迅速办好，但这一切都不是他真正想要的，所以只要有机会,他就会不厌其烦地劝说宋孝宗让他带兵打仗,收复故土,但宋孝宗总是不肯松口。

朝廷并不希望出现第二个岳飞,出于各方面的考虑,宋孝宗也不希望辛弃疾变成第二个岳飞。为了不让辛弃疾成天在自己面前聒噪,宋孝宗想出了一个妙计——让他在地方上奔波忙碌,既帮助朝廷解决了各种棘手的问题,自己也落个清静。

32岁那年,滁州大旱,生灵涂炭,几乎沦为空城,辛弃疾奉命前去救灾。因为治理有方,仅仅一年之后,滁州民生便得到了恢复。宋孝宗嘉奖他,他问宋孝宗什么时候可以北伐,宋孝宗依旧避而不谈。

34岁的时候,辛弃疾离开了滁州,回到建康,如愿以偿地当上了军队里的参议官,然而还是没有等来皇帝派他北伐的那一天。

寻寻觅觅,觅觅寻寻,他终究没能奔赴沙场,更没有机会杀敌报国,只能在每日清晨的时候换上戎装,跟年轻的士兵们一起进行训练,在想象中完成对故土的收复与对敌人的杀伐。他已经三十多岁了,人生中最好的年华就这么虚度了,难不成,接下来的岁月,他还要这么庸碌无为地过下去吗?

这时,江西的一群茶商纠集了几千人造反,宋孝宗又把他派过去平叛。一个月后,叛军被消灭,匪首向辛弃疾投降,周边乱民听说了他的大名,闻风丧胆,纷纷四处逃散。

经此一战,辛弃疾声名大振。然而这个时候,朝廷里却有人因妒忌对他生了嫌隙,并在宋孝宗面前诽谤他:"一个擅长领兵而且很有野心的'归正人',会不会有一天也跟那些茶商一样纠众造反呢?"虽然这只是一个假设,但这个假设却让皇帝对他起了戒心。

朝廷的排挤，皇帝的不信任，让辛弃疾精忠报国的热情被生生辜负，这更让他感到悲伤难过。再过几年，他就40岁了，本应当不惑的年纪，却装了满肚子的迷惑和不合时宜，怎不让人唏嘘扼腕？

就在他情绪最为低落的时候，临安一个叫陈亮的人给了他希望与安慰，两个人彼此理解，互相取暖，友谊之花就此绚美绽放。陈亮为人豪迈，才华横溢，也是一个力主抗金的血性文人。同时，他因为主张北伐，几经宦海沉浮，和辛弃疾一样，始终都被当权派排挤打压，心底积压的郁闷丝毫不比辛弃疾少。

他们一见如故，从此成为无话不谈的挚友，互相鼓励，互相打气，彼此扶持着走过了一段艰难的道路。接下来，辛弃疾很快便迎来了人生中的一个转机。

其时，湖南的一些地主利用自身在当地的威望，成立了民兵团，专门欺压百姓，干了不少坏事。刚刚到任的辛弃疾查清楚后，二话没说，直接查抄了这些地主的财产，没收了他们的武器，拿着他们的钱财、兵器在长沙创立了一支军队，起名为飞虎军，并修建了营寨，日夜操练。

他的目的很简单，就是训练一支日后可以用来北伐的军队，但这事传到朝中后，却又是另一番言论了。那些本就不喜欢他的大臣们，立马抓住这个机会大做文章，在皇帝面前参奏说："辛弃疾是个贪污分子，不仅如此，他还把贪污来的赃款用于培养私家军队，这明明就是意图不轨啊！"

兵权，向来是皇帝最为忌讳的事情，宋孝宗虽然不相信辛弃疾会有造反的心思，但还是马上把他调到江西救灾去了。他一手创立起来的飞虎军，后来果然成了一支劲旅，立下了许多战功。

从此之后，辛弃疾索性开始了放飞自我的生活。你们说我贪污，好，我就贪给你们看；你们说我好色，好，我就娶一堆小妾让你们瞧。大敌压境，国势日衰，朝中的宰执都不操心，他一个江西安抚使，又有什么可忧虑的？

辛弃疾开始在上饶带湖营建自己的庄园，设计雅致，高处楼宇连排，低处稻田飘香，就连朱熹看了都称叹不已。这应该是辛弃疾一生中最为快乐恣意的时光，终日无忧无虑，心无旁骛地取悦自己，不仅给庄园起名为"稼轩"，还拿它做了自己的别号，自此逢人便自称"稼轩居士"。

然而，他还是没有忘记北伐，不间断地给远在临安的宋孝宗上奏折建议北伐。有趣的是，他每上一道北伐的奏折，御史就跟着上一道弹劾他的奏折，攻击他贪财好色，沉湎享乐，而庄园就是证据。

1181 年，辛弃疾的官职全被罢免，此时庄园正好落成，他便开始了清静的闲居生活。此后二十多年间，除了曾短暂出任福建提点刑狱和福建安抚使，他大部分时间都在乡间闲居。

49 岁，是辛弃疾人生中特别重要的一年。他马上就要"知天命"了，但他心里非常清楚，这个时候，他连"不惑"都还没有做到呢。

表面上看起来，辛弃疾似乎是向命运低头了，一直过着闲适自得的生活，终日不是游山玩水，就是吟诗填词，但事实上，他却陷入了极度的焦虑中。他迫切地需要给自己的人生做一个注解，所以这一年，他接触了几个重要的人物，希望为自己的人生找到一个出口，其中就包括陆游、朱熹，还有那个同他一样桀骜不驯、怀才不遇的陈亮。

宋孝宗淳熙十五年（1188年）冬天，陈亮特地从故乡浙江永康出发，专程到江西上饶拜访辛弃疾，并与他在鹅湖会面。两人泛舟水上，一边欣赏雪景，一边纵谈军政，一谈就是十天，不仅成全了历史上著名的第二次"鹅湖之会"，还让辛弃疾为之挥毫，留下了一首千古名作。

破阵子·为陈同甫赋壮词以寄之

醉里挑灯看剑，梦回吹角连营。
八百里分麾下炙，五十弦翻塞外声，沙场秋点兵。
马作的卢飞快，弓如霹雳弦惊。
了却君王天下事，赢得生前身后名。可怜白发生！

辛弃疾空有一腔热血，却只能在梦里奔赴沙场，点兵杀敌。即便像诸葛亮那样，戎马半生，到最后所有努力都化为泡影，他也心甘情愿。这是辛弃疾的悲哀，也是一个时代的悲哀。然而，哪怕明知无力回天，他依然奋力嘶喊，希望朝廷给他一个全力以赴的机会。可惜，这样的机会，将近30年了，却从来不曾出现过。

鹅湖之会后，辛弃疾又陆续出山做过两次官，但在宋光宗绍熙五年（1194年）夏天，他再次罢官回上饶，并着手营建新居瓢泉庄园，决意"便此地、结吾庐，待学渊明，更手种门前五柳"。两年后，带湖庄园失火，辛弃疾便举家移居到瓢泉庄园，继续过着闲云野鹤般的村居生活。

南北双秀，各得其所

很多人知道，辛弃疾和他的老乡李清照并称"济南二安"，却很少有人知道，少年时期的他，还曾与年长他6岁的泰安人党怀英齐名于北方，并被时人合称为"辛党"。

辛弃疾和党怀英是同学，也是好兄弟。他们曾师从亳州名士刘瞻，并得到刘瞻的真传。在祖父辛赞的影响下，辛弃疾从小就练武习剑，浑身散发出一股英武不凡的气质。与他相比，党怀英则要文弱许多。

党怀英是北宋太尉党进的第十一世孙，其父党纯睦为泰安军录事参军，后因病卒于任上，妻子由于家贫不能回归故里，只好带着儿子定居泰安。

党怀英自幼聪颖，能够日诵千余言，且擅长诗文，后来与辛弃疾一起拜在刘瞻门下，不仅同在一处读书，还是同住的舍友，两个人的感情非常亲密。

他们虽然都很优秀，但志向却完全不同。年长些的党怀英希望自己能够像先贤孔子教导的那样"学而优则仕"，在金国谋个一官半职，而辛弃疾的理想却是光复故土，建功立业。

很显然，对党怀英来说，他并不在意自己是宋国人还是金国人，也不排斥在金人的朝廷里当官，而这在辛弃疾看来就是认贼作父。所以，两人没少为这些事发生争执。脾气火暴的辛弃疾骂党怀英是毫无原则的软骨头，文质彬彬的党怀英则回骂辛弃疾是不懂变通的书呆子。然而，公说公有理，婆说婆有理，两个人说得口干舌燥，也没有人愿意向另一方认输。

辛弃疾没有再跟党怀英辩论。经过这次深入的谈话，他已经非常清楚地意识到，他们不是一路人。既然志向不同，谁也说服不了谁，就各走各的路好了。

在党怀英和辛弃疾这两个得意门生之间，刘瞻其实一直都更看重辛弃疾。别看他年龄小，可脑子里却有的是主意，而且非常善于填词，他填的词总让人感觉不是刻意而为之，倒像是信手拈来，这要不是天才，谁又敢担起天才的名声？

自幼习文练武、饱读诗书的辛弃疾，小小年纪便养成了侠义之气。他的志向从来不是金榜题名，做当朝的文宗泰斗，而是奔赴战场，做一个纵横沙场的将军，就像他的偶像岳飞那样。

第二次参加科举考试落榜后，辛弃疾便彻底打消了在金国谋求出仕的念头。此时此刻，他到底该何去何从呢？

和他一样对前途充满迷茫的还有他的挚友党怀英。他们同时参加科举试，又同时名落孙山。不过，落榜对辛弃疾来说无所谓，他的家底相当厚实，考不考得上无关紧要；可党怀英就完全不同了，他自幼丧父，母亲将他一手拉扯成人，家境贫寒，不能考中进士，就意味着他无法走入仕途，拿不到俸禄，饭都吃不饱，还谈什么治国平天下？

两人在命运的路口陷入了长久的沉思，最后，他们做出了一个共同的抉择，用占卜的方式来决定自己何去何从。结果，党怀英抽到了"坎卦"，就留在金国，而辛弃疾抽到了"离卦"，便决意南归。

在燕京的时候，辛弃疾和党怀英都拜在当时的文宗泰斗蔡松年门下。北宋末年，蔡松年跟随父亲镇守燕山，战败后一起降金，担任刑部郎中。完颜宗弼进攻南宋，跟岳家军交战时，蔡松年兼总军中六部事，后来一路升官，做到了右丞相，封卫国公。

蔡松年虽然官运亨通，但内心深处的民族意识使他感到"身宠神已辱"。兴许就是受了蔡松年这种矛盾心境的影响，最终才促使辛弃疾决意南下。

党怀英则留在金国，最终成了金国的文坛领袖，在文学、史学、书法等领域都颇有建树，可谓一时之秀。

辛弃疾可不要做什么文宗泰斗，他要去南方实现自己的梦想，哪怕这梦想会让他摔得头破血流，他也必须去尝试一番。

临走的时候，党怀英提醒他，做事一定要慎重，不能脑袋一热就做决定，否则会后悔。

党怀英没有想到，与辛弃疾分道扬镳后，他的小师弟会义无反顾地走上一条冲锋陷阵的路，更没有想到，共同度过了人生中最美好的青葱岁月的两个同学，会因为政见、志趣不同，从此便不再有交集。

或许，这就是真正的人生吧，充满了遗憾，也充满了未知与变数，但愿那个曾经的莽撞少年郎，终有一天能够真正地成熟起来，明白这世间的纷争并不是非黑即白的，还有很多的灰色地带，而他们都终将要学会在各种灰色的地带中挣扎、生存。

就在党怀英为下一场科举考试做准备的时候，辛弃疾已经一战成名，成为人们追捧的新一代偶像了。

与之相比，留在北方的党怀英则要落魄得多。与辛弃疾分别后，党怀英一直隐居在泰山东南方向的徂徕山，住在山中的竹溪庵里，生活困顿不堪，连吃饱饭都成问题，有时候甚至要依靠邻居的接济才能过活，日子过得非常清苦。

和 22 岁就名动天下的师弟比起来，党怀英可以说是大器晚成，他 36 岁才考中进士，步入仕途。在地方工作了八年后，党怀英终于进入朝堂中枢，出任过国子祭酒、翰林学士等职，此后步步高升，深受历任君主赏识。

尽管辛弃疾比党怀英年纪小，成名也比党怀英早，但后劲却不太足。他一生之中职位调动竟达四十余次，任期短则几个月，最长的也不过两年，真正应验了他后来写下的千古名句"把吴钩看了，栏杆拍遍，无人会，登临意"，满心都是无尽的失意与忧愁。

党怀英虽然成名晚、出仕迟，但他步入官场后没走弯路，一直顺风顺水，再加上他诗文、书法过人，更兼精通历史，很快就成了金国文坛盟主。当时的文坛大家赵秉文曾称赞他："文似欧阳公，不为尖新奇险之语；诗似陶谢，奄有魏晋。"在书法领域，党怀英与赵沨齐名，两人并称为"党赵"。由此可见，党怀英在有金一代，确实是一个无出其右的全能型才子。

党怀英之所以能够风生水起，施展抱负，得益于金世宗、金章宗主政期间，朝廷政治清明，且大力提拔重用汉人。

所以，党怀英的小日子比辛弃疾舒坦。他没有什么雄心抱负，只想当好一个文人，做好本职工作。尽管他流传于后世的文学作品不多，只有几十首诗、几首词、十几篇文，但其文风与同时期的南宋诗词风骨有所不同，可谓自成一派，并对金朝的文学发展起到了深远的影响。

反观投奔南宋的辛弃疾，除了刚到江南的那段时间，因为顶着超级偶像的巨大光环，在仕途上还算比较顺利，但后来却并未得到朝廷的重用，一辈子都郁郁不得志，也没有实现他报国杀贼的理想，可谓高开低走，令人不得不为之唏嘘叹息。

　　不过，在文学领域，他倒是没有被党怀英甩在身后，特别是在填词方面，算得上"南宋第一词人"，算是无心插柳柳成荫，倘若他的老师刘瞻泉下有知，想必也会含笑九泉。

　　在风云变幻的历史大变革时代，辛弃疾和党怀英这一对同窗挚友，终因为志向理想的不同，在各自的道路上走出了截然不同的两种人生。正如清代词人况周颐所言："辛、党二家，并有骨干。辛凝劲，党疏秀。"不管最终的结局如何，能够以独有的方式去追逐自己的人生，也算是一件幸事，党怀英无悔，辛弃疾更是从来没有后悔过自己当初的选择。他有两句词流传甚广："男儿到死心如铁，看试手，补天裂！"这就是辛弃疾，即便到死，他永远都不会对自己的选择心生后悔。

　　1207 年，已经 67 岁的辛弃疾，在弥留之际，再次想起了远在燕京的党怀英。他知道当年劝他留在北方的好同学，早就已经是名震金国的文坛盟主了，而他光复中原的梦想，终其一生也没有实现，这让他不得不感到憋屈忧懑。

　　在为好兄弟感到欣慰的同时，他也不免为自己的遭遇感到难过，忽地挣扎起身，一下子便抓起了那把挂在墙壁上陪伴了他很多年的宝剑，同时挑亮案前随风摇曳的烛火，举着它端详。

　　醉眼蒙眬中，他仿佛又看到了祖父辛赞教他习武练剑的情景：旷野之中，一袭白衣的他挥舞着手中的宝剑，向祖父郑重地许下杀敌报国的诺言，更在同学党怀英面前夸下海口，说自己一定会在有生之年把金人赶出中原。

　　俱往矣，他再也回不到曾经那段金戈铁马的峥嵘岁月了，唯一记起的就是同学时期，党怀英对他无微不至的照顾与关爱。

他们已经分别得太久，他甚至连党怀英的长相都记不清了，但他知道，无论他们之间隔着多么遥远的距离，哪怕渐行渐远终至不见，他们依然是彼此心间最眷恋的好兄弟。

辛弃疾走了，走在 1207 年的初秋。四年后，77 岁的党怀英也走到了生命的尽头。

人生不得意须尽欢

尽管半生蹉跎，但辛弃疾并不是个肯轻易向命运低头的人。不让他进入权力中枢，那他就沉浸在游山玩水的乐趣中好了，不让他上沙场杀敌，那他就在家填词好了，反正他总能为自己找到乐子。

辛弃疾是南宋豪放词派的代表人物，但是他笔下绝对不仅仅有家国天下，还有满腹的柔情与蜜意。他在写给妻子范氏的一首词中，竟然巧妙地揉进去了 25 味中药名，立意不可谓不奇，但更多的还是表现出了他敏捷的才思和豁达的人生观。

满庭芳·静夜思

云母屏开，珍珠帘闭，防风吹散沉香。
离情抑郁，金缕织硫黄。
柏影桂枝交映，从容起，弄水银堂。
连翘首，惊过半夏，凉透薄荷裳。
一钩藤上月，寻常山夜，梦宿沙场。

早已轻粉黛，独活空房。

欲续断弦未得，乌头白，最苦参商。

当归也！茱萸熟，地老菊花黄。

辛弃疾的妻子范氏与他同龄，出身于书香门第，是太学生范邦彦之女。她不仅是他的贤内助，还是他的精神支柱。辛弃疾南归当年，他们成婚，此后数十年间，一直恩爱有加。

新婚不久后，辛弃疾奉旨外出，在行旅途中，他耐不住对妻子的深切思念，便挥笔写下了这首饱含深情的词作。短短94个字，竟嵌入了25种中药名，且大多都是我们今天所熟知的药材，包括云母、防风、沉香、桂枝、薄荷、宿沙、独活、乌头、当归、茱萸、菊花等，尽管药名众多，却又言简意赅，读来浑然天成，没有一丝一毫的生硬感，其文字功底之深厚，由此可见一斑。

"惊过半夏"，"半夏"二字一语双关，既指中药半夏，也指夏天过半，丝毫不觉突兀；"凉透薄荷裳"，"薄荷"既可以指中草药薄荷，又可以拆分来用，指的则是绣着荷花的薄衣裳，一下子便营造出了清新别致的氛围；而结句中的"当归也"，更是巧妙地表达了词人的相思之情。

据说，范氏收到辛弃疾这首词后，心领神会地微微一笑，随后便参照他的手法以药名回信，在信中表达了她同样深厚绵远的思夫之情："槟榔一去，已历半夏，岂不当归也？谁使君子，寄奴缠绕他枝，令故园芍药花无主矣。妻叩视天南星，下视忍冬藤，盼来了白芷书，茹不尽黄连苦。豆蔻不消心中恨，丁香空结雨中愁。人生三七过，看风吹西河柳，盼将军益母。"

范氏是个才女，辛弃疾每次外出饮酒的时候，她都会在家里的窗户上写满劝他不要痛饮的话语。1189 年，虚岁 50 岁的他们一起在带湖庄园举行了隆重的祝寿活动。

他们应该称得上是一对白头偕老的夫妻。娶妻若此，夫复何求？不过，除了爱妻范氏，辛弃疾还蓄养了很多姬妾，其中最为知名的就是田田、钱钱。

两人皆以姓为名，且都善笔札，常常代替辛弃疾给友人们回复信件。拿今天的观点来看，辛弃疾的这两位小妾，既是红颜知己，又能替他处理日常事务，正可谓其乐融融。

辛弃疾身边的如花美眷，当然不止田田、钱钱这二位，作于带湖庄园时期的《好事近·医者索酬劳》，便用诙谐的笔触，明确地提到了一位叫作整整的姬妾。

好事近·医者索酬劳

医者索酬劳，那得许多钱物。
只有一个整整，也盒盘盛得。
下官歌舞转凄惶，剩得几枝笛。
觑着这般火色，告妈妈将息。

词里说的话当然是开玩笑，辛弃疾也不可能把自己心爱的小妾整整送给医生充当酬劳。不过，从这首词中，我们倒是可以看出辛弃疾对整整与众不同的宠溺与喜爱。

无独有偶，辛弃疾在另一首词里，还提到了一个叫香香的姑娘。他因为心绪不佳，又想起了那些让人烦心的往事，夜不成眠，真想叫醒睡在身边的香香，让她陪自己说说话，哪知道她睡得无比香甜，叫都叫不醒。

鹧鸪天·困不成眠奈夜何

困不成眠奈夜何！情知归未转愁多。
暗将往事思量遍，谁把多情恼乱他？
些底事，误人哪，不成真个不思家。
娇痴却妒香香睡，唤起醒松说梦些。

这首词大概作于辛弃疾在外做官的时候，这位香香应该便是他带在身边的小妾。辛弃疾的小妾不光识文断字，还擅长歌舞，比如整整就会吹笛子，至于其他姬妾，自然也差不到哪里去。他的好朋友杨炎正写给他的一首祝寿词，便完美地诠释了辛弃疾在带湖赋闲时的潇洒生活。

鹊桥仙·寿稼轩

筑成台榭，种成花柳，更又教成歌舞。
不知谁为带湖仙，收拾尽、壶天风露。
闲中得味，酒中得趣，只恐天还也妒。
青山纵买万千重，遮不断、诏书来路。

辛弃疾自己也丝毫没有想过要避讳这段纸醉金迷的生活。既然官场黑暗，无法施展才干、实现理想，那就诗酒趁年华，过好每一天吧！

清平乐·此身长健

此身长健。还却功名愿。
枉读平生三万卷。满酌金杯听劝。
男儿玉带金鱼。能消几许诗书。
料得今宵醉也，两行红袖争扶。

1203 年，已经 63 岁的辛弃疾去山阴见了陆游最后一面，此时陈亮和朱熹都已经去世，这世上懂他的人，只剩下年近八十的陆游了。

同年，因北方战事吃紧，朝廷无人可用，这才想起了辛弃疾，匆匆把他派到镇江招募军队。即便如此，朝中依然有人看他不顺眼，并再次弹劾他贪财好色。于是，他又一次被莫名其妙地罢了官。

即将离去的时候，他实在难掩悲愤之情，挥笔写下了豪情万丈的千古名篇《永遇乐·京口北固亭怀古》，以表达内心长期积郁的不满。

永遇乐·京口北固亭怀古

千古江山，英雄无觅，孙仲谋处。
舞榭歌台，风流总被雨打风吹去。
斜阳草树，寻常巷陌，人道寄奴曾住。

想当年，金戈铁马，气吞万里如虎。

元嘉草草，封狼居胥，赢得仓皇北顾。

四十三年，望中犹记，烽火扬州路。

可堪回首，佛狸祠下，一片神鸦社鼓。

凭谁问，廉颇老矣，尚能饭否？

67岁那年，辛弃疾终于被朝廷征为枢密都承旨，主持北伐工作。这是他这一生做梦都想要得到的职位，只可惜他已经年老力衰，连走路说话都很费劲了，哪里还能穿上戎装赶赴前线杀敌呢？短短一个月后，他便带着满心的遗憾去世了，弥留之际都还高举着右手大喊："杀贼，杀贼，杀贼！"

江山代有才人出。辛弃疾虽然走了，但他却给我们留下了一段段荡气回肠的故事，他的豪情，他的壮志，他的不羁，他的风骨，他的风雅，依然藏在流传下来的文字之间，回旋在这世界中。

五代·董源《潇湘图卷》（局部）

伍

李煜

被皇位耽误的文艺青年

　　前半生，他拥有人人艳羡的江山与高高在上的地位，却把大部分的时间都投入到了词作中。后半生，他失去了江山，失去了爱人，却依然固执地耕耘于那些或绮丽浮华，或感伤悲怆的词作中。

　　可以说，是词作成就了他，也是词作毁灭了他，然而，他并不在意荣辱得失，他在意的，只是他笔下的真，笔下的美，还有那份始终沉淀在他心底的温柔与清欢。

　　他是李煜，自称江南国主，国破家亡后，宋太祖赵匡胤封他为"违命侯"，后世人则习惯称他李后主。

愿来生不再生在帝王家

937 年，农历七月初七，李煜降生在了新晋的帝王之家。此时的江南，正享受着战乱后难得的安宁与祥和，而李煜的出生，更是给整个李氏家族带来了无限的喜悦与欢愉。

喜庆之余，父亲李璟为其取字重光，意为"日以煜之昼，月以煜之夜"。当然，他也没有辜负这个名字，除了拥有高贵的出身，他还有着一身堪与日月争辉的才华。

在江南的温润细腻中日渐成长的他，琴棋书画样样精通，更为难能可贵的是，他还写得一手好诗，填得一手好词，小小年纪便博得了父母特别的宠爱。

他擅长音律，由他亲自谱的各种曲子，时常会被宫廷乐工传播出去，成为街头巷尾争相传唱的民谣；他长于绘画，闲暇之余始终不忘寓情于丹青，画风清爽雅丽，笔势往来如有铁丝纠缠，故被称作"铁钩锁"；他在书法上亦颇有建树，由他首创的字体，落笔瘦硬，遒劲有力，世人称之为"金错刀"。

这么一个浑身上下充满艺术细胞，深受父母宠爱的皇子，却偏偏无心参政，更无意于皇位，他的理想就是做一世逍遥人，无忧无虑过一生。然而，生在帝王之家，猜忌和纷争是避无可避的。尽管李煜名义上只是李璟第六子，但除了大哥李弘冀，其余的几个兄弟都早夭了，所以在大哥看来，最有可能与之争夺大宝的就是他，而且他偏偏还生有异相，这就更让李弘冀放心不下了。

史书记载，李煜"姿仪风雅，举止儒措，宛若士人"，但这般温顺的小王子，却生就"一目重瞳"，也就是一只眼睛里有两个瞳孔。在他之前，中国历史上只有几个人拥有这种异于常人的相貌。据《史记》记载，舜与项羽均是重瞳。要知道，舜是上古贤王，而项羽则是西楚霸王。所以，有人认为拥有"重瞳"是帝王之相。

李弘冀是一个心胸狭窄的人。身边有一个拥有帝王之相的弟弟，他怎能放心？对他来说，李煜的存在就是一个不定时炸弹，必须找个理由把这颗眼中钉给拔了。

其实，从继承权的排位来看，皇位是怎么也轮不上李煜的，但所谓的帝王之相，却让他受到了各种各样的困扰，而最让他头疼的，就是来自大哥对他的猜忌与排斥。他压根就没有当皇帝的非分之念，只想做一个与世无争的逍遥王子，为什么大哥就不信任他呢？

为了太子之位，李弘冀鸩杀过被父亲立为"皇太弟"的三叔李景遂，自然也就不会对李煜手下留情。事实上，李弘冀已经派人在监视李煜了，这让李煜感到惶恐不安。无论李煜怎么解释、怎么表明心迹，大哥始终都没放下对他的戒备，对他的提防更是日甚一日。

无奈之下，为打消大哥对他的猜忌，他只好以隐士自居，自号"钟峰隐者"，终日寄情于山水之间，赋诗填词，两耳不闻朝中事。

在这段韬光养晦的岁月里，尽管有忧愁，有彷徨，有困惑，但总体来说，李煜的小日子还是过得不错的，不是游山玩水，就是陪着新婚不久的妻子吟风弄月，写写字、弹弹琴、钓钓鱼、逛逛街、填填词，夜夜笙歌夜夜梦，纵然凡事谨小慎微，倒也自得其乐。

　　然而，命运偏偏跟他开了一个玩笑，一向身体健康的太子李弘冀突然暴病而亡，李煜便被推到了历史的舞台中央，从一个无欲无求的王子，变成了集万千期待于一身的太子。

　　961 年，唐元宗李璟去世，一顶沉重的皇冠戴到了 24 岁的李煜头上，他成了南唐的君主。这一切来得猝不及防，他的内心除了悲痛，还有对未来的迷茫。如今要当皇帝了，他拿什么去治理国家呢？一腔热血，还是治国的能力？遗憾的是，这两样他都没有，他的热情全用在了填词、绘画上，他的能力也只表现在对艺术的鉴赏上，难不成要让他拿着湖笔，在整卷的宣纸上涂抹出一片繁荣昌盛的锦绣江山来？

　　父亲留给他的江山，是一个无可争议的烂摊子。彼时的南唐已向北方的大宋称臣纳贡，成了大宋的附庸，灭亡只是时间早晚的问题。

　　尽管李煜不是当帝王的材料，但他心里还是相当明白的，父亲交到他手上的这个国家，早就已经江河日下，如果接替父亲继位的是雄才大略的大哥，或许还能抵挡一时，可交到他的手里，似乎也就只有灭亡的份儿了。

　　枯木难回春，这是大自然的规律，一个岌岌可危的南唐，根本无法和日益强大的大宋抗争。而一个被推上龙椅的文艺青年，指望他把南唐打造成一个军事强国，难于上青天。

　　既来之，则安之。初登大宝的李煜，反而励精图治，意图重振南唐。从他的初心来看，倒也不算是一个太过糟糕的皇帝。

　　在人才启用上，他胸怀坦荡，但凡博学多才之士，无论地位高低，一概予以重用；在革除党争上，他左手扶南，右手扶

前蜀李鷞昇善書人稱冤

剿一家之妙有小李將軍

生玄不傳師授善人物

之稱率幽閒愛與右軍居也

咸豐壬子秋八月重裝於

雅南山館

● 五代南唐·李昇（李煜的祖父）《货郎图》

北，互为牵制，很好地制衡了朝中的不同党派；在施政方针上，他宽厚仁和，在减免老百姓赋税的同时，出重拳打击贪官污吏，很有一番新气象。

不得不说，李煜一开始实行的这些政策，还是有些成效的。在这种形势下，北宋不敢对南唐贸然采取军事行动，使得这个已经濒临灭亡的政权又苟延残喘了十几年。

如果李煜能够一直这么干下去，或许南唐还有机会继续绵延几十年，但他骨子里毕竟不是一个有着雄才大略的明君，太平日子过久了，他也就慢慢松懈了下来，不但放松了对大宋的戒备，也降低了对自己的要求，消耗了南唐最后的国运，把国家推向了绝境。

励精图治没多久，李煜便重新沉溺于琴棋书画、诗词歌赋、声色犬马中，今天拥着心爱的皇后饮酒作乐，明天搂着新看上的宫人秋水去赏花扑蝶，后天领着妃嫔去看舞娘在特制的金莲花台上翩翩起舞，每天优哉游哉，哪里还有心思去治理国家？

在他的后宫中，李煜最爱的要数他的结发妻子周娥皇，也就是历史上的大周后。大周后是司徒周宗的长女，比李煜年长一岁，19岁的时候嫁给了时为吴王的李煜，夫妇二人琴瑟和谐，恩爱异常。

大周后不仅有着沉鱼落雁之容，而且精通音律，弹得一手好琵琶。李璟在世的时候特别欣赏这个儿媳妇，特地把府库中珍藏的烧槽琵琶赐给了她。大周后创作过《邀醉舞破》《恨来迟破》等名噪一时的乐曲，还找到了因战乱散佚了许久的《霓裳羽衣曲》残谱，将之补正并重新排演，使这支流行于唐玄宗时期的大型乐舞得以重现于世。

佳人易得，才女难求。这么一位集美貌与才华于一身的绝代丽姝，怎么能不让李煜为之心动、目眩神迷？因为大周后喜欢熏香，李煜在登基后就特地颁旨，用黄金给她制造了十余件熏香器具。正所谓，倾他所有，应她所求。

遗憾的是，衣香鬓影、歌舞升平的日子，只持续了十年。先是爱子仲宣死了，后来大周后也死了，他只能沉浸在巨大的悲伤中，书写下内心的凄迷与彷徨。

难道这就是当一国之君的代价吗？他不甘心。他从来都不想做皇帝，只想做一个普通的平凡人，和自己心爱的妻子儿女守在一起过一辈子，为什么老天爷偏偏不肯遂了他的心愿呢？

幸运的是，他身边还有大周后的亲妹妹。大周后去世后，她的妹妹成了新一任国后，史称"小周后"。

小周后虽然才华不及大周后，但和姐姐一样花容月貌，而且性格开朗活泼，比之大周后又添了一番风情，所以李煜很快就把失去大周后的痛苦抛诸脑后了，整日里陪着小周后四处嬉游。

偏偏这位小周后善妒，自她进宫后，后宫就没有过片刻的消停，李煜每天都要忙着在小周后和众位美人之间筑起一道道防火墙，也就更没时间去过问政事了。

南唐的一举一动，赵匡胤都一清二楚。975年，赵匡胤派出大将曹彬，一举攻破了纸醉金迷的金陵城，南唐的国运终于在惨烈的战火中，走到了历史的尽头。

黑云压城城欲摧，李煜出城投降，从此告别了江南。他被赵匡胤封作令人啼笑皆非的"违命侯"，在北宋都城汴梁的一处梧桐院落里苟且偷生，终日以泪洗面。

破阵子·四十年来家国

四十年来家国，三千里地山河。

凤阁龙楼连霄汉，玉树琼枝作烟萝，几曾识干戈？

一旦归为臣虏，沈腰潘鬓消磨。

最是仓皇辞庙日，教坊犹奏别离歌，垂泪对宫娥。

繁华易逝，人生恰如一场春梦。

父亲死了，母亲死了，爱妻死了，爱子死了，却还不是生命中最大的残酷与惨痛；前方等待着他的，还有比这惨烈上百倍的折磨与煎熬。

被俘虏至汴梁后，李煜度过了三年忍辱负重的亡国奴生涯。尽管赵匡胤待他并不算刻薄，但他的余生却再也无法欢欣，有的只是苦涩、悲戚、叹息。

他不是不想死，因为崇信佛法，而佛教教义是反对自杀的，所以他不能死，只能一天天地活在这无尽的屈辱里，受尽嘲弄、白眼与欺凌。

昔日里聊以点缀太平盛世的才华，兜兜转转之后，而今却成了他托付灵魂和尊严的圣坛。他悲伤，他痛苦，他依然心怀不甘，为什么他只想做一个与世无争的渔樵，却没有一个人愿意给他这样的机会？

赵匡胤自然不会顺了他的心思，让他去做一个自由自在的渔樵。在赵匡胤眼里，哪怕他已经成了大宋的阶下囚，也永远都是南唐的国主，放他走无异于纵虎归山。纵使李煜没有复国的心思，可南唐那些子民没准会打着他的旗号，干出点什么出格的事来。所以，这个赌注赵匡胤下不起。

李煜心如死灰。他知道，自打他做出投降决定的那一刻，一切都被注定了。金陵城，他是回不去了，江南的草长莺飞他也不会再看到了，甚至就连去父皇、母后的墓前祭奠上一番，也是万万不可能办到了。他只能一直待在梧桐院落里，直至生命的终结。

他望穿了秋水，望落了春花，大宋的君主也早就从赵匡胤变成了赵光义，可他除了从"违命侯"被改封为陇西郡公，一切都没有改变。

他彻底死心了，只能在辞赋里找寻一丝慰藉。他终日端坐在案前，把每天的所思所想填进词句里。

亡国之恨，人生之慨，从他的笔尖流淌了出来。他或是无言独上西楼，看新月如钩，叹深院锁清秋；或是在廊檐下聆听秋风冷雨，哀世事漫随流水，算来一梦浮生；更多的时候，他则是呆呆地站在院子里，苦苦追忆着那些无法重来的往昔，感怀流水落花春去也，天上人间。

伟大的艺术，都是从极致的痛苦中生发而出的。无尽的失意与落寞，还有北宋君臣无情的嘲弄与欺辱，让李煜在经受重重的煎熬与磨砺后，找到了一条"逃生"的新路，那就是心无旁骛地置身于词的世界中，只与词亲近，只与词共歌明月，只与词共伤流水。

生活的残酷，人情的悲凉，都使得李煜在创作上日臻化境。他一首接着一首地写词，情感如同潮水般喷涌而出。他用那支生花妙笔，将他心里的所思所想所感，都毫无保留地落在了纸笺上。

　　然而，正是他细腻过人的艺术感受力，和他惊天地泣鬼神的才华，将他加速推向了最终的毁灭，而他悼念故国的词作则变成了一道催命符，把他送上了西天。

　　在他 41 周岁生日那天的七夕之夜，当乞巧的姑娘们还躲在葡萄架下偷听牛郎织女的情话之际，他的绝笔之作《虞美人·春花秋月何时了》一挥而就。

　　听到这样冥顽不灵的悼亡之音，宋太宗再也沉不住气了，他认为李煜想要复辟，便立即派人将剧毒牵机药赐给了李煜，要他自行了断。

　　据说，服药后的李煜，直不起腰来，头足相就，状如牵机而死，极其痛苦，却也彻底了结了他心中数不尽的愁绪。

　　在他死后，宋太宗赠其为太师，追封吴王，葬洛阳邙山，也算是给足了他面子。可人都死了，他还要这份体面做什么呢？如果泉下有知，想必他也会吟出一句"愿来生不再生在帝王家"吧！

忧伤的词帝

　　如果不是命运的捉弄，李煜或许能够做一个单纯快乐的才子，看明月朗朗，听松风冷冷，在岁月静好中安度一生。

　　遗憾的是，出身不能选择，时光不能倒流。在生命最后的时刻，他身披皎洁的月光，倚在绿苔遍生的窗下，声情并茂地吟出了一首伤心伤情的《虞美人·春花秋月何时了》来，以祭奠他的过往。

虞美人 · 春花秋月何时了

春花秋月何时了？往事知多少。
小楼昨夜又东风，故国不堪回首月明中。
雕栏玉砌应犹在，只是朱颜改。
问君能有几多愁？恰似一江春水向东流。

《虞美人·春花秋月何时了》这首词，好就好在它的情真意切，好就好在它的清新别致。尽管通篇都是写愁，却又让人领会到了非同一般的惆怅之美。

"春花秋月何时了？往事知多少。"春天的百花，秋天的月亮，都曾是他内心最温柔的底色。在百花盛放的季节，在月色温婉的秋夜里，曾经的他无忧无虑，逍遥自在，只是转身过后，哪里还能继续容他沿着草长莺飞的阡陌，去追寻往日里的花好月圆呢？

说好的春天还会再来，秋夜的月亮终究还会再圆，可他却再也回不去了。从今往后，他只能在花开的日子、月圆的夜晚，再枕着满腔的思念，去梦中捡拾过去的缤纷与繁丽了。

匆匆，匆匆，太匆匆。曾经的一切，那么美好，那般轻柔，为什么却经不起太多的等待，刹那之间，便匆匆收场了。

他恨，他痛，他悔，他怒，他愁绪丛生，然而他也知道，但凡与江南相关的记忆，哪怕只是沾染了一点点故国的气息，也必须狠下心来把它们藏进思绪的波涛中，终至不见。唯有这样，他才能活命，才能保全家人的性命。

过去的他，是至高无上的江南国主，尽管偏安一隅，却仍然拥有无边的权力，无论走到哪里，都能享受众星捧月的待遇，更有着令世人艳羡的荣华富贵。他终日沉醉在温柔乡里无法自拔，却不意连绵的战火已经烧到了金陵城下。这把火，不仅烧掉了他的家国，还烧掉了他眼中的美好。当他的宠妃黄保仪接受他的指令，在城破之际举火烧掉澄心堂藏书的那一刻，他的心也跟着被烧成了一地灰烬。

一切的一切，都回不去了，他从祖上手中承继而来的南唐基业转瞬间便毁于一旦，他无力反抗，更无法反抗，只能听天由命地被宋人囚禁在开封的宅院里。从此，所有的美好，都恰似昔日跟他划清了界限的臣僚一样，离他越来越远。

春风一次又一次地吹过庭院里的百花，秋月一次又一次地悬挂在他的头顶，可眼下的他面对这样的美景，心里却再也无法找到那份久违的美好，只能守在这一方空寂的院落，孤独地怀念往日写就的词作中出现的那一朵春花、那一轮秋月。

"小楼昨夜又东风，故国不堪回首月明中。"明明知道已经回不去了，明明知道往事难追，他还是抑制不住心中的愁苦，想要去追寻留在故国的美好。可是，昨晚飘过小楼的东风，能把他的这份思念捎给远方的那轮明月，代替他去看一看曾经的小桥流水，和那时飞舞过他眉梢的宫墙柳吗？

抬头，月亮还是那个月亮，心境却难依旧。他明明知道开封的月亮和金陵的月亮本无二致，却还是无可救药地追忆着金陵的月光。

月亮依旧高高地悬挂在廊檐之上，可是，他还能有机会回到金陵，再在南唐的故土上，抬眼看一眼旧时的月光，和着宫人们的歌声，在词中写下无关忧伤的相思吗？

不能了，永远都不能了。他再也不是曾经的南唐国主，再也不是坐在金銮殿上发号施令的帝王。如今，他只是一个失败的俘虏，是一个失去了自由的阶下囚，终日与之相伴的，唯有满腹的愁苦与无尽的折磨，即便难以承受，他也得咬紧牙关默默忍耐。

他就像一只待宰的羔羊，和着委屈的泪水，在泛黄的纸笺上，借着一首又一首词，写下他满心的凄惶与愁苦。

"雕栏玉砌应犹在，只是朱颜改。"金陵宫阙中的亭台楼阁、雕梁画栋，应该依旧完好吧？它们不会因为他的离去而感伤，更不会因为他再也无法归来而落下一滴眼泪。它们依旧在凌乱的风中，一如既往地展现着自己的雄伟和瑰丽。那些跟随他来到开封的宫娥，曾经青春靓丽的容颜，都在日复一日的愁苦与胆战心惊中被消磨了，再也不复往日的妩媚与娇俏。

他对不起她们，他无力保全她们，要怪就怪这该死的命运，和他与生俱来的懦弱与逃避的性格吧！美丽的女子总是容易衰老，美好的日子总是容易消散，这世间所有的温柔与惊艳，都已随着南唐的覆灭，不可再寻。

他再也无法掩饰深藏在心底的悲痛与惆怅，于是，那句流芳百世的"问君能有几多愁？恰似一江春水向东流"，便在他最无力也最无奈的时候，一转眼就爬到了他案头的纸笺上。

这一句词，写尽了李煜国破家亡后凄苦迷离的心境，短短的 16 个字，不仅将他盘桓于心底的愁苦传神地刻画了出来，还让我们有机会在千年之后，仍能透过他的文字，感受到他的无力与无助，沉陷在他的思绪里，伤感着他的伤感，痛苦着他的痛苦，却又不觉得丝毫的违和。

无论是从遣词造句上，还是从整首词作的感情基调来看，这首《虞美人·春花秋月何时了》都是宋词中的佼佼者。词中娓娓道出的人生凄凉，乃至满腹的愁绪、千般的纠结、万般的无奈，都已被李煜书写到极致，更让每一个读者在诵读这首词作的时候，都能感受到它的凄楚之美，恨不能穿越到千年之前，代替作者承受那无法承受的生命之痛。

这首词，不仅是李煜词作中流传最广、普及率最高的一首，也是我最喜欢且最早接触到的一首。其浅显易懂的语言，清丽优雅的字句，无不体现着李煜作为一代词帝的玲珑诗心，也更彰显出他高超的艺术感受力与独特的人格魅力。

人们喜欢这首词，也不仅仅因为它读起来琅琅上口，以及字句背后满含的深情，而是更多地缘于他对语言的娴熟运用。那么深沉的痛，那么幽深的伤，他却通篇不着一字伤痛，哪怕只是一个"愁"字，也写得恰到好处。哪怕鲜血淋漓，也要把最美的字句和优雅的词汇，以最温柔的底色，缓缓地捧到世人面前。

李煜的优雅与温柔，与他的出身有关。他是一位优雅的诗人，见不得他的词作中出现任何不美的字眼，即便心已经痛到极点，他也要用一江东流的春水，来洗涤他一身的惆怅与愁苦。

他没想到这首美轮美奂的词作，在优雅转身之后，会在一杯毒酒落入肚肠的瞬息，轻易便葬送了他的性命，终结了他无尽的才华。

"问君能有几多愁？恰似一江春水向东流。"他死了，深爱他的妻子小周后也紧跟着他，以一丈白绫了结了自己的一生。

生前，他改变不了任何的困局，死后，他依然改变不了命运对他的捉弄，被赵光义草草葬在了洛阳城外的邙山之上。

没有人祭奠他，更没有人在意他，人们记住的，是他写尽绮丽却又沾染了无限愁绪的词作。

可以说，李煜是一位失败的皇帝，但同时他也是中国历史上一位不可忽略的伟大词人。清代词人纳兰容若曾这样点评李煜："花间之词，如古玉器，贵重而不适用；宋词适用而少质重，李后主兼有其美，更饶烟水迷离之致。"可见，他的词犹如古董玉器般美丽贵重，但又不失实用性，或许，这便是他被称为"千古词帝"的原因所在吧。

"作个才人真绝代，可怜薄命作君王。"清代学者郭麐的《南唐杂咏》可谓是对李煜生平最为形象、最为精炼的总结。

如果李煜没有被历史选作君王，没有背负他根本承担不起的责任，那么他的一生，一定要比我们现在在故纸堆里看到的更加绚丽多姿。奈何他偏偏出生在帝王之家，他的人生从来都不能由自己做出选择，尽管才高八斗，但他所有的幸与不幸，从他来到这个世界的那一刻起，便已被悄然注定。

国家不幸艺术幸

尽管未能做一个合格的君主，但李煜在艺术上取得的成就却是丰硕的。

鲜为人知的是，除了诗词，他在书法、绘画、音乐等方面，同样显示出了卓越的才华，并取得了很高的造诣，尤其是他的书法，对有宋一代的大书法家产生过一定的影响。

别人写字，都讲究一气呵成，唯独李煜另辟蹊径，自创出行云流水的"金错刀"体，用虬曲而颤动的笔触，写得矫如游龙，翩若惊鸿，大字如截竹木，小字如聚针钉，笔力瘦劲而又铁骨铮铮。

据说李煜用金错刀体写字，已经达到了得心应手、变化莫测的地步。有时写得兴起，他便丢了笔，直接抓起一束布帛，饱蘸浓墨，痛快淋漓地挥洒，端的是宛转如起伏的群山，仙气飘飘。不以笔而以卷帛书的大字，更被时人称为"撮襟书"。

李煜一开始学习的是唐楷，师法欧阳询和柳公权，进而模仿褚遂良的行书，最后则专攻王羲之。王羲之的书法在南唐和北宋曾经盛极一时，虽历经岁月的洗礼，真迹都已散佚殆尽，但他的书学思想，却在他的《书述》和《书评》中被完完整整地保存了下来。

在《书评》中，他对王羲之的书法推崇有加："善法书者，各得右军之一体。若虞世南得其美韵，而失其俊迈；欧阳询得其力，而失其温秀；褚遂良得其意，而失其变化；薛稷得其清，而失于拘窘；颜真卿得其筋，而失于粗鲁；柳公权得其骨，而失于生犷；徐浩得其肉，而失于俗；李邕得其气，而失于体格；张旭得其法，而失于狂；献之俱得之，而失于惊急，无蕴藉态度。"

由此可见，李煜在书法审美上喜欢婉约的风格，他的金错刀书体，运笔的时候讲究微微颤动，在形式上追求飘逸的美感，且书写的时候强调笔法必须充满力道，仿若刀子划过纸面，总结起来，就是"铁画银钩"四个字。

后世很多人都觉得，由宋徽宗赵佶独创的瘦金体书法，其实就是受到了李煜的影响。但遗憾的是，李煜的书法作品未能传世，后人只能根据《书述》《书评》中的记载，去想象他的笔法。据说，在宋徽宗年间，内府中还藏有李煜的书法作品，但由于靖康之乱，这些作品都毁在了战火之中。

说到绘画，《宣和画谱》记载李煜擅画墨竹，颇得妙处。李煜画竹，自根至梢一一勾勒而成，谓之铁钩锁，意境非常人所能及。

李煜在位的时候，曾四处收集图书、画帖、法帖，其中不乏钟繇、王羲之等大师的真迹。因嫌蜀笺不能长期保存，他曾让古徽州的造纸工匠，仿照蜀纸制成了一种更易保存且细薄光滑又坚韧的徽州纸。纸造好后，李煜非常喜欢，专门把自己读书、阅览奏章的"澄心堂"开辟出来，用来贮藏这种纸，并以"澄心堂"的堂名为之命名，而他大部分的画作也都是用这种"澄心堂纸"画出来的，颇为名贵。

可惜的是，当宋军攻陷金陵城后，惊慌失措之下的李煜，竟然让他的宠妃黄保仪将保存在澄心堂中的藏品通通付之一炬，所以他的书画作品也大多毁于一旦，未能流传于世，后人也就无法一窥真迹，殊为遗憾。

关于李煜的绘画，还有一个颇为神奇的传说。据说李煜死后，宋太宗赵光义在整理他留下的奇珍异宝时，偶然发现了一幅被包裹得非常严实的画作，打开一看，画上画的居然是一头正在围栏外吃草的牛。这头牛画得栩栩如生，一看就不是凡品，赵光义想也没想就将它据为己有，拿回去挂到自己宫里了。

一开始，这幅画并没有表现出任何的奇特之处，怪事发生在赵光义取回它的第三天晚上。当时，赵光义正在批阅奏章，因为实在疲倦得厉害，便下意识地抬头伸了个懒腰，没想到这一下可了不得了，他居然发现墙头上挂着的那幅画，发生了十分诡异的变化，生生把这个乱世豪杰吓出了一身冷汗。

赵光义明明记得，画上的牛是在围栏外吃草的，但现在眼前的这头牛，怎么跑到围栏里的牛圈卧着休息了，难不成这画上的牛还会跑？这种诡异的现象，让赵光义感到匪夷所思，同时内心涌起了一种莫名的恐惧感。

第二天一早，赵光义刚一醒来，就急急忙忙地跑到那幅画前，想要一探究竟，没想到那头牛竟然又跑到围栏外吃草去了。等到晚上，他再去看画的时候，却发现牛再一次回到了牛圈里。这下他着实慌了，连忙召集文武大臣询问到底是怎么回事。一开始，大臣们都不相信皇帝说的是真的，可当大家都目睹过这幅画的奇特之处后，顿时面面相觑。莫非是李煜阴魂不散，要来找赵光义报仇雪恨？

一时间，闹鬼的传言甚嚣尘上，搞得人心惶惶，赵光义更是坐立不安、食不甘味。这时候，有一个叫作赞宁的高僧，特地进宫面呈赵光义，告诉他，这幅画实际上画的是两头牛，因为两头牛分别使用的是两种不同的颜料，所以才会出现"昼则啮草栏外，夜则归卧栏中"的现象，压根就不是什么闹鬼。

原来，李煜画的这两头牛，一头用的颜料是以沃焦山的奇石研磨而成，白天看得见，晚上看不见，另一头是以贝壳腹中未滴落的泪水为颜料，晚上看得见，白天则看不见。所以，用两种颜料画两头牛，就感觉牛会"跑"。这一下，宋太宗总算是搞明白了，彻底解开了心中的谜团。

800年后，欧洲一名画家约翰·卡顿发明了一种用蚌壳混合硫化钙制成的颜料，用这种颜料作画，只有光线很暗的时候才能看到，俗称"夜光颜料"，曾引起过一阵轰动。也就是说，李煜使用的夜光颜料，比西方要早了八百余年，遗憾的是，尽管很多史料上都记载了《牧牛图》，但这个无价之宝如今流落在哪里，压根就没人知道。

在书法与绘画之外，李煜对色彩的感悟力也极高。他特别喜欢天水碧，并将这种色彩的运用发挥到了极致。

天水碧，顾名思义，是碧色或浅青色。这个名字是李煜起的，这个色彩也是专属于他的颜色。

在中国传统五色中，"水色天光共蔚蓝"是青，青是疏离的，以一种飘逸出尘的姿态让人仰慕，可接近却似乎又难以触及。而天水碧，不管是夕露于中庭为露所染，或是盛天雨水澄而染之，都说明它是由浅淡的靛水染出的浅青色。

这种染色技术已经失传，所以现今我们只能在想象中去追忆这种色彩的瑰丽。因为天水碧深受李煜喜爱，很快便成了南唐的流行色，所以，最为接近它的色彩，或许便是顾闳中《韩熙载夜宴图》中出现的青碧色。

尽管我们今天已无缘洞悉当年的天水碧，到底是怎样一种夺人心魄的色彩，但从存世的文献记载来看，此碧绝非一般染色而成，而是经过露水或天雨的滋润，将碧色提炼到一个诗意的境界。而这世间能用一颗诗心将色彩玩到极致的，想必也只有一个李煜吧！

北宋·刘寀《群鱼戏藻图》（局部）

陆

林逋

按自己的意愿过一生

　　林逋是一个雅士，一个孤独的雅士。而后人对林逋的了解，大多缘于他隐逸的生活，以及由"梅妻鹤子"四个字衍生出的种种想象。然而，即便想象再过惊艳，或是惊心动魄，林逋依旧岿然不动地藏身于杭州孤山，这一藏，便是近千个年头。

　　2013 年春，我第一次到访杭州孤山，一个人沿着山间小径漫无目的地走着，满眼都是绮丽的春光，走着走着就走到了放鹤亭，走到了林逋墓园，心出奇地安宁。我围着林逋的墓，恭恭敬敬地走了几圈，然后站在他的墓碑前双手合十，对这位已经去世将近千年的隐士，表达了最深切的缅怀与景仰。

　　而今的孤山，已经不再是千年前那个人迹罕至的孤山，而是闻名遐迩的游览胜地，早就失去了林逋在世时的那份静谧与孤寂，不知道林逋若泉下有知，又会生出一番怎样的感叹？

　　作为古代的知名才子隐士，他为什么会选择终其一生归隐山林呢？我想，这大概便缘于他心底的那一份纵横于山水之间的诗意情怀吧！

生活不只有眼前的苟且和琐碎，还有诗和远方，林逋在青年时代便已明白了这个道理。他想要的生活，不是车水马龙的喧嚣与灯红酒绿的繁华，更不是偎红倚翠的浪漫，他要的只是内心的自在。他宁可置身于远离市井的山林，也不愿意在红尘俗世中虚度一生，把自己的才情都浪费在交际与逢迎中。

尽管关于林逋的生平，留下的史料非常少，但我依然能够从有限的资料中窥见他那一颗安于淡泊的心，还有那一段段透亮得能够照见天上星子的故事。

心有千舟过

林逋是无数文人仰慕的偶像。他的故事从未惊天动地，更没有什么传奇色彩，然而，正是那一份淡泊无为的处世态度，让他并不奇谲的生平，感动了一代又一代的文人墨客。

林逋，字君复，世称和靖先生，出生于 967 年，距宋太祖赵匡胤建立大宋政权已经过了七年。但严格来说，他还算不上大宋子民，因为他的家乡浙江奉化依然处在南方吴越国的统辖之下。

尽管偏安一隅的吴越政权，跟赵匡胤的关系一直不错，但野心勃勃、以匡复天下为己任的赵匡胤又怎么会坐视吴越国始终与大宋分庭抗礼呢？

吴越国虽然富庶，但军事并不强大，多年来始终夹在北方的宋朝与西边的南唐之间苟延残喘，等到 975 年，赵匡胤派大将曹彬一举破灭南唐后，吴越国也就成了名副其实的孤国。

在这样的境地下，吴越国唯一的出路就是上表称臣，纳土归宋。这一年，是 978 年，距南唐灭国、李后主被俘至开封，仅仅过去了三年，而林逋也才 11 岁。

11 岁，便已经历了朝代的更替、国家的兴亡，这自然会在林逋幼小的心灵上留下不可磨灭的印记。尽管大宋与吴越国之间并未发生战事，更未曾因为政权交替发生流血事件，但那个时候林逋毕竟已经记事了，他又怎么可能会对这场没有硝烟的较量完全无动于衷呢？

其时，林逋的父亲已经去世，他和弟弟一起跟着祖父林克己在杭州生活。年幼失怙，也就意味着林逋在心智的发育上要比同龄的孩子成熟得多，所以，尽管远离朝堂和纷争，国家政权的颠覆依然会在他的心里蒙上一层阴影，并势必会对他日后的成长造成深远的影响。

林逋的祖籍在福建长乐，后来迁到浙江奉化，而到了他祖父林克己这一代，已经在杭州长期定居了。

林克己在吴越国钱俶朝时，因博学擅写文章而知名，曾出任通儒院学士。有这么个才高八斗的祖父朝夕相伴，林逋的学问自然差不到哪儿去。据传，他自幼便热爱读书，并通晓经史百家，文章也写得特别好，诗词歌赋更是不在话下。

吴越国灭亡之后，林克己并没有跟随国王钱俶北上，也没有继续出仕为官。从林逋遗留下的诗作来看，这个时候，林克己应该已经带着年幼的林逋兄弟回到了位于奉化县城东的黄贤村故宅，过上了清静的田园生活。

奉化位于美丽的四明山区，是一个世外桃源般的所在，家乡的山水陶冶了林逋的性情，也养出了他与世无争的性格。长期的乡居生活，让他自幼便得以与底层人民近距离接触，也看尽了世间的冷暖，知道什么才是这个世界的本真，而那些华而不实的虚浮与喧嚣，在他看来完全不值一提。

他纵情于山水之中，足迹几乎踏遍了黄贤村周边的每一个角落，而他在这里遇见的每一个人，碰上的每一桩事，都让他更加向往陶渊明笔下"不知有汉，无论魏晋"的隐逸生活。

尽管曾经出仕为官的爷爷林克己一直督促他考取功名，入朝为官，好为林家光宗耀祖，但林逋自己并不这么想。难道一个人学富五车，就是为了去朝堂当官吗？那么，爷爷当初又为什么会在吴越国向大宋朝纳土称臣时，义无反顾地选择带着他和弟弟离开杭州，归隐浙东山林呢？

爷爷做出那样的选择，或许有很多难言之隐，但林逋明白，最重要的一个原因，就是爷爷不想以贰臣的身份出仕宋朝。尽管才高八斗，可林克己身上被打上了强烈的文人烙印，哪怕吴越国的国君早已北上开封，做了大宋的臣民，接受了大宋封的官职，但林克己就是无法说服自己接受大宋的俸禄，去做大宋的官员。

一臣不事二主，虽然吴越国已经不存在了，但文人应有的气节还是必须具备的，所以，林克己迅速收拾了行囊，带着家人彻底离开了灯红酒绿的杭州城，回他位于深山的祖宅去了。

然而，等到林逋长大成人后，一切便都不可同日而语了。吴越国被大宋朝兼并之际，林逋还是个不谙世事的孩童，他并未接受过吴越国的俸禄，更没当过吴越国的一官半职，所以也就不存在贰臣之说，而他又跟着爷爷学得满腹经纶，不出仕不就浪费了一身的才情吗？

尽管林克己早早地划清了自己与大宋的界限，但他并不希望孙子也和他一样老死乡下。毕竟，林逋还很年轻，不应该一直过着隐逸的生活，而且他费了那么多的精力栽培孙子，不就是希望孙子有朝一日能够通过科举考试，博得一个好的声名，替林家光耀门楣吗？

尽管林克己身上具有古代士人的气节，但他也不是个固执守旧的老顽固，他并不想困住孙子的手脚，让孙子和自己一样，终日与林泉为伴。所以，他依旧日复一日手把手地教导着林逋，把他大半生累积的所有学问，都传授给了林逋。

林逋喜欢读书，也喜欢跟在爷爷后面一起做学问，但因为自幼就受到爷爷的影响，他从骨子里就抗拒入朝为官，对参加科举考试更是提不起半点兴致来。在他看来，爷爷之所以这么劝他，并非真的希望他出仕为官，而是担心他将来养不活自己和家人。

林逋不服气地盯着林克己说："爷爷，您也太小瞧我了吧？您辞官回乡，没有俸禄，不也养活了一大家子的人吗？"

林克己叹了口气说："可爷爷手头上是有积蓄的啊，等爷爷将来离开人世，没了积蓄，你又靠什么营生吃饭呢？"

小林逋两只眼珠滴溜溜一转，不假思索地说："我可以卖文章、卖字画啊！再说，咱们家不是还有些薄田嘛，我完全可以自己动手种田，自力更生啊！"

林克己忍不住斜睨了小林逋一眼说："我辛辛苦苦教你识

字读书，就是为了让你当一辈子农夫的？"

小林逋嘟囔着："当农夫有什么不好？要是大家都去朝里当官了，那又由谁来耕地种粮食呢？没有粮食吃，再大的官也得饿死不是？再说，读书做学问就是为了出仕为官吗？爷爷您做了一辈子学问，最后不还是辞了官归隐山林了吗？孙儿认为，读书的第一要务，就是明事理，让自己成为一个有智慧的人，至于当官，那不过就是最末端的选择罢了。"

林克己听了无话可说。

林逋是这么说的，也是这么做的。到了 22 岁的时候，他便彻底放弃了通过参加科举考试进入仕途的尝试。他一点都不想当官，一向在乡野散漫惯了，要他去朝堂上做官，岂不是比杀了他还要让他难受？

林逋坚信"三百六十行，行行出状元"的道理，即便不参加科举考试，不出仕为官，他也能过好自己的人生，又何必和众多的读书人一起挤那座独木桥呢？

明白了孙儿的志向，一向开明的林克己也没有埋怨他，更没有强逼着孙儿按照自己的心愿去考取功名，既然孙儿志不在此，何不就由着他的性子做一世的潇洒快活人呢？

林逋一边继续跟着林克己读书做学问，一边继续穿行在四明山的大好风光里，早就把功名利禄和科举考试忘得一干二净了。四明山瑰美秀丽的山水喂大了他的格局，奉化乡民的善良淳朴让他更愿意抵近底层人民的生活，尽管早早就放弃了走科举出仕的道路，但他心里却是一片澄澈与宁静。

他一心一意只想做一个闲云野鹤般的隐士，像陶渊明一样，在院子里种下各种各样的花草，然后和着夕阳，揽着轻风，饮尽天下美酒，一回眸便把远处叠翠的青山通通收进了眼底，轻轻一吟，一首脍炙人口的诗词就脱口而出。

"采菊东篱下，悠然见南山"，这才是林逋想要的生活，或者，他最大的志向，就是做陶渊明笔下生活在桃花源里的那些与世无争的逸士，终其一生都逡巡在自己的世界里，饿了就吃饭，冷了就添衣，渴了就喝水，困了就睡觉，看似一事无成，其实却拥有了无上的快乐与洒脱。

父亲去世后，他尝尽了人间的冷暖，所以他并不愿意把自己的才情浪费在经营为官之道上。因为他深知人性的弱点，即便聪慧如他，走上仕途后，也不一定就能全身而退，到最后很可能会沾染上官场上的不良习气，既影响了自己的性情，又耽误了自己做学问，所以，在参加科举考试出仕为官与否的十字路口上，他义无反顾地选择了不。

尽管没有出仕为官的志向，但林逋的心胸却足够大，大得可以装下整个天下。22 岁决意放弃科举考试的那年，他也为自己规划好了前半生的人生路径，那就是出门游学，不断拓宽自己的眼界。爷爷不是说，读万卷书、行万里路吗，既然立志要做一个有学问的才子，又怎么能够一辈子都窝在这小小的黄贤村呢？

多少江湖烟雨梦

在家乡的山里蛰伏了 11 年后，22 岁的林逋终于走出了四明山，走出了祖父为他苦心支撑起的安乐窝，踏上了游历之路。

　　22 岁，用当今的眼光来看，年纪不大也不小，正是参加工作、努力打拼的年龄，而出生在一千余年前的林逋也不例外。待羽翼逐渐丰满，他便迫不及待地离开了家乡，朝着未知的前程奔赴而去。我们只知道林逋放弃了参加科举考试，同时也放弃了出仕为官的途径，但这并不意味着他完全不用考虑自己今后的衣食住行。所以，即便流浪在路上，看遍千山万水，终究还是要停下来歇一歇脚，赚些银两再走的。

　　从后世留存下来的资料来看，林逋应该不是出生在腰缠万贯的巨富之家，尽管他的祖父曾在吴越国出仕为官，但也不是什么重要的职位，而且吴越国灭亡之后，林克己便已经辞官归隐，又哪里拿得出那么多银子供他四处游历？很多时候，人的眼界不仅跟知识、阅历相关，更与财富紧密相连，若没有丰厚的家底做支撑，哪里能够说走就走？

　　所以，人在旅途的林逋有时候也不得不停下探访的脚步，向世俗低头，为稻粱谋，赚点维持生活的钱财。

　　林逋最长的一次停留，是在曹州（今山东省菏泽市），时间长达十年。他的诗记录了这段经历："跌荡情怀每事同，十年曹社醉春风。弹弓园圃阴森下，棋子厅堂寂静中。"

　　在曹州的十年，林逋应该是度过了一段相对比较安逸而又快乐的日子，但他终究还是离开了曹州，并开始了漫游江淮的新旅程。

　　一个人再才华横溢，也是要吃饭的，即便清高若林逋，也不得不为五斗米折腰。十多年前，他为了增加自己的阅历，从奉化老家的四明山走了出来；十多年后，他为了能够更好、更有尊严地活下去，再次从已经生活了十年的曹州出发，而这一

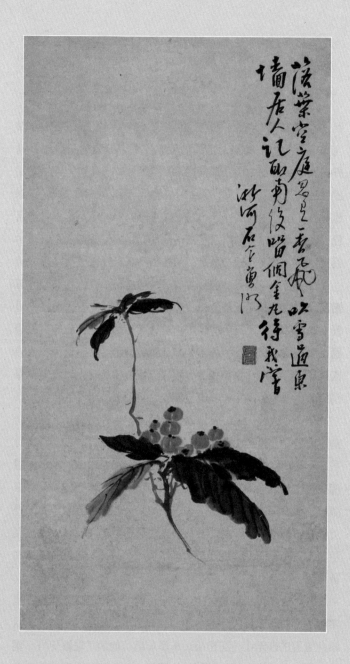

● 宋·曹塏《墨枇杷》

走，足迹遍及大江南北。

林逋一路游历，一路写诗，先后去过盱眙、金陵、芜湖、历阳、无为、寿阳、庐州、舒州、池州、开封、临江等地，其中在历阳和庐州停留的时间最长，甚至还在庐州买过房子。想必那段日子他手头着实不差钱，随便写写文章、搞搞书画，便能够解决衣食住行的问题。

经过十余年的成长，那个时候的林逋已经不是初出茅庐的懵懂少年了，凭着他才情四溢的文章，以及与他交往的官绅名流对他的美誉，三十多岁的他已然成为当世最为知名的才子之一。然而，他本人并不在意这些声名，他在意的只是如何过好自己与世无争的小日子。

尽管林逋自己淡泊名利，但在现实生活中，越来越显达的声名却给他带来了实实在在的好处。他不用工作，仅仅凭借一支笔，就可以轻松地赚取到钱财。他不在官场，却成了各地官员的座上宾。这要换作一个普通人，想必是万万办不到的。

所以说，尽管很多史料上都明确地记录着林逋家贫这一条，不过，从他的诗作中透露出的各种信息，我们还是可以推断出，在他归隐杭州孤山之前，生活确实是过得比较惬意的，从来不曾困顿过。

有心栽花花不开，无心插柳柳成荫。或许林逋自己也没有想到，一个决意不肯迈入仕途的他，竟然会跟官场中人保持着比较密切的关系，并因此少走了很多弯路，得到了很多照拂。

林逋《寄祝长官》诗云"庐江五亩宅，归去亦蓬蒿"，清晰明了地说明了他在游历江淮期间曾在庐州置业。可见，他不仅购置了房产，而且一买就是占地五亩的大宅，若没有相当的财力作为支撑，恐怕很难做到。如果仅靠着写写画画就能轻松购置产业，那跟他同时代的大词人柳永恐怕早就成了富甲一方的财主，也不至于过得那么潦倒落魄了。所以，我依旧笃定地认为，林逋的前半生一直都是一边游历，一边找寻工作机会，而他显然要比柳永幸运得多，不仅得到了士大夫们的青睐，同时也为自己找到了一条不错的生路。

解决了温饱问题，才能留出大把的时间吟诗作赋，去做自己真正想做的事。那么林逋最想做的事到底是什么呢？我想，大概还是游历天下，乐得逍遥吧！在庐州待了一段时间后，林逋依然选择了离开，此后他还曾在江西临江住了一段时间，并由此结识了刚刚举进士却未有知音的李谘。

林逋客居临江时，已经将近 40 岁了，因为奉行独身主义，依然是孑然一身，但他并不以为意，反而活得愈加潇洒，终日不是和官绅士人们混在一起饮酒作诗，就是跟僧侣们聚在一处结社酬唱，活得好不惬意。

孤山不孤

在外面流浪久了，终究还是要回到生他养他的故里。对林逋来说，他有两个故乡，一个是吴越国灭亡前生活了 11 年之久的杭州，一个是吴越国灭亡后随祖父一同东上定居了十余年的奉化黄贤村。

林逋选择了杭州，而不是位于四明山的奉化，我想，这可能与他童年时的经历相关，也可能因为杭州比奉化繁华，所以

　　两相一比较，他便舍弃了奉化，而毅然决然地留在了杭州。

　　回到杭州的那一年，是1008年，而林逋也已经年过不惑了。他彻彻底底地放下了游历的心思，结庐于西湖孤山之上，自此开启了长达20年的隐居生活。

　　曾经，他游遍大江南北，转身之际，他却彻底抛却了往昔的繁华与喧嚣，开始了素简而又清静的日子。这是林逋自己的选择，也是一种必然的选择，从弱冠之年起，他就立志弃绝仕途之路，这红尘世间又有什么值得留恋呢？

　　如今，这人世间的风光也都看得差不多了，不如及时收收心，寻一方山清水秀的地方，写写文章，画两笔画，做一个远离喧嚣却又不与世隔绝的方外之人。

　　孤山，是杭州西湖里最大的一座岛屿。在林逋生活的那个时代，西湖已经发展成杭州城的第一胜景，自是游人如织，热闹非凡，而屹立于湖中的孤山却是个闹中取静的地方，鲜少会有人来这里。

　　林逋选择孤山作为他后半生生活的地方，应该是经过深思熟虑的，西湖虽然在唐朝的时候就已经是闻名遐迩的游览胜地，但它却位于杭州城的最西端，也就是城市的边缘地带，还没有纳入繁华的市中心。

　　而矗立在西湖之上的孤山更是冷清，不仅远离城市，更与喧嚣热闹等字眼不沾边，着实清幽冷寂得厉害，而这样的条件，从各方面来看，都是最符合林逋当时的心境的，也完全契合他对日后隐逸生活的期许。

　　在外面东游西逛了几十年，也该找个地方彻底安放自己，但林逋并不想完全与世隔绝，更没有想过要把自己完完全全地孤立起来。他追求一切随缘的人生境界，之所以选择在孤山隐居，也不过是厌倦了早年的游历生涯，想要安安静静地做一个与世无争的清静人罢了。

就在林逋回到杭州隐居孤山的那一年，北宋发生了一桩举国同庆的大事，那便是封禅泰山。在此之前的 1004 年，大宋与北方的辽国发生了旷日持久的战争，最后在万不得已的情势下，被迫订立了丧权辱国的澶渊之盟，此后连年向辽国输纳岁币，以换取边境线上的安宁。

战事虽然暂时结束了，但宋朝的老百姓对这样的结果并不买账，认为皇帝太过软弱无能，甚至产生了很多怨言。为转移国内的注意力，好大喜功的宋真宗接受了大臣王钦若的建议，决定封禅泰山，以此来展示自己的丰功伟绩，证明他并不是一个一无是处的皇帝。

历朝历代对泰山进行封禅都是个大事，宋真宗怎么会放过这个替自己歌功颂德的机会？于是，在一番操作之后，朝廷号召天下才子都来写文章鼓吹当下的太平盛世，为皇帝攫取更多的政治名声，而林逋也恰恰被列在邀请的名单之中。

给皇帝写溜须拍马的宣扬文章，这与林逋为人处世的原则完全背道而驰，20 年前便已弃绝了仕途的他，又怎么会在 20 年后跑出来捧皇帝的臭脚呢？想拍皇帝的马屁，他还要等到现在吗？

想当年，血气方刚的他，早就已经学富五车，完全可以通过科举考试为自己博个一官半职，可他偏偏不愿意这么做，哪怕是把他一手拉扯成人的祖父希望他学而优则仕，他亦毅然决然地放弃了科举之路。

他是发自内心地不想当官，更不想与官场上那些蝇营狗苟的纷争发生纠缠，即便与他交往的朋友大多都是名重一时的官绅名士，他也未曾动摇过自己的信念，就更不会去给沽名钓誉的皇帝老儿写什么溜须拍马的文章，求个一官半职了。

说起来，林逋跟他同时代的柳永的经历非常相似，两人都才华横溢，但柳永却因为恃才放旷，早早地得罪了皇帝，一生都不招官家待见，想做官却始终不得其门而入，参加科举考试又一再名落孙山。林逋虽然也跟柳永一样，半生都流浪在外，可他却是主动弃绝了科举考试的念头，并立志终身不入官场的。仅从这一点来看，林逋便比柳永高出了许多，也难怪柳永一直郁郁不得志，但隐居山林的林逋倒是始终都被大宋的掌权者记挂在心里。

作为大宋的才子，林逋自然可以凭借自己卓越的才华，为皇帝写就一篇辞藻华丽的拍马文章，而这对他来说简直是易如反掌的事。只要写好了交到朝廷的相关部门，不仅能够声名鹊起，还能引起当今天子对他的青睐，财帛的赏赐自不必说，弄不好还会直接给他个官当当，可他就是不干，不仅不肯为皇帝写一句歌功颂德的话，而且直接把那些前来劝他的朋友挡在了门外。

林逋不觉得封禅泰山就能够证明当今天子是个功德圆满的皇帝，他也不想把自己曼妙的才情浪费在这种没有任何实际用处的拍马文章上。天底下还有那么多吃不饱穿不暖、饱经战乱之苦的黎民百姓，他怎么能够在这样的时刻跑出来替皇帝歌功颂德呢？

在林逋看来，他写下的每一个字都是有力量、有意义的，叫他违背自己的意愿，写下溜须拍马的文章，那不仅是对他人格的挑衅、品性的质疑，更是对他莫大的侮辱。

有朋友不了解他的心思，劝他出仕为官，替朝廷效力，他听了后，只是微微一笑。别人实在劝得急了，林逋就叹息着说："吾志之所适，非室家也，非功名富贵也，只觉青山绿水与我情相宜。"

世间的功名利禄乃至荣华富贵，于林逋而言，不过是转瞬即逝的过眼云烟，他懒得去追逐，更不屑于追逐，又怎么会把建功立业、出人头地放在眼里？

流浪半生，林逋活得比 20 年前更加通透，这芸芸世间，唯有这青山绿水与他最为投契，要让他出仕当官，还不如送他一轮清风明月的好。

隐居孤山的林逋，既不肯违心地为皇帝写吹嘘的拍马文章，也不肯顺应友人的规劝出仕为官，只一心一意地沉醉在自己的小世界里，今儿个写写文章，明儿个涂涂画画，要不就盘腿坐在树底下弹弹琴、喝喝酒，日子过得太自在了。

林逋虽然不肯迈入仕途，但他的声名却一日隆于一日，就连远在开封皇宫大内的宋真宗也听说了他的名字，多次征召他入朝为官，但终究还是被他一一婉拒了。

要知道，皇帝亲自征召他出山，绝对是给足了他面子——更何况还是多次征召。由此可见，宋真宗是多么地求贤若渴，又是多么地抬举他这个从未参加过科举考试的布衣处士。这要换成另一个人，恐怕早就屁颠屁颠地坐着马车乘着船，直接奔赴开封而去了，可林逋偏偏不肯违背自己当初立下的誓愿，压根不给皇帝面子，任凭地方官员磨破了嘴皮子，他的回答都只有两个字：不去。

学而优则仕，这是大多数古代文人的终极出路。一个读书人，既然博学多识，就应当立志考取功名，建功立业，做出一番惊天动地的大事来，更何况林逋自幼便已将经史百家背得滚瓜烂熟，如此勤学不辍，不出仕为官不是可惜了吗？

然而，在林逋眼里，锦绣前程永远比不上自由自在，他志不在蟾宫折桂，更无意于仕途上有所建树，哪怕在时人眼里，他的不肯出仕对朝廷来说是一种巨大的损失，他也不肯轻易改变主意。

林逋曾经说过："吾方晦迹林壑，且不欲以诗名一时，况后世乎？"也就是说，他不仅无意在当世扬名立万，更无意留名后世，淡泊至此，又怎么可能会把自己高高挂起来待价而沽呢？然而宋真宗可不管这些，在多次征召不果后，他索性下了一道圣旨，诏告杭州府县多多照拂林逋并定期给予接济，并派人赐予林逋粮食和布帛，以示朝廷对林逋的关爱与慰问。

在孤山隐居后，林逋看似过着一种与世隔绝的生活，其实却从来都不曾真正与世隔绝过。北宋时的杭州城并不大，西湖距离杭州市中心也算不上遥远，林逋刚开始隐于孤山时，他根本就没有想过这辈子不再流连于市井人间，更不会想到自己真的会有长达二十余年的时间不曾涉足繁华的城市。

他真的把自己隔绝在了孤山之上，然而他的内心却又并不孤单寂寞，因为他不仅惦念着很多人，同时也被很多人惦念着，尽管他有生之年都没有再出现在人声鼎沸的城市里，但来孤山探访他的官绅名流却络绎不绝，其中有他在曹州早就熟识的薛映，在临江倾心结交的李谘，还有范仲淹、梅尧臣等后进晚辈，所以，隐居孤山的林逋从来都不曾品尝过孤单寂寞的滋味，也从来都不曾自艾自怜，叹息自己生不逢时，相反，他非常享受这种远离红尘却又高朋满座的生活，自是乐得逍遥快活。

梅妻鹤子任逍遥

《小隐自题》是林逋描绘他隐居孤山的生活素描。茅屋，竹林，山花，渔人，白鹤，流水，樵夫，美酒，好一个清幽自在的世外桃源。

小隐自题

竹树绕吾庐，清深趣有余。
鹤闲临水久，蜂懒采花疏。
酒病妨开卷，春阴入荷锄。
尝怜古图画，多半写樵渔。

瞧，一对仙鹤在水边缓慢地踱着步子，看起来相当悠闲自得。一群蜜蜂慵懒地穿梭在花丛中，根本就没把采蜜当作一份正儿八经的营生。而林逋自己呢，除了吟诗填词、写字画画，他平时最喜欢做的事就是喝酒，常常喝到微醺，就搁下手里握着的书，就地打个盹儿，等醒来后再接着把盏欢饮。

阴天或者太阳不晒的时候，那就背上锄头下地干活去吧，反正古往今来的隐士生活不都是这么过的吗？他可从来都不在

● 宋·马麟《林和靖图》

意什么人设，也从未把自己定位成什么不食人间烟火的才子，说他是才情纵横的诗人也好，说他是半渔半樵的农夫也好，他通通接受，不就是一个称谓嘛，想怎么叫就怎么叫呗！

闲暇的时候，林逋还喜欢欣赏古画，画上渔樵耕读的生活情态，总是令他心生向往，恨不能立即钻入画中，去认真地感受一番遥远的世外桃源。

内心向往的画境，其实也是林逋隐逸孤山后的真实生活写照。在游遍大半个中华大地后，林逋对生活的要求也变得越来越简单，什么华屋美厦，什么华衣美食，终不过是些浮夸的东西，还留恋它们做什么呢？他早已摒弃了内心所有华而不实的欲望，只求一方净土可以让自己静下心来，做一个与世无争的快活逍遥人。

隐居孤山后的日子，他放下了很多的执念，放下了居留曹州十年的意气风发，放下了庐州购置的产业，放下了游历江淮的豪放不羁，只留下发自肺腑的本真。

有简单的饮食可以填饱肚子，有简陋的茅屋可以遮风挡雨，有琴棋书画可以自娱自乐，夫复何求？如果说人生中的前40年，他身上多少还带了些浮躁的气息，但归隐孤山后，他便完成了一次彻底的蜕变，从此之后，在他身上散发出的，除了淡泊，便是优雅的生活态度。

林逋的雅，不仅仅体现在他的文字书画里，还体现在他生活中的细节中，比如他种梅花、养仙鹤，号称"梅妻鹤子"，不仅羡煞了时人，更让后世文人墨客对其钦羡万分。

隐居孤山的林逋，尽管20年间足迹都未曾出现在城市里，但这并不影响他时常往来于西湖周边的寺院，与高僧们诗词唱和，日子过得清闲却不孤寂。

他养了一对仙鹤，招揽了一对童仆，当他驾着一叶扁舟穿梭在西子湖上的时候，每当有客登门造访，那两个童仆便会将笼中的仙鹤放飞出去，而他一看到白鹤翱翔于天际，便知道该掉转船头回家迎客了。

林逋的茅屋里经常高朋满座，而客人们的身份也都非常尊贵，除了经常和他坐在一起品茗论禅的西湖僧侣，还有当时的一众官绅名流，其中就有宰相王随。

士大夫们欣赏林逋的诗词字画，更欣赏他与世无争的生活态度，仿佛只要肯真心与林逋交往，自己便也成了一个雅士。然而，他们不明白，林逋的雅致是一种由内而外、浑然天成的气质，外人是学不来的。

林逋的雅是从骨子里渗透出来的，在隐居孤山的20余年里，他更将这份与生俱来的雅致发挥到了极致，终日不是吟诗作赋、品茶论道，就是跟他种的梅花、养的仙鹤厮混在一起。他对梅花、仙鹤的喜爱，甚至到了痴迷的程度。

他一生未婚，却因为对梅花的钟爱，在孤山上种植了三百株梅花，以梅花为妻，并为它们写下了"疏影横斜水清浅，暗香浮动月黄昏"的著名诗句。

或许，是因为梅花和他一样有着孤洁清高、遗世独立的品质，他才会在后半生的光阴里，竭尽所能地与之相依相伴吧？

远离了灯红酒绿的浮华奢艳，现实生活中琐碎的声音与影像也都悄然遁去，他活成了自己年少时就想要成为的样子，一心一意只过自己想要的生活。

林逋从来不为别人而活，对自己的诗词文章也毫不在意，

但他自己不在意，并不代表别人也不在意，所以他写的诗词还
是有不少得以流传了下来。

山园小梅

众芳摇落独暄妍，占尽风情向小园。
疏影横斜水清浅，暗香浮动月黄昏。
霜禽欲下先偷眼，粉蝶如知合断魂。
幸有微吟可相狎，不须檀板共金樽。

这首《山园小梅》是林逋流传于世最为知名的咏梅诗，早
在宋朝的时候就已经名声在外，南宋著名诗人王十朋更誉之为
千古绝唱，一句"暗香和月入佳句，压尽千古无诗才"，道尽
了林逋的绝妙高才与无限洒脱。

其实，这首诗中最为著名的那联"疏影横斜水清浅，暗香
浮动月黄昏"，并不是林逋的原创，而是化用了五代诗人江为
的诗句"竹影横斜水清浅，桂香浮动月黄昏"，仅仅把"竹"
改成了"疏"，把"桂"改成了"暗"而已。

妙就妙在，江为那两句诗咏的是竹子和桂花，诗句虽然写
得足够漂亮，却没有道出竹子和桂花无可替代的特点。也就是
说，将这两句诗换到其他花草身上也同样适用，而林逋仅仅改
了两个字来咏梅花，便道出了梅花无可替代的特点，让人们在
咏读这首诗的时候，马上便会生出"只有梅花才能拥有如此意
象"的念头。

有人曾经问苏东坡：如果拿这两句诗来咏桃和杏是否也可

以？苏东坡的答复是：倒没什么不行的，只是怕桃、杏不敢当罢了。由此可见，苏东坡对林逋的仰慕已经到了谦恭的地步，同时也间接地说明了林逋的才华绝对不是徒得虚名，哪怕化用别人的诗句，也能别出心裁。

林逋以两句出神入化的化用诗，便将梅花的情态描摹到极致，又有谁知道林逋的词同样写得满篇生辉呢？尽管林逋流传于世的词作仅有三首，但丝毫不影响他在词坛的地位，而其中的一首《长相思·吴山青》，更是写尽了他的百转柔肠，不仅为后世文人墨客留下了诸多想象的空间，也让人们对这位终身未娶的处士产生了更多的好奇。

诚然，他是一个既能享受孤独，又能超然于世外的闲云野鹤，但他超脱却不孤傲，通达而不封闭，隐逸孤山的日子里，照样与僧侣品茗论禅，与官绅名士高谈阔论。这样的一个人，如果终其一生都没有留下一点罗曼蒂克的故事，想必也无趣得厉害。但从下面这首清新别致的小令里，我们仿佛还是找到了一些浪漫的蛛丝马迹。

长相思·吴山青

吴山青，越山青，两岸青山相对迎，谁知离别情？
君泪盈，妾泪盈，罗带同心结未成，江边潮已平。

林逋一生的经历看上去似乎很简单，未曾有过大起大落的悲欢离合，正如他的为人一样，恬静，淡泊，优雅，孤简。虽然隐居山林，却又始终与外界保持着各种联系，虽然交友甚广，却又好像从未把什么人格外地放在心头珍而重之，一直过着一种令人可望而不可即的清雅生活，直至 1028 年，他在家中去世，彻底与这个世界诀别。

林逋的丧事，是由其侄子林彰、林彬共同操办的，这时候端坐在庙堂之上的皇帝已经从宋真宗变成了宋仁宗，不过这也不妨碍朝廷对其进行褒奖，仁宗皇帝为其赐谥"和靖先生"，同时赐予其亲属米五十石、帛五十匹，给予了一个布衣文人所能得到的最高规格的礼遇。

故事说到这里，林逋的一生好像也就说完了，但真正的故事却没有在这里收尾。

据传，南宋灭亡之后，有盗墓贼挖开了林逋的坟墓，并在他的棺木里发现了一方端砚和一支玉簪。砚台很好理解，即便归隐山林，可林逋毕竟还是个才高八斗的文人，在世的时候要吟诗作赋，到了九泉之下，自然也要赏风弄月，可偏偏就是这支玉簪的出现，无法不让人浮想联翩。这明明是一个女子所用之物，为何会出现在以梅为妻、以鹤为子的林逋的墓中呢？长相思啊长相思，可否告诉我，这支玉簪的背后究竟隐藏了一段怎样不为人知的凄美故事？又可否告诉我，终身不婚的林逋爱着的是一个何等曼妙多姿的可人儿？

林逋墓中出现的玉簪，和他留下的一首《长相思·吴山青》，都印证了他不是一个与情爱绝缘的男子。或许，这首情真意切的词作，便是他游历江淮之时，为他心仪的女子所写的吧。

尽管我们并不知道林逋为什么终身不娶，但却完全有理由相信他一定经历过一段"罗带同心结未成"的爱情悲剧，而正是因为这段刻骨铭心的爱情早早地死去了，他日益冷却的心中便再也激不起任何一丝爱的涟漪了，所以回归杭州之后，便开启了他二十余年的"梅妻鹤子"的独居生活。

那支玉簪，兴许就是那个女子和他话别时送他的信物，说不定他也在临别的时候许下了要回来与她相聚的诺言，但终究还是因为种种缘故而食言了。

林逋一个人散漫惯了，那个女子想要的生活，他根本给不了，也无从给起，不如就此别过，放她去追逐真正的幸福，从此只把她的音容笑貌放在心头便好，再也不去打扰，不去纠缠，更不让她为他流下哪怕一滴悲伤的泪水。

其实，他终究还是深爱着她，放不下她，他只是什么也不说，什么也不做，却在内心深处惦念牵挂了她一生，至死都不曾有过点滴的遗忘，即便到了另一个世界，也要握着她留下的玉簪，带着他未能圆满的爱情微笑入眠。

这一生，他听从了自己内心的召唤，不入仕途不当官，更因为一段无法厮守的姻缘，而选择了梅妻鹤子的归隐生活，把自己活成了又一个清雅到极致的陶渊明，就像他自己在诗里说的那样："北窗人在羲皇上，时为渊明一起予。"

离群索居的林逋，用一道西湖的潋滟隔开了世人的喧嚣，更用一树树清幽的梅花与一对展翅翩飞的白鹤，轻松写就了大宋的优雅，不仅点缀了杭州未眠的灯火，也惊艳了十个世纪的辗转留恋。

● 宋·佚名《歌乐图》（局部）

柳永

盛年不重来，得欢当作乐

　　提到柳永，我首先想到的就是"白衣卿相""奉旨填词"
"屡试不第""凡有井水处，皆能歌柳词"，如果再加上"众
名姬春风吊柳七"的故事，他的一生便被囫囵着描绘出来了。

　　不得志，被排挤，受歧视，大半生都游走在勾栏瓦舍，看
尽大江南北的风花雪月，他心里满满裹挟的，依然是无尽的彷
徨与落寞。

　　有人说，柳永的一生，不可谓不精彩，不可谓不热闹，但
喧嚣过后，这些终不过是别人的清欢，而他只是一个彻头彻尾
的记录者。

　　事实真的如此吗？甲之蜜糖，乙之砒霜。你眼中视若珍宝
的蜜糖，却有可能是别人视若毒药的砒霜。柳永拥有最多的东
西——自由和潇洒，也许在世人眼里一文不名，但在李煜的眼
里，却比什么都珍贵。李煜在身不由己的时候，因为羡慕在江

边钓鱼的渔夫，写出了这样的句子："一壶酒，一竿纶，世上如侬有几人？"

但是，能潇洒不羁过一生，且能名留青史的，古往今来又有几人？柳永便是其中一员。有一段歌词说得好："这个世界我来过，清晨看日出，傍晚赏日落，壮美山河。"这一生，柳永足矣。

奉旨填词的白衣卿相

柳永不仅是北宋词坛婉约派的代表人物，也是一个饱受争议的词人。在与他同时代的士大夫眼里，他文辞浮艳，一出口就是一堆俚语俗词，甚至还有一些粗俗露骨的描写，根本登不上大雅之堂，但在平民老百姓眼中，柳永却是个极其可爱的性情中人。他们喜欢他的洒脱不羁，喜欢他的不虚饰、不伪善，特别是那些秦楼楚馆中的歌舞伎人，更把他奉若神明，以能唱他的柳词为荣。

若要了解一个人，必得了解他的过去。我们就循着柳永的人生轨迹，看看他是如何从豪门子弟转变为市井词人的。

柳永有着良好的家世，出身于名门望族河东柳氏，祖父和父亲都是朝中命官，所以从幼年开始，他便跟着两个哥哥一起研习诗文，很小的时候就已经有了考取功名的志向。

宋真宗咸平五年（1002 年），18 岁的柳永离开家乡崇安（今福建武夷山），一路北上，前往京师开封参加科举考试。没想到，因为迷恋江浙的湖光山色和江南女子的旖旎风情，他走走停停，花了六年才赶到开封府。等到他参加科举考试的时候，已经 25 岁了。

柳永少年成名，才高八斗，长相俊朗飘逸，生性潇洒，要博个好的前程，对他来说并不是什么难事。在杭州的时候，年仅 19 岁的柳永就已经写出了名噪一时的《望海潮·东南形胜》，不仅把杭州写成了人间的天堂，更将杭州的父母官孙何给狠狠地吹捧了一番。

望海潮·东南形胜

东南形胜，三吴都会，钱塘自古繁华。
烟柳画桥，风帘翠幕，参差十万人家。
云树绕堤沙，怒涛卷霜雪，天堑无涯。
市列珠玑，户盈罗绮，竞豪奢。
重湖叠巘清嘉，有三秋桂子，十里荷花。
羌管弄晴，菱歌泛夜，嬉嬉钓叟莲娃。
千骑拥高牙，乘醉听箫鼓，吟赏烟霞。
异日图将好景，归去凤池夸。

柳三变（柳永原名）的这首《望海潮·东南形胜》，足以让所有未曾到过杭州的人，对杭州产生无限的遐想与向往，而这也算是他为杭州立下的一桩大功德。

在江浙逗留的六年时间，对柳永来说，也许就是他人生中的第一个黄金时代。其间，他结识了不少当地官员，更结交了很多才艺双绝的歌舞名伎。他整天流连于温柔乡，写下了大量赞美之词，声名也随之水涨船高。来到开封后，他又迅速成了京师最知名的才子词人。柳三变的大名，是无人不知无人不晓。

柳永本以为凭着自己的才华学识，一定可以高中进士，没想到造化弄人，他不但落了榜，还被当朝天子宋真宗以"属辞浮靡"的理由亲自除名。所谓"属辞浮靡"，就是言之无物、华而不实的意思。

柳永承认，他写给歌舞伎人的词作，的确有很多浮靡之语，可是他科举考试所写的文章，跟它们完全就不是一个路子啊！天子这是带了先入为主的偏见，直接让他落榜，实在是太不公平、太不公正了。

在此之前，他一直都是个非常自信的人。他跟朋友们打赌，只要他参加科举考试，就一定能金榜题名，甚至还写了一首词来表达自己势在必得的信心。

遗憾的是，自诩功名犹如囊中探物的他居然铩羽而归，而且还被皇帝打上了一个"属辞浮靡"的评价，这让他既失望又很没面子。

老实说，柳永并非无辜。本该用功学习的时候，他却在苏杭一带流连，终日沉醉在温柔乡里，把功名二字忘了个一干二净，所以如今被皇帝以文辞浮丽为由直接除名，他也不是完全没有责任。

在宋真宗和主考官看来，柳永就是咎由自取。一个世家子弟，不好好沉下心思做些经世致用的文章，反而成天扎在勾栏瓦舍里倚红偎翠，专写些淫词俚曲，还指望被朝廷重用，不是异想天开吗？柳永是很有才，文章也写得很好，可他为人轻浮，放荡不羁，要让这样的人中了进士，实在是有辱斯文！

轻浮？放荡不羁？柳永依然不服。试问这天下真的只有他柳三变一个人穿梭在烟花柳巷吗？他不敢顶撞主考官，也不能埋怨皇帝，但他也不想就此作罢，如果不做出点什么作为回应，实在是咽不下这口气。既然不能把这些不满直接说出来，那就写成词让姑娘们唱出来吧！

于是，他又写了一首充满怨念的《鹤冲天·黄金榜上》，来表达内心的愤懑与不甘。

鹤冲天·黄金榜上

黄金榜上，偶失龙头望。
明代暂遗贤，如何向。
未遂风云便，争不恣狂荡。
何须论得丧？才子词人，自是白衣卿相。
烟花巷陌，依约丹青屏障。
幸有意中人，堪寻访。
且恁偎红倚翠，风流事，平生畅。
青春都一饷。忍把浮名，换了浅斟低唱。

柳永万万没想到，这首曲子竟然成了开封城里的爆款，处处都有人传唱。正因为这首词，他连续参加了四次科举考试皆不中，直到 50 岁的时候，亲政后的宋仁宗特开恩科，放宽了对历届科场沉沦之士的录取标准，他才终于得偿夙愿，和哥哥柳三接同登进士榜单。

从 25 岁参加科举考试开始，他整整用了 25 年时间，才拿到了仕途的入场券，得授睦州团练推官。1037 年，柳永调任余杭县令，深得百姓爱戴。1039 年，柳永改任浙江定海晓峰盐监。

尽管几任官职都很小，但柳永在为官期间，还是颇有些才能和政声的，仅仅两年时间，就被朝廷的考察机构列为当时的"名宦"之一，算是对他的能力给予了肯定与承认。

只可惜，时不我待，即便柳永再努力上进，毕竟年纪摆在了那儿，他已经没有时间去经历宦海沉浮了。不过这样也好，倒省去了更多的烦恼与愁闷，在最后的时光中，他除了穷一点，日子倒也算安逸。

1049 年，柳永转任太常博士，次年改任屯田员外郎，一直干到退休。后来，他常年定居润州（今江苏镇江）。1053 年，他死在了名伎赵香香家中。

作为政治人物，柳永诚然是不幸的，他 50 岁才踏入官场，担任的还都是一些不起眼的官职，既不能充分施展自己的才华，也不能过上荣华富贵的生活。跟他年轻时的抱负相比，差了何止十万八千里，又怎能不让他唏嘘感叹？

但作为北宋时期最具知名度的才子词人，柳永则又是幸运的。他是第一位对宋词进行全面革新的词人，有生之年，他始终大力推广慢词的创作，并大量采用民间的俚词俗语，如"我""你""侬""忒""怎得"这样口语化的词，以通俗的意象、平实无华的白描等独特的艺术表现方式，充分展现了婉约词的魅力，对宋词的发展产生了极其深远的影响。

后来的苏轼、黄庭坚、秦观、周邦彦、李清照等著名词人，虽风格各异，但他们的作品基本都受到了柳永的影响。可以说，如果没有柳永对慢词开创性的贡献，我们今天也就无法读到"明月几时有，把酒问青天""并刀如水，吴盐胜雪，纤手破新橙""怒发冲冠，凭栏处""寻寻觅觅，冷冷清清，凄凄惨惨戚戚"这些千古佳句了。

另外，作为音律大家，柳永还是两宋词坛上创用词调最多的词人，由他首创的词牌就超过了一百种，比如《望海潮》《八声甘州》等，大大拓展了后来者的创作空间。

可以说，因为柳词的通俗易懂、接地气，深得乐工歌伎的青睐，柳永才能成为划时代的词人。但正因如此，也让他受到很多诟病，特别是与他同时代的士大夫们，简直把柳永当作了洪水猛兽，誓要跟他划清界限。

士大夫们看不上柳永，也是有理由的。柳永在填词的时候用的那些大白话，士大夫是万万不敢用的。即便词只是诗余小技，但也不能如此辱没斯文不是？什么叫"彩线慵拈伴伊坐"，什么叫"且恁偎红倚翠，风流事，平生畅"，也就柳永敢这么写，太三俗了！

不过，柳永似乎也没有把士大夫们对他的不屑当回事。三俗怎么了？你们不喜欢，自有人喜欢。柳词在我们大宋的盛况，相信你们也都亲耳听到了，就不用我多啰唆了！

"妓者爱其有词名，能够移宫换羽，一经品题，身价十倍。妓者多以金、物资给之。"看到了没有，这才叫能耐！姑娘们唱你们写的词能唱火吗？关键时刻，不还得我柳永上吗？只要唱了我填的词，姑娘们立马身价倍增，你们这些天天坐在衙门里喝茶摇扇子的，有这个能耐吗？

"不愿穿绫罗，愿依柳七哥。不愿君王召，愿得柳七叫。不愿千黄金，愿得柳七心。不愿神仙见，愿识柳七面。"听听，这就是我柳七在江湖上的地位，哪个姑娘不以认识我为荣？

再看看你们，天天说我写的词登不了大雅之堂，大肆批判我的词格调不高，可私底下一听勾栏瓦舍里的那些姑娘开口唱我填的词，你们不也一直在那儿挤眉弄眼的，起劲地打着拍子歌之再三吗？都当我不知道？

柳永火了之后，越来越多的姑娘找上门来请他帮忙填新词。好不容易把一群七嘴八舌的姑娘送出了门，柳永才终于有空研究起了她们送来的各种润笔物资。这风月场所的姑娘就是有钱，金钗，金簪，金步摇，金镯子，都算不得什么了，竟然还有人直接从手腕上将下了一只温润的羊脂玉镯子丢在桌上。尽管好些年没见过这么好的东西了，但世家出身的他到底是识货的，这么名贵的镯子她们都肯拿出来，莫不是自己真的火了？

没错，柳永就是眼下最红的词人。开封城里到处都在传唱他的《鹤冲天·黄金榜上》，就连他少年时期为妻子写的词作也成了歌女们竞相争唱的神曲，真不明白这些姑娘哪来的神通，竟然连那么早的作品都被找出来了——不知道是大哥还是二哥把他的旧作泄露了出去。他一夜之间成了开封城里人气最高的词人，而他写的词也迅速成了炙手可热的抢手货。照这个趋势发展下去，别说在老家崇安盖房的钱有了，就算在开封城最好的地段购置几座豪宅，也不在话下。

他怎么也没想到，科举落榜，竟然会带给他这些意外之喜。他的名声越来越大，润笔费越来越多，可谓名利双收，而且还有那么多才貌双全的姑娘排着队等着跟他亲近，这中不中进士又有什么大不了的？不如趁着年轻，多写几首词，给自己赚点养老钱。

就这样，他一口气写了很多"属辞浮靡"的词，多得连他自己都统计不过来。当然，他也不是故意要写那些浮艳入骨的词作，都是烟花柳巷的那些姑娘要求他这么写的，他总不能放着赚钱的机会不要吧？那些请他捉笔的姑娘，大多是自幼被卖到勾栏瓦舍的，格调高的不多，她们指明了就是要写得通俗易懂的词，他有什么办法？拿人钱财，给人办事，这不是天经地义的吗！

词坛得意，科举失意

其实，柳永根本不知道，火爆一时的《鹤冲天·黄金榜上》，早就随同他那些艳丽露骨的词作传到了皇宫大内，而且引起了宋真宗的极度不满。

在宋真宗眼里，柳永的《鹤冲天·黄金榜上》充满怨望之词，简直就是吹响了天下读书人埋怨朝廷无眼的号角，这样的人，即便再有才，朝廷也绝不能用。

柳永第一次参加科举，是在宋真宗大中祥符二年（1009年）。1015年和1018年，他又连续参加了两次科举，但每一次都毫无例外地落榜了。第三次参加科举考试，大哥柳三复进士及第，而他却是第三次落榜。柳永遭受了巨大的打击。

柳永和大哥柳三复、二哥柳三接，均以才名闻名于世，被时人称为"柳氏三绝",而尤以柳永的才情最高,名望也超过了两位兄长。尽管大哥高中进士,他心里也由衷地替长兄感到高兴,但一想到自己接二连三地落榜,他就无比郁闷。

其实在骨子里,柳永依然是个传统型文人,他渴望通过科举考试来证明自己,渴望进入仕途施展自己的抱负,而填词终不过是伴身的小技罢了,写得再好、再受欢迎又如何?他总不能一辈子都穿梭在勾栏瓦舍,做一个闲人吧?

彼时的他,名气已经足够大了,钱也赚得足够多了,可这满肚子的才华竟然还是没有用武之地,难不成只能填词虚度岁月吗?倚红偎翠的日子,他已经体验够了,现在他一门心思只想金榜题名,然后像祖父和父亲、叔父那样,走上一条经世致用的道路。为什么老天爷就是不肯让他得遂其愿呢?

他知道,这一切的症结,都在宋真宗身上。皇帝早就恼上他了,即便他是曹子建再世,也未必有好果子吃!既然如此,那他就先继续填词去,等到下一届科举考试的时候再参加好了。

就这样又蹉跎了几年,宋真宗居然没能熬过柳永,驾鹤西去了。宋仁宗继位。天圣二年(1024 年),柳永已经 40 岁了,他再次奔赴考场,誓要把科举进行到底。

据说,宋仁宗非常喜欢柳词,每次喝酒的时候都要点他的词助兴。可即便如此喜欢柳词的宋仁宗,一看到柳永榜上有名,也忍不住摇摇头说,既然这位自封的"白衣卿相"想要"浅斟低唱",那又何必在意这些虚名?还是把他的名字删了吧。柳三变,你"且去填词"就是了。于是,40 岁的柳永,经历了人生中第四次落榜。

一
七
八

不过传说终归只是传说。宋仁宗那时候还是个年仅 14 岁的半大小子，政事尽归于垂帘听政的章献太后刘娥处理。待到他真正亲政，已经是九年后的 1033 年了，所以这段传说并不一定真实可信，不过宋人关于这段公案的记载颇多，也不能完全推翻。说不定，小皇帝是受了宋真宗和章献太后的影响，所以一看到柳永的名字，就说出了这段话来。这是很有可能的。

这大概就是命吧！词写得太好，人太红了，也不是什么好事，但凡犯过一点点的小错误，都会被人惦记一辈子，早知如此，他当初就不会写什么劳什子的"白衣卿相"了！他失望了，彻彻底底地失望了。皇帝看不上他，朝廷不肯收揽他，士大夫们也看不起他，接下来他该怎么办呢？既然皇帝让他"且去填词"，那他干脆就"奉旨填词"好了。第四次落榜，让柳永开始彻底怀疑人生，他都 40 岁了，早就不年轻了，再这么蹉跎下去，这一生可就虚度了。看看人家晏殊，比他还小了 7 岁，早就已经是枢密副使了，也就相当于副宰相了，可他竟然还是个布衣词人，这区别也太大了吧！

怎么办？继续参加下一次的科举考试吗？何必呢！再考也还是这么个结果，就不要再自讨没趣了。小皇帝不是已经给他指了一条明路吗？或许，下半辈子，他真的只能"奉旨填词"了。可这也没有什么不好的，既然希望都不存在了，那就好好地逍遥快活一番吧！

既然是奉旨填词，那就得有个新气象。从此之后，柳三变变成了柳永，而他的字也从景庄变成了耆卿。

柳永本来只是拿着"奉旨填词"四个字来调侃自己，没想到这一下又让他火出了天际。上一次红得发紫，还是 15 年前写下《鹤冲天·黄金榜上》那会儿，没想到兜兜转转之后，每一次走到失意的尽头，都会峰回路转，让他领略到不一样的辉煌。

是的，他再次爆红了，姑娘们又排着长长的队伍堵在了他的门口，一口一个"柳先生"地叫着，求他给她们填词，只不过这一回，姑娘们的面孔不再是 15 年前见过的那一批了，但还是一样的青葱水灵，一样的风情万种。

世界那么大，我想去看看

从 1024 年到 1034 年，柳永在外面整整漂泊了十年。他也已经 40 岁了。他内心明白，自己通过科举进入仕途的道路算是基本断绝了，既然如此，那就去做自己喜欢做的事吧。填词，喝酒，唱歌，跳舞，赏花，拜月，踏青，猜谜，倚红偎翠，想怎么过就怎么过，不也乐得逍遥？

但是，柳永内心并不快乐。他想要一个施展自己抱负的机会，让老百姓过上丰足、快乐的生活，他想要改变社会风气，让虫娘、师师她们得到应有的尊重，让那些所谓的正人君子都能与她们平等相待。但是，没有人理解他，更没有人支持他。

罢了，罢了，开封这地方他是没法待了，那就趁早离开，回江南去看一看。

回想当年在杭州写下让他名噪一时的《望海潮·东南形胜》，柳永既欣喜又感伤。那么好的地方，他竟然已经离开

20 年了，这开封城到底有什么值得他为之徜徉这么久？想必这一生他都与功名二字无缘了，与其再留在这里白费工夫，还不如多看看不同的风景，多结识一些不同的朋友，多感受一下不同的人生。世界这么大，有着无限的可能，他就不信自己存在的意义，就只是为了参加科举考试。

临别的时候，他和虫娘在汴河畔的长亭里话别，心里裏挟着满满的惆怅。第一次到开封的那一年，他就结识了善解人意的虫娘，从此以后，她一直陪伴在他身边，分担他的欢喜与悲伤。可这一去，也不知道何年何月才能回来伴她听风看雪，怎不惹他伤心难禁？

雨霖铃·寒蝉凄切

寒蝉凄切，对长亭晚，骤雨初歇。
都门帐饮无绪，留恋处，兰舟催发。
执手相看泪眼，竟无语凝噎。
念去去，千里烟波，暮霭沉沉楚天阔。
多情自古伤离别，更那堪，冷落清秋节！
今宵酒醒何处？杨柳岸，晓风残月。
此去经年，应是良辰好景虚设。
便纵有千种风情，更与何人说？

树上凄切的蝉鸣，和着长亭内依依惜别的情绪，在他和她模糊的眼前辗转流连，仿佛是在替他们饯行，又仿佛是在替他们感伤。放眼望去，长亭外，初歇的雨将一切都冲洗得没了痕迹，包括他们伤感的心，唯一留下的便是他们抽泣的声音。

终于，他还是起身登上了南下的船，只把满心的破碎留给了开封的夜晚。多情人自古伤离别，更何况是在这凄冷的清秋时节。这片广袤苍茫的大地，究竟掩埋了多少颗破碎的心，谁能数得清，谁又忍心去数？

相知相爱的昨日，相聚相拥的过往，悄然间已成过眼云烟。这一去，至少就是几年，从此以后，就算是看到了如画的景致，没有了她，也是形同虚设。从此以后，即便秋心做愁寄予残月，纵有千万种柔情蜜意，但与她相隔天涯两地的他，又能对谁倾诉这无限的深情？

《雨霖铃》据传是唐玄宗为纪念杨贵妃而作的曲子，而柳永则是依此曲创作了词牌，丰富了它的内涵，并拓宽了它的艺术表现方式。

从整体来看，这首词可谓是词中有画，画中有词，既有工笔画的精致细腻，又有山水画悠远流长的意境，如果用一个词来形容它，那就是行云流水。

柳永回到了江南。他去扬州看了老情人谢玉英，他去杭州看了红粉知己楚楚。江南的景色依旧，可是他曾经为之心动过的姑娘们，却都无一例外地衰老憔悴了。这更让他对人生生出了无限凄凉的感慨。

早知道他就不去参加科举考试了，把时间都浪费在那些看不见的功名上，却生生蹉跎了意中人的青春，到底是一桩不合算的买卖。幸好，他还不算太老，一切都来得及。

他开始大量填写慢词，而这一写便彻底收不住了。所谓慢词，就是在原来小令的基础上，增加字句，让曲调变长。这个乍一看并不太起眼的变化，却是宋词在发展的过程中迈出的非常重要的一步。

词的节奏放慢了，音乐变化多了，演奏起来就会更加悠扬动听，而复杂变化、曲折委婉的情感，也更加适合用慢词来表现。柳永所用的词调比同时期的晏殊多三倍，比稍晚的欧阳修多两倍，宋词有八百八十多个词调，竟有一百多个都是他首创的。他在宋词上的革新，对后来的苏东坡、秦观、辛弃疾等人的创作，都起到了巨大而又深远的影响。

受柳永影响最大的是李清照。她不仅非常欣赏柳永，说出了"始有柳屯田永者，变旧声作新声，出《乐章集》，大得声称于世"这样的话，更接过柳永的衣钵，潜心钻研，终于使"词"这一不受士大夫们正眼相看的"诗余"在宋朝站稳了脚跟。柳永和"苏辛"并肩而立，使"婉约词"和"豪放词"一同在大宋的天空中，绽放出了最绚丽的色彩。

柳永的慢词多用新腔、美腔，旖旎近情，富于音乐美，所以受到了时人的追捧。那时的柳永，俨然就是宋词的代言人。教坊乐工但凡得了新腔，一定会跑过来求他帮忙填词，给再多的报酬也在所不惜。

早些年，柳永从杭州一路火到了开封，历经 20 年而不衰，现在他又从开封一路火到了江淮地区。他两度横扫大宋词坛，端的是红得发紫。

虽然中不了进士、当不了官，可没人能够阻挡他成为最红、身价最高的词人啊！他照例像 20 年前那样，一路走走停停，看遍了大江南北的旖旎风光，也写遍了人世间莺莺燕燕的慢词，一不小心，就又写了一篇把他推上文学巅峰的佳作来。

● 宋·佚名《送别图》

蝶恋花·伫倚危楼风细细

伫倚危楼风细细，望极春愁，黯黯生天际。
草色烟光残照里，无言谁会凭阑意。
拟把疏狂图一醉，对酒当歌，强乐还无味。
衣带渐宽终不悔，为伊消得人憔悴。

王国维的《人间词话》里，说诗词有三重境界，第一重是晏殊写的"昨夜西风凋碧树，独上高楼，望尽天涯路"，第三重是辛弃疾写的"蓦然回首，那人却在灯火阑珊处"，而第二重则是柳永写的"衣带渐宽终不悔，为伊消得人憔悴"。王国维对这首《蝶恋花》给予了高度评价。

在柳永眼里，生命不是永恒的，而爱情一定是永恒的。他写过很多关乎爱情的词作，而我们记得最清楚的，也无非是这首《蝶恋花·伫倚危楼风细细》。生命恰如一场璀璨的烟花，热情、奔放、浓烈、闪耀，但随之而来的便是冷寂、落寞、晦暗与生涩，那些转瞬即逝的美，有人看到了，有人用心欣赏了，有人用一辈子铭记住了，即便隔了一千年的时光，依然熠熠生辉，谁说它不能天长地久？

终于，柳永用他的执着与努力、才情与名望，成为一代词宗，而这个时候，他已经在江淮地区逗留了整整五年之久。花开了，花又落了，才华横溢的他，又怎么能把这大好的时光，都虚掷在大江南北的草长莺飞里呢？

他又要上路了，他要去探寻关于生命的更多意义。他回到了开封，然而没过多久就又出发了。这一次的目的地，是他之前从未涉足过的西北地区。

看惯了开封的繁华奢丽，也看腻了江南的温婉秀丽，他想去西北地区看看那里的粗犷与雄浑，便再也顾不上虫娘的恳切挽留，愣是背上简单的行囊，头也不回地走了。原谅我，虫娘，我给不了你安稳踏实的生活，你就放任我独行天涯，来一场寂寞的逍遥游吧！

这一次，他走得比较远，却也走得比较沉重。他一路向西，先后去了关中、渭南，然后又往南折向成都，再沿着长江向东，过湖南，抵鄂州。在路上，他听说仁宗皇帝要开恩科，又马不停蹄地从鄂州赶回了开封。

这一次游历花了五年时间。回到开封时，他已是一个50岁的小老头了。他终究还是没能彻底放下那颗追逐功名的心，所以尽管一直行走在路上，看尽了世间的各种美景，内心依然充满了挥之不去的凄风苦雨。他只能用填词来麻醉理想落空后带来的种种失落。在这段时期，他写下了大量的羁旅行役之作，而尤以《八声甘州·对潇潇暮雨洒江天》最为著名。

八声甘州·对潇潇暮雨洒江天

对潇潇暮雨洒江天，一番洗清秋。

渐霜风凄紧，关河冷落，残照当楼。

是处红衰翠减，苒苒物华休。

唯有长江水，无语东流。

不忍登高临远，望故乡渺邈，归思难收。

叹年来踪迹，何事苦淹留？

想佳人妆楼颙望，误几回、天际识归舟。

争知我，倚栏杆处，正恁凝愁！

柳永一生创作了大量词作，流传至今的有二百余首，其中羁旅行役词就多达六十多首，占了将近四分之一。羁旅题材常用于描摹文士追求功名未果后的复杂心绪，因而柳永的羁旅行役词，处处彰显着浓厚的文人气质，既有怀古之志，又有着士大夫的失志之悲和飘零的孤独感。

世界那么大，柳永一边走，一边填词，把那些前人游赏过的景致，也都囫囵着看了个七七八八。该看的都看了，该写的也都写了，50岁的人了，还有什么看不开、放不下的呢？

从此，他与这个世界和解了。

一生只为姑娘歌唱

柳永把一生的痴爱与眷恋，都给了那些烟花柳巷的女子，无论是在杭州结识的楚楚、在扬州认识的谢玉英，还是他到开封后邂逅的虫娘、心娘、酥娘、佳娘、陈师师、赵香香。是他成就了那些风华绝代的女子，但凡唱过他填的词，歌伎们便立马身价翻番，走起路来都要比别人婀娜飘逸，所以姑娘们都使出十八般的武艺来巴结他、讨好他。

在柳永成就姑娘们的同时，姑娘们也成就了他的名望。要没有姑娘们卖力地吟唱柳词，那些达官贵人又怎么会知道他柳永呢？这一切都是她们的功劳。事实上，柳永和烟花柳巷的歌舞伎人是一种共生的关系，一荣俱荣，一损俱损。姑娘们谁也不是神仙转世，没有青春永驻的秘方，吃青春饭的她们只能趁着自己还年轻，使出百般手段，讨那些达官贵人的欢心，多赚点钱，为日后打算。

她们想尽一切办法，要让官人们尽可能长时间地待在她们的秦楼楚馆里，所以当时流行的只有二三十个字的歌曲，已经完全不能满足她们的需要，于是她们很快便把目光放到了会写慢词的柳永身上。

其实，并非只有柳永会写慢词，但士大夫和那些清高的才子，都不屑于写这些东西，真正愿意写的就只有一个柳永。没办法，姑娘们便只好把全部的希望寄托在了柳永身上。

要不是缺钱花，柳永或许也不会写这些玩意儿。毕竟，他好歹是河东柳氏的后人，以工部侍郎致仕的父亲和几个叔叔，都是朝廷命官，妥妥的士大夫家族，让他去写别人不屑写的慢词，不就是破坏自家的门风吗？没办法，谁让他穷呢。父亲是个清官，没什么积蓄，他又是个爱玩、爱热闹的人，随便喝喝花酒，找几个姑娘一起逛逛街，不都需要花钱吗？

写就写吧。反正一不偷二不抢的，凭自己的才华赚钱吃饭，也没什么丢脸的，可谁知道这一写就不可收拾了呢？他出名了，爆红了，来请他写歌词的青楼女子越来越多，要求也跟着越变越多，非要他往通俗里写，越俗越好，越口语化越好。看在钱的分上，他尽管有过犹豫，但最后还是满口应承了下来。

怎料，柳永给姑娘们写的词都火了。姑娘们争先恐后地来找他填词，不但润笔费给得高，而且一个个都长得比桃花还要鲜艳，他又有什么理由拒绝？姑娘们越唱越红，他填的词也跟着越来越供不应求。姑娘们当然知道一荣俱荣、一损俱损的道理，所以她们拼了命地赞美柳永，为他延誉，柳永当然也懂得投桃报李，词写得更通俗易懂，也更琅琅上口了，客人们爱听，姑娘们也就更加喜欢了。

从那个时候起，柳永和青楼就再也分不开了。他不仅给姑娘们填词，赚姑娘们的钱，也把姑娘们一个个地发展成了自己的情人，终日穿梭在烟花柳巷，过上了风花雪月的生活，日日丝竹管弦，夜夜笙歌，比神仙还要逍遥快活。

逛青楼是那个时代的风尚，欧阳修、苏东坡、黄庭坚等人都乐在其中，就连皇帝也不能免俗，但真正把青楼女子放到高处，毫不吝惜笔墨地去歌颂赞美她们的，似乎也就只有一个柳永了。因为柳永文名在外，由他填的词一经唱响，第二天就会在开封城的大街小巷立即传播开来，而姑娘们也因为唱了他的词，身价立马翻上几番，成为京师最为炙手可热的歌舞伎人。

这样的柳永，成天混迹于青楼，不但不用花钱，还被姑娘们奉若珍宝般地供养着。她们把柳永的地位抬到了一个不可超越的高度。

当然，柳永也没有让姑娘们失望，他笔下的词作，写尽了姑娘们的温婉与美丽。

木兰花·四之一·林钟商

心娘自小能歌舞。举意动容皆济楚。
解教天上念奴羞，不怕掌中飞燕妒。
玲珑绣扇花藏语。宛转香茵云衫步。

王孙若拟赠千金，只在画楼东畔住。

木兰花·四之四·林钟商

酥娘一搦腰肢袅。回雪萦尘皆尽妙。
几多狎客看无厌，一辈舞童功不到。
星眸顾指精神峭。罗袖迎风身段小。
而今长大懒婆娑，只要千金酬一笑。

柳腰轻·英英妙舞腰肢软

英英妙舞腰肢软。章台柳、昭阳燕。
锦衣冠盖，绮堂筵会，是处千金争选。
顾香砌、丝管初调，倚轻风、佩环微颤。
乍入霓裳促遍。逞盈盈、渐催檀板。
慢垂霞袖，急趋莲步，进退奇容千变。
算何止、倾国倾城，暂回眸、万人断肠。

"听，这首词是柳大才子为我写的，他夸我的歌唱得好呢！"

"看，这是三变给我写的，他夸我的舞跳得美！"

"瞧，柳郎又夸我会写诗呢，他都不知道夸了我多少遍了！"

"哎哟喂，会写诗怎么了？柳七还说我眼睛长得美呢，你的眼睛有我的好看吗？"

…………

柳永也记不清自己是怎么踏进这些姐妹的世界里的，他只知道那是世间最好的去处，有人在唱他填词的曲子，有人在等他一起猜谜喝花酒，有人在桌上给他摆好了丰盛的美食……他喜欢这样的感觉，喜欢被她们追捧，喜欢被她们需要，喜欢帮她们完成每一个小小的心愿。她们会心地一笑，就是他此生的清欢。

她们的泪，他懂；她们的辛酸，他明白。因为懂得，所以他总是不厌其烦地拿起笔，为她们写下赞美的文字。她们拿着他填的词，欢喜无限地演唱，唱给每一个人听。于是，开封城里到处都在传唱柳永的词。

据传，为他闭门谢客的名伎，除了虫娘、楚楚、谢玉英，还有陈师师、赵香香、徐冬冬等人。他沉醉在她们的温柔乡里，这是他心底最深的眷恋与向往。

在她们身上，他看到了生活的不堪和残酷，也看到了人性的光芒。她们虽然沦落风尘，只能倚门卖笑，但他却透过她们种种的不得已，看到了一个个流光溢彩的灵魂。他夸赞她们"心性温柔，品流详雅，不称在风尘"，他怜悯她们的不幸，"一生赢得是凄凉。追往事，暗心伤"，他的吟唱里充满了对女子的怜惜与心疼，也包含着他个人的伤痛与心酸。

他们彼此取暖，互相成就。他填的词让姑娘们声名远播，姑娘们反过来也慰藉了他落魄的人生。她们尊重他，亲近他，喜欢他，照顾他，让他有更多闲暇的时间用来填词，而他也在她们极致的温柔里，找到了自己的人生意义。

烟花柳巷，秦楼楚馆，于别人，是毁灭，于柳永，却是涅槃。在这里，柳永找到了真正的自由，找到了他想要的快乐，更找到了知己。所以，哪怕他死去的时候已经身无长物，那些歌舞伎人却愿意拿出自己的私房钱，替他风风光光地操办了身后事，甚至还给他戴了重孝。

据说，他出殡的时候，满城的歌女都出动了，端的是半城缟素，一片哀声。可叹柳永这一生，热闹处有凄凉，寂寞处有风光，他终生没能得到皇帝的青睐和朝廷的重用，却在最穷困潦倒、无依无靠的时候，得到了这些卑微女子的真爱，也算是没有白活了。

为了纪念柳永，每年的清明时节，歌伎们都要结伴到他的坟前为他扫墓，不管是认识他的，还是不认识他的。久而久之，渐渐地就形成了一个风俗，叫作"吊柳会"，一直持续到宋室南渡都没有消失。

一年一年又一年，年轻的姑娘们一边哼唱着他的词曲，一边在他的坟前为他默默流泪，恨不能早些与他相逢。尽管从未与他谋面，但这些姑娘都深深地懂得他，懂得他的伤心，懂得他的难过，懂得他的自得，懂得他的骄傲，也懂得他种种的不得已与无奈。

柳永离经叛道的行为，让他背负了太多太多的非议。《宋史》给很多与他同时代的文豪立传，却唯独没有提到柳永。后代的各种文学史对他的研究，也都是潦草地几笔带过。但姑娘们心里却像明镜儿似的，"凡有井水处，即能歌柳词"，这不仅体现了大众对他的认可程度，更说明了她们为他掉下的每一滴泪都是值得的。终其一生，他都在为姑娘们深情地歌唱，这份好，她们又怎能不明白呢？

● 宋·佚名《潇湘卧游图》（局部）

捌

范仲淹

心怀天下的忧乐人生

　　每次想到范仲淹，大家第一时间闪入脑海的，必定是他的千古名篇《岳阳楼记》，以及"先天下之忧而忧，后天下之乐而乐"。而他给我留下的最深刻的印象，便是他虽然出身贫寒，却始终以天下为己任，在逆境中真正活出了一个思想者、行动者、改革者的最高境界。正因如此，朱熹才称他为"第一流人物"！

　　毋庸置疑，范仲淹是两宋时期最为闪耀的一颗时代巨星，对后世产生了极其深远的影响，他不仅为文人墨客做出了高风亮节的表率，也为改革者探索出了一条学以致用的经世之路。

　　在"与士大夫共天下"的时代背景下，他"居庙堂之高则忧其民，处江湖之远则忧其君"，集政治家、思想家、军事家、文学家多重身份于一身，生生把自己活成了人间的榜样，更为这个世界留下了一缕浩然正气。

"云山苍苍，江水泱泱，先生之风，山高水长"，这是范仲淹被贬睦州时，褒扬东汉隐士严光的句子，其实也是他的自喻——他高洁的操守，比高山还高，比长江还长。

但今天我想说的，并不仅仅是他高尚的节操，还有他优雅从容的处世态度。无论经历怎样的坎坷，遭遇怎样的风雨，范仲淹总能从这个世间对他的诸多不解和恶意的毁谤中跳脱出来，用淡定优雅的心将种种困扰化解于无形。

这是一种智慧，也是一种气度。或许，我们可以透过"优雅"二字，来重新认识一个你并不太熟悉的范文正公。

迎难而上

范仲淹 2 岁的时候，父亲范墉在徐州任上病逝，母亲谢氏便带着范仲淹回原籍苏州为亡夫守孝。

从唐朝末年起，范氏一族便已经家道中落了，传至范墉，也不过当了个小小的掌书记，但比上不足比下有余，小日子还是过得下去。可自打范墉一死，范家的生活就难以为继了，一家老小只好收拾行囊回苏州老家去了。

从徐州到苏州，对范仲淹来说只是一次平常的迁徙，但对谢氏来说却是一场前途未卜的冒险。因为在范家，她的身份只是一个妾室，是走是留，都不由她说了算。她和儿子的命运，都被范墉的正室夫人陈氏牢牢地把握住了。

在苏州替亡夫守完孝后没多久，谢氏就带着"拖油瓶"范仲淹，改嫁给了平江节度推官朱文翰。朱文翰当时在苏州做官，家境刚刚过温饱线。对谢氏来说，改嫁是她唯一的选择，除此之外，别无出路。

丈夫死了，也就意味着她在范家待不下去了。一个没有丈夫可以依恃的妾室，想必在亡夫家的日子也不好过，否则她就不会在改嫁的时候连同范家的后代都一起带走了。没有人阻止谢氏带着儿子一起改嫁，这足以说明范氏族人压根就不在意这对母子，也没拿他们当作一家人看待。所以，谢氏走得很坚决，不仅跟着朱文翰回到位于淄州长山的老家，还把儿子的姓改成了朱，彻底跟范家划清了界限。

就这样，范仲淹从范家的儿子变成了朱家的儿子，名字也从范仲淹变成了朱说。当时，范仲淹还不满 4 岁，根本就不记得范墉，很快就把朱文翰当成了亲生父亲。幸运的是，朱文翰对谢氏母子很好，让范仲淹感受到了家庭的温暖。

朱文翰回到长山后，当上了长山县令。作为县令的公子，范仲淹的生活自然也不会有什么苦头可吃。但这种幸运没能维持多久，朱文翰和范墉一样，英年早逝。谢氏再次陷入曾经的窘境中，而这一回，她的处境则比范墉去世时更艰难。

原因在于谢氏依然不是朱文翰的正妻。她嫁到朱家的时候，朱文翰的原配妻子还健在，所以她只能以妾室的身份出现。朱文翰在世的时候，没人对她表示不满，但朱文翰一死，她和范仲淹便立马成了多余的人，只能赶紧离开朱家。

那个时候，范仲淹才 15 岁。因为朱文翰对他们母子一直很好，对他更是视如己出，所以他根本不知道自己不是朱文翰的亲生儿子，对于母亲遭受的不公正待遇，他心里很不是滋味，但母亲却默默地收拾了一些衣物和生活用品，带着他悄悄去了附近的颜神镇，开始全新的生活。

范仲淹不明白母亲为什么一直逆来顺受，难道妾室就不是人，妾室生的儿子就不是人了吗？朱文翰在世的时候，他们母子都是他最为珍视的人，为什么父亲尸骨未寒，他们就被扫地出门，要搬到一个陌生的地方？

谢氏告诉他："我们之所以搬出来，并不是有人逼我，而是我不想让你跟着嫡母生的几个哥哥学坏。你看看他们几个，整天花钱如流水，长此以往，朱家的家产早晚都得被他们败光。你要天天跟着他们混，还能混出个什么人样来？你才15岁，就已经举学究了，将来是要中进士，到朝堂里当大官的，所以从现在起，你就得远远地躲着他们，好好地念你的书，等出息了，为娘的也能跟着你扬眉吐气不是？"

母亲的话说得很有道理。范仲淹并没有从中听出什么破绽来，更没有怀疑自己的身世。原来，母亲之所以带着自己从朱家搬出来，是学习"孟母三迁"的典故，想让他拥有更好的读书环境，完全是为了他的将来着想。这么一想，他心里的疑惑都消散了，便沉下心来用功读书。

范仲淹记得，父亲朱文翰还在苏州做推官的时候，家境也不是特别好，母亲教他识字的时候，甚至都买不起笔墨纸张，只好让他拿着树枝在地上练习写字。直到他跟着朱文翰回到长山以后，年满10岁的他才开始念私塾，接受正规的教育。母亲一直跟他说要好好念书，将来要光宗耀祖，所以他学习得非常刻苦，短短几年工夫，学业就已经出类拔萃了。

从朱家搬出来后，范仲淹母子的生活已经是捉襟见肘了。为了帮助母亲减轻负担，他决定去附近的醴泉寺读书，吃住都在寺里解决。

　　谢氏自然舍不得把儿子送到寺庙里去生活，可范仲淹已经打定了主意，为了让母亲不再反对他的选择，他愣是说出了一番大道理来。第一，醴泉寺的环境非常幽静，适合读书。第二，醴泉寺的住持学识渊博，跟着他能学到很多知识。第三，他已经托父亲的故交把自己引荐给醴泉寺的住持了，只要他肯去，随时可以住在寺里，而且吃住免费。这一举三得的好事，上哪儿找去？

　　话说到这个份上，谢氏实在没有反对的理由。

　　争取到了母亲的支持，范仲淹就收拾好行囊，去醴泉寺投奔住持慧通大师了。这次到醴泉寺求学，范仲淹是怀抱着很大期望的。他早就听说慧通大师是个非常有学问的人，能够拜在他的门下，是他求之不得的美事。他坚信，只要自己发愤图强，就一定会有出人头地的那一天，让母亲在朱家人面前扬眉吐气一回。

　　从此，范仲淹开始了在醴泉寺读书的生涯。醴泉寺始建于南北朝时期，地处群山环抱之中，环境幽雅，古木参天，是安心读书的理想之地。住持慧通大师学问精深，对范仲淹疼爱有加，不仅向他传授了《易经》《左传》《战国策》《史记》等典籍，还教他如何提高诗词歌赋的水平，生活上更是处处周济他，给予了他无微不至的照顾。

　　慧通大师对范仲淹的另眼相看，很快便引起了寺内一些小和尚的不满与嫉妒，他们当面不敢说些什么，就故意在背地里使坏：他们常常在范仲淹专心读书的时候大肆喧哗，意图让他无法沉下心来学习。范仲淹也不跟他们计较，不管他们怎么闹腾，他都能心无旁骛地学习，完全不受他们的干扰。

小和尚们见这样都影响不了他，索性在吃饭上打起了主意。原本寺庙里每天都是敲钟之后开饭，只要一听到钟响，和尚们就知道该去斋堂吃饭了，范仲淹也就跟着大家一起去用餐。后来，范仲淹听到钟声响起，赶到斋堂的时候，却发现大家早就吃完了，连一碗粥都没有给他剩下。

范仲淹自然知道是那些和尚在故意戏弄他，但也不想因为这些事让他们受到慧通大师的责罚。他便抽空下山回家，跟母亲要了一些小米，说是想半夜读书饿的时候给自己开个小灶。

第二天，范仲淹向慧通大师申请，要住到寺南一个僻静的山洞里去读书。慧通大师没有多想，便答应了他的要求，并特地嘱咐他，每天只要一听到寺院里的钟声，就赶回来吃饭。

范仲淹就这样避开了小和尚们的戏弄，一年四季都在山洞里读书，饿了的时候，就用他从家里取来的小米煮上一锅粥，待粥凉了以后，再在粥面上划一个十字，分成四块，早上、晚上各吃两块。想吃点蔬菜了，就在山上随便采些野菜，切碎了放进粥里，再撒上一点盐，就是一顿饭。就这样，范仲淹喝了三年的野菜粥。这就是"划粥断齑"典故的来历。

一个十多岁的孩子，家中一贫如洗，别人个个都戏弄他，但他的心里非但没有产生一丝怨气，更没有充满仇恨，而是避开了人群，找了一个远离喧嚣的山洞住了下来，两耳不闻窗外事，只想安安静静地读书，饿了就吃粥，渴了就喝山泉，一待就是三年，这得有多大的毅力和多么顽强的意志啊！

难怪这世上只有他才会成为"先天下之忧而忧，后天下之乐而乐"的范仲淹。贫苦，困难，对他来说都不是事，只要能活下来，他就要读书，就要学习，哪怕周遭对他充满了轻贱与恶意，他也能置身事外，淡泊以对，一心只奔着自己的目标而去。这份豁达，这份疏朗，这份迎难而上的决心和勇气，难道不是一种优雅的生活态度吗？

实现梦想

在醴泉寺附近的山洞里苦读了三年后，因为母亲体弱多病，范仲淹不得不辞别了慧通大师回到颜神镇，一边侍奉谢氏，一边在家继续苦读。一晃就又过去了五年。

这一年，范仲淹已经 23 岁了。有一次，他去长山看望朱家的嫡母和几个兄弟，却发现他们依旧过着挥霍无度的生活，便劝他们不要忘了父亲在苏州当推官时一家人艰难度日的情景，要懂得多为日后打算。没想到，他的一番好意却遭到朱家兄弟的一顿抢白，他们当场摆脸色讥讽他说："我们姓朱的用朱家的钱，跟你有什么关系？"

朱家兄弟的话无异于一记惊雷，在范仲淹的头顶上炸开了，他活到 23 岁，却被嫡母生的几个兄弟指出他不是朱家的人，这无论如何也让他接受不了。

惊骇之余，范仲淹还是从邻居和朱家族人的口中知道了自己的身世。那一瞬间，他忽然觉得自己仿佛被整个世界抛弃了，莫大的委屈与悲伤迅速涌上了心头。他灰头土脸地离开了朱家大院，回到了颜神镇。

短暂的悲戚之后，范仲淹陷入了长久的沉思之中。他觉得自己活得就像一个笑话，如果要让朱家人对他刮目相看，唯一的途径就是考取功名，让他们再也无法轻视他。可是，凭借着自己现有的学问，真的有把握高中进士吗？所以，他做出了一个大胆的决定：离开长山县，去南京应天府继续求学深造。

范仲淹做出这个决定后，就把母亲托付给了乡邻，孤身一人背上行囊再次出发了。过去，他只是去附近的醴泉寺读书，而现在却要去远离家的应天府求学，母亲谢氏多多少少有些舍不得，就请一个邻居把他追回来，但被他坚决拒绝了。他在内心暗暗发誓，无论如何都要以优异的成绩考中进士，给母亲和自己争口气。

应天府书院是当时国内最好的书院之一，因为没有经济来源，范仲淹的生活非常清苦，但他愣是凭借着一股不服输的心气，咬紧牙关默默坚持了下来。

在应天府书院学习期间，范仲淹是最用心也是最用功的那一个。白天他在书舍里跟着其他同学一起学习，晚上回到宿舍也不敢懈怠，别人早就睡着了，他还在桌边点着一盏小油灯，就着微弱的灯光看书做笔记。要是打起瞌睡来，他就起身拿湿毛巾擦把脸，让自己保持清醒，然后接着学习。

让人难以置信的是，在求学的五年时间里，他竟然从来没有脱下衣服，好好地躺在床上睡过一觉。同舍的同学见了无不啧啧称奇，但同时也对他的勤奋刻苦钦佩得五体投地。因为没有钱，在吃的方面，范仲淹还是一天吃两顿冷粥配野菜。眼见他这般俭省，同学们都看不过眼了。有一位同学家境很好，和范仲淹私交甚笃，见他生活竟然困顿到这个程度，心中很是不忍，便在自己吃饭时顺带也给他准备了一份饭菜，并许诺以后范仲淹的吃穿用度就由他承包了，让他不用有任何的思想包袱，更不必推辞。

对于这位同学伸出的援手，范仲淹心里非常感激，但他谢绝了对方的好意，说："你的好意我心领了，但这份盛情实在是难以接受，还请你见谅。"为了让那位好心的同学不会因此对他产生误会，他接着解释说，"我因为常年吃粥，已经形成了习惯，如果骤然吃了你送来的美味佳肴，那么以后这粥就再也吃不下了。"

范仲淹心里非常清楚，谁都无法依靠别人的帮助度过一生，要想改变命运，就必须拼尽自己的全力去一点一点地争取。虽然他现在的日子过得很清贫，但他坚信，只要自己肯用功、肯努力，将来一定会过上丰衣足食的生活。而这一天，似乎也没有那么遥远了。

范仲淹刻苦求学的事迹，很快就被当地的留守知道了。留守特地派人给他送来了美味的饭菜，但他依旧像上回拒绝同学的美意那样，坚决地拒绝了。

在应天府书院，范仲淹把自己活成了一道另类的风景线。他把所有的心思都用在了学习上，完全不关注外面的事情，哪怕宋真宗的车驾路过应天府，街上挤满了围观的百姓，他照例安之若素地端坐在案前读书，丝毫没有为此分心。

相好的几个同学硬是拽着他一同去瞻仰圣天子的尊容，范仲淹不仅没有心动，反而说出了一段霸气的话："只要把书念好了，考中了进士，咱们今后有的是面圣的机会，何必跟在老百姓后面凑这个热闹呢？"

范仲淹说得没错，高中了进士，迈入了仕途，想见皇帝还不容易吗？同学们被范仲淹扫了兴，但也认为他说得颇有道理，自此以后，就更高看他几眼。

当然，范仲淹并非夸下海口。在应天府书院整整学习了五年之后，他一举中第，站到了天子宋真宗的面前。

27岁就高中进士，这在封建科举时代是相当难能可贵的，毕竟像晏殊、宋祁那样的天才少年还是少数的，大多数人到老死都没挨着进士的边。

和范仲淹一样，白居易也是27岁时中的进士。当白居易在进士榜单中看到自己的名字后，也未能免俗，兴奋得手舞足蹈，甚至激动地写下了"慈恩塔下题名处，十七人中最少年"的诗句。由此可见，想要高中进士是多么不容易。

范仲淹通过努力，终于得到了功名，但他并没有像白居易那样兴奋得忘乎所以。相反，他表现得非常冷静，写了一封信向远在长山的母亲报了声喜讯，便再次背上行囊出发了。

他得偿所愿，达到了自己的目标。从此，母亲就再也用不着看朱家人的眼色行事，受朱家人的欺凌了。大中祥符八年（1015年），范仲淹终于告别了寒窗苦读的求学生涯，被朝廷任命为广德军司理参军，尽管只是个九品的小官，但也算是正式开启了宦海沉浮的一生。

宁鸣而死，不默而生

在出任广德军司理参军时，孝顺的范仲淹把母亲谢氏接到了任所奉养。因为身上没有多少积蓄，同僚们知道他要回去接母亲后，就自发地给他筹集了路费，但他却死活都不肯收。同僚们不解地问："你新上任不久，没什么积蓄，广德离长山又那么远，没有盘缠可怎么行？总不能让你老母亲受罪吧！"没想到范仲淹不慌不忙地回答："我身边不是还有一匹马吗？把马卖掉，不就有回家的路费了嘛！"

听说范仲淹要卖马凑盘缠回家，同僚们觉得不可思议，纷纷劝阻他说："你家离广德这么远，把马卖掉了可怎么走啊？这也太不方便了。"范仲淹依然淡然地说："我不是还有两条腿吗？卖掉马，我就一路走着回家呗。"

这就是范仲淹，宁可自己多吃点苦也绝不麻烦别人，更不肯占别人的便宜。这则"卖马接娘"的故事，一时传为美谈。

在广德军掌管讼狱三年，范仲淹始终清廉自守，把所有案件都处理得井井有条，哪怕是已经结案的卷宗，一旦发现其中还有问题便要重审，哪怕是因此跟节度使发生激烈的争论，也丝毫不退缩。三年下来，他纠正了很多冤假错案，不仅得到了当地老百姓的爱戴，还获得了广德军节度使的尊重。

其时的范仲淹，已经深谙儒家要义，有着兼济天下的抱负，在面对个人得失的时候，他从来都没有斤斤计较过，直至他调离广德军、担任集庆军节度推官时，仍是两袖清风，竟然连盘缠都拿不出来。

没有钱，在范仲淹看来压根就不是什么事，但要是丧失了做人的底线与原则，那就是天大的事了。穷且益坚，不坠青云之志，这是范仲淹做官的准则，也是他人生的座右铭。

在赴任的路上，范仲淹想起了他少年时期在醴泉寺读书时的一件趣事。当时的范仲淹对自己的前途充满了迷茫。有一次，他在山洞里读书时，忽然听到几个樵夫在洞外聊天，提到附近有一个土地庙问事占卜很是灵验，他不由得心里一动，就找到那个土地庙，虔诚地拜了几拜，然后向土地神问了几个关于前途的问题。

他先是在心中默默祷告："我想日后到朝廷里当宰相，不知道这个愿望能不能达成？"筊杯落地，显示的结果却不尽如人意。范仲淹想了想，继续向神明祷告："既然我不能当宰相，那就请神明指示，我长大了能不能成为一名良医？"遗憾的是，当他再次掷完筊杯，结果还是不行。他只好毕恭毕敬地叩了几个响头，垂头丧气地走了。既不能当上宰相，又不能成为良医，他这辈子还能干什么呢？

回山洞的路上，范仲淹的情绪非常低落。他的理想一直都是当宰相，辅佐明君，让天下百姓过上安定富足的生活。既然他无法实现当宰相的愿望，那么退而求其次，能为天下苍生谋福的职业，似乎也就只剩下良医了，可神明为什么说他连良医都当不上呢？

范仲淹认为，无论是做宰相，还是做良医，都是造福万民的事情，既然良相和良医都与他无缘，那就竭尽所能地当个好官吧，无论是九品芝麻官，还是一品大员，只要有一颗兼济天下的心，还怕不能为老百姓谋福祉吗？

在集庆军节度推官任上，范仲淹归宗复姓，从朱说变成了范仲淹。从此以后，他彻底与曾经的朱说划清了界限。

节度推官只是一个高级秘书的闲职，但有一个好处，可以有充足的时间继续学习。这正合了范仲淹的心意。

从政以后，范仲淹一直没有放弃学习，闲暇的时候跟着同僚们出去散心，也会用毛驴载着书籍，无论走到哪儿，都要去亲身体验当地的风俗民情，一旦发现有和书本上记载得不一样的地方，他就会立马记下来，或是打开书籍进行修正。

只要功夫深，铁杵也能磨成针。在集庆军锻炼了五年之后，宋真宗天禧五年（1021 年），32 岁的范仲淹深感自己需要一个施展得开拳脚的岗位，便毛遂自荐去泰州西溪当盐仓监。这个职位专门负责监督淮盐贮运及转销的工作，为他的仕途生涯开启了崭新的一页。

西溪位于黄海边上，范仲淹到任之后，很快就发现唐朝修筑的旧海堤因为年久失修，多处溃决，导致海潮倒灌，淹没了无数良田，毁坏了众多盐灶，原来的沃土渐渐变成了无法耕种的盐碱地，老百姓陷入了水深火热之中，但凡能走的都离开家乡逃荒乞讨去了，留下的老弱病残苟延残喘，放眼望去，饿殍遍野，简直惨不忍睹。

范仲淹马上投入到工作中。他火速上书江淮漕运使张纶，痛陈海堤利害，并建议沿海筑堤，重修捍海堰，为民解忧。

他的请求很快便得到了朝廷的恩准。于是，范仲淹带领灾民开始了庞大的治水工程。经过一番艰难的治水大战，全长七十多千米的海堤终于建好了，长不出粮食的盐碱地慢慢地被改造成了良田，逃亡他乡的灾民也陆续返回了家园，往日欣欣向荣的生活图景再次出现在西溪大地上。

而范仲淹也因为解民于倒悬的壮举，受到了当地灾民的一致好评，并博得了"范青天"的美誉。

宋仁宗天圣三年（1025 年），因为在西溪盐仓监任上治理海堤有功，范仲淹被张纶举荐为兴化县令，仍然负责修堰工程。正当他准备大展拳脚之际，母亲谢氏因病去世，他只得辞官回家为母亲守丧。

在应天府服丁忧期间，范仲淹结识了他的伯乐晏殊。晏殊当时因为得罪了章献太后刘娥，被贬至应天府担任知府，当他听说了范仲淹的才名后，立即上门邀请他到府学任职，执掌应天府书院教习，范仲淹一听是让他去母校任教，想也没想就立马答应了。

在主持应天府书院教务期间，范仲淹勤勉督学，以身示教，书院的学风为之焕然一新，他的声誉也一日甚于一日。

天圣六年（1028 年），范仲淹向朝廷上疏，奏请改革吏治，裁汰冗员，安抚将帅。宰相王曾对范仲淹的建议极为赞赏。晏殊已经回到朝中任参知政事。两位宰执轮番在宋仁宗面前大力褒举范仲淹。不久后，他便被宋仁宗征召入京，担任秘阁校理，负责皇家图书典籍的校勘和整理。

宋仁宗 12 岁登基，因为年幼，政事全赖垂帘听政的章献太后刘娥操持。范仲淹到京赴任的第二年，仁宗已经 19 岁了，照常理来说，刘娥早就该还政于皇帝了，可贪恋权势的太后非但没有隐退的意思，反而要求仁宗率领百官在会庆殿替她祝寿。

很显然，这种做法是违背祖宗礼制的。范仲淹很快就上了一道奏折，请求皇帝不要因为太后乱了规矩，但没有得到任何回复。耿直的范仲淹不死心，又直接上了一道折子给章献太后，请求她还政于仁宗，只可惜奏折入宫之后，再次石沉大海。此事也就不了了之。

晏殊得知此事后，大惊失色，批评他做事过于轻率，不仅有碍自己的仕途，还会连累举荐之人。范仲淹则据理力争，并回了一封长信《上资政晏侍郎书》给晏殊，详细陈述了自己这么做的缘由，并申明了自己的政治立场："侍奉皇上当危言危行，绝不逊言逊行、阿谀奉承，有益于朝廷社稷之事，必定秉公直言，虽有杀身之祸也在所不惜。"

好一个不畏强权的范仲淹！刚刚到京没几个月，就闹出了这么大的事来，他倒是有几个脑袋等着掉的？朝中那么多有权有势的大臣，谁不知道太后这么做有违礼制，可就是没一个人敢站出来发声，偏偏他范仲淹一个秘阁校理，竟然敢"胆大包天"地指出太后的不对，而且还要太后还政于皇帝，这不是在老虎头上拔毛吗？

大家都为范仲淹捏了一把冷汗。当年晏殊都因为得罪了太后被贬至应天府，初来乍到又人微言轻的范仲淹，又如何逃得过太后的雷霆之怒呢？

幸好，章献太后一点也没把范仲淹放在眼里，所以暂时风平浪静，什么事情都没有发生。而越是这样，晏殊等人就越发替他提心吊胆，但范仲淹却满不在乎，他觉得自己既然吃朝廷的俸禄，就要以社稷为重，太后和皇帝如果出了错，他必然要在第一时间站出来指出他们的错误，让他们得到改正的机会，哪怕项上人头不保，他也无怨无悔。

自章献太后当权以来，范仲淹应该说是第一个敢于这么明目张胆地跟她对着干的大臣。章献太后虽然明里一句话也不说，但要给一个秘阁校理"穿小鞋"，还不是手到擒来的事？一来二去，范仲淹在京城就待不住了，只好上疏申请外调做官。

范仲淹离开京城的那天，同僚们都来为他送行，并赞誉他"此行极光"，对他的人品给出了极高的评价。此后的三年，范仲淹虽"处江湖之远"，却仍旧不改忧国忧民的本色，曾多次上疏议政，主张削减郡县，精简官吏。尽管都未被朝廷采纳，但其一片赤子忠心却深深打动了仁宗皇帝。

宋仁宗明道二年（1033 年），章献太后去世，仁宗亲政，立即将范仲淹召回京师，任命他做了右司谏。右司谏是言官，范仲淹秉性耿介，让他当谏官真是再合适不过了。其时，大臣们准备追究太后垂帘听政时所犯的过错，范仲淹却没有落井下石。他认为，太后虽然秉政多年，但也有养护仁宗之功，所以建议朝廷掩饰太后的过失，成全其美德。仁孝的仁宗采纳了他的意见，诏令朝廷内外不得再擅自议论太后之事。

然而，范仲淹在京城没待多久，江淮等地又发生了旱灾和蝗灾。为安定民心，范仲淹主动请缨前往灾区安抚灾民。他一到灾区就开仓赈济，救灾民于水火，深受百姓爱戴。他还将灾民充饥的野草带回朝廷，以警示六宫贵戚戒除骄奢之风，让仁宗对他青睐有加。

当年冬天，宋仁宗的原配郭皇后跟妃子发生争执，仁宗上前劝架时，被郭皇后失手误伤了。这个意外造成了帝后失和。这本来只是内廷的一桩小事，没想到仁宗竟却因此动了废后的心思，而善于察言观色的宰相吕夷简因与皇后有过节，则大力鼓动皇帝废后。范仲淹听说此事后，立即率领众多官员跪伏在垂拱殿外，请求仁宗收回成命，并将前来替皇帝辩解的吕夷简驳得哑口无言。

不料仁宗皇帝心意已决，为了让范仲淹彻底闭嘴，皇帝索性下了一道圣旨，把他外放到睦州当知州去了。

临行前，朝中好友都来为他送行，更赞誉他"此行愈光"。由此，他在士大夫们心目中的形象也变得越来越高大。

两次入京为官，范仲淹都没能在京城待太长时间，第一次待了一年多，第二次则连一年都不到。不过，他一点也没有为自己的言行感到后悔，甚至觉得能够直言不讳地指出皇帝的错误，是一件非常荣光的事情。

宋仁宗景祐元年（1034年），范仲淹刚到睦州没多久，就又被调到苏州出任知州。苏州是他的故乡，对这片故土，他很有感情。为政期间，他特地辟出所居南园之地兴建郡学，为苏州做了一件功德无量的大好事。

这时候，苏州发生了百年一遇的大水灾。为解救十万灾民，范仲淹对苏州水道做了非常细致的调研，并列出详尽的疏导方案。他亲自带领百姓先后疏通了五条河渠，引导太湖水流入大海。抗灾期间，他常常衣不解带，渴了就喝河里的水，困了就在河堤上休息。城中百姓见了，纷纷夸赞他是一心为民的父母官。

因为治水有功，范仲淹再次被召回京城，当了吏部员外郎，权知开封府。官做得越来越大，但他直言进谏、为朝廷分忧的秉性并没有丝毫改变，所以，京师他是注定待不长的。

仅仅过了一年多时间，景祐三年（1036年），范仲淹与宰相吕夷简再次发生了激烈的冲突。最终，范仲淹被贬到了饶州去当知州，而吕夷简也在次年被免去了宰相之职。

范仲淹这次被贬出京，昔年的好友大多不敢为他送行，只有龙图阁直学士李纮、集贤校理王质出郊替他饯行。因为他敢于跟权相吕夷简针锋相对，被同僚们赞誉为"此行尤光"。

离开京城后不久，因感叹范仲淹多次因谏被贬，他的挚友梅尧臣于心不忍，便特地写了一首《灵乌赋》寄给他，劝他学做喜鹊，少管闲事，只管报喜，不要像乌鸦那样，成天只知道聒噪，招来别人的白眼和唾骂。

范仲淹收到他的信后，非但没有领情，反而回了一首《灵乌赋》，强调自己"宁鸣而死，不默而生"。既然大家都不愿意做得罪人的事，那就由他范仲淹来做吧！

范仲淹知道，这个世界上喜欢听好话的人居多，但他实在没有办法只做一只人云亦云的报喜鸟，如果大家都这么想，那这个国家就会陷入混乱。范仲淹不想成为一个仰人鼻息的傀儡，也不想为了生存，一辈子都做个唯唯诺诺的好好先生。要是今天附和了吕夷简，听任他任人唯亲，那明天吕夷简要造反了，他是不是也要明哲保身？

被贬到饶州后不久，范仲淹又被贬到了润州，然后再被贬至越州，但他内心没有一点怨言，每到一个地方，都能认认真真地替老百姓办事。

在越州做官的时候，有位叫孙居中的户曹死在了任上，这本来是一件稀松平常的事，但因为孙居中任职期间两袖清风，去世后家里竟然拿不出钱来替他筹办丧事。这件事马上引起了范仲淹的关注。

户曹是个肥缺，可孙居中却没有在这个职位上中饱私囊，这让范仲淹对他的人品感到非常钦佩，不仅自掏腰包帮助孙家人雇了条大船，将孙居中的灵柩及一家老小送还故乡，还安排了一位老衙吏沿路护送，并特地写下一首诗作为过关文书。

示关津

十口相携泛巨川，来时暖热去凄然。
关津若要知名姓，此是孤儿寡母船。

这首诗的字里行间，无不彰显着范仲淹对孙家孤儿寡母的同情与体恤。不论是作为朝官还是外官，范仲淹的心里始终都装着黎民百姓，试问这样的好官，有谁会不喜欢、不爱戴呢？

为国分忧

宝元元年（1038 年），原先称臣于宋的党项首领李元昊称帝，建国号大夏，史称西夏。李元昊要求宋朝承认西夏建国称帝的事实，但被宋朝拒绝了。为逼迫宋朝承认西夏的地位，李元昊率兵进攻大宋，消息传至京师，朝野上下无不震惊。

当时，宋军"兵无常将，将无常师"，战斗力十分羸弱，根本就不是善于骑射的西夏军的对手。这时，朝廷才想到了范仲淹，便立即将他召回京师，担任天章阁待制，出知永兴军。七月，又升他为龙图阁直学士，与韩琦并为陕西经略安抚副使，担任安抚使夏竦的副手。八月，命他兼任延州知州。真的是把他当成了"救火队长"。

范仲淹接到皇帝的诏令后，马上就收拾行囊奔赴边关了。其实，他只是个文臣，从来都没有领兵打过仗，也没有任何战斗经验，但既然国家需要他，那他就义不容辞地站出来，为国分忧，为民除患。

西去边关的路上，映入范仲淹眼帘的，满是面黄肌瘦、扶老携幼四处流浪的百姓，大地上孤坟累累，到处都是一片破败景象。这让他的心里很不好受，决心要将西夏军队击退。

到任后，范仲淹一刻也不曾闲下来，他四处奔走观察地形，并积极听取驻军将士的建议，谋划如何对付剽悍的西夏骑兵。经过层层分析，范仲淹认为坚持防守才是上策，而正当他按照自己的策略积极部署时，这个做法却引起了朝中大臣的一致反对。

当时，宋仁宗和主战派都认为，西夏不过是个蕞尔小国，根本就不必把它放在眼里，大宋应该主动出击，彻底消灭西夏的气焰，让他们再也不敢心生妄念。范仲淹接到诏令后，急忙向朝廷上书，表示现在并不是进攻的最佳时机，但朝廷依然决定按照原计划执行。结果不出所料，一战下来，宋兵死伤无数，大败而归。

经此一战，朝廷才采纳了范仲淹的防守策略。范仲淹虽然是个文臣，但他带起兵来，丝毫不比武将逊色，甚至有过之而无不及。甫一上任，他就在军中立下了军令状，但凡克扣士兵粮饷者，斩！有冒功邀赏者，如果调查属实，斩！为了提升士兵训练的积极性，他还提出了一个很巧妙的练兵方法——用铜钱当靶心，射中的士兵就会获得奖励。他还开出了优厚的条件招募边关的少数民族参军，为军队补充了新鲜血液。

为了人尽其才，范仲淹在军中还提拔过不少良将能吏，比如张载、狄青、种世衡、郭逵、张亢、王信等，为大宋的繁荣稳定打下了坚实的基础。当时，人们都说范仲淹"任人无失"，看人从不走眼。他是怎么做到的？他的秘密武器就是在军中安插线人。他刚一到任，就让长子范纯佑以普通士兵的身份参军入伍。范纯佑每天都跟士兵同吃同住，大家都当他是普通士兵，所以知无不言言无不尽。范纯佑在暗中观察每个人的品性，一旦发现这个人是可用之才，就会反馈给父亲，范仲淹再把他安置到最适合的岗位上去。

另外，范仲淹还主张坚壁清野的政策，禁止宋人跟西夏人做生意。这样一来，时间久了，缺衣又少食的西夏军，自然也就不战而退了。与此同时，范仲淹更积极主张与周边的羌人搞好关系，采用怀柔政策，团结一切可以团结的力量。而另一边，得不到羌人的响应，西夏人再想要发动战争，自是孤掌难鸣。这样一来，范仲淹也就算胜了一半了。

范仲淹在军中最大的功绩，就是修筑了大顺城。大顺城犹如一枚钉子，深深地嵌入了西夏的咽喉，让西夏君臣无不恨得牙痒痒，一心只想着拔之而后快。西夏国君李元昊曾经亲自率领3万士兵前来攻打，但愣是攻不下来。

这座城池固若金汤，倾注了范仲淹无数的心血，易守难攻。宋朝思想家张载曾赞美它："百万雄师，莫可以前。"正因为这座坚不可摧的大顺城，连连失利的西夏，最后才不得不选择对大宋俯首称臣。

就这样，范仲淹的一系列举措，在为他自己赢得民心的同时，也巩固了边防要塞，扭转了大宋一直被动挨打的局面。当时，在西北边境上还流传着一支歌谣，里面有"军中有一范，西贼闻之惊破胆"这样的词，可见西夏人对范仲淹是如何忌惮。从此以后，西夏军就不敢再贸然进犯了。

在西北边陲，范仲淹满怀雄心壮志，但也有着无尽的愁绪。两军对垒，就意味着死伤无数，白骨累累，作为一个有着悲天悯人情怀的士大夫，面对这世间的种种残酷，他又怎能不为之悲伤难过呢？

于是，在布局防守的同时，他也在大顺城里举起了酒杯，一仰头，便将那满满的苦涩与愁闷，一饮而尽。

渔家傲·秋思

塞下秋来风景异，衡阳雁去无留意。

四面边声连角起，千嶂里，长烟落日孤城闭。

浊酒一杯家万里，燕然未勒归无计。

羌管悠悠霜满地，人不寐，将军白发征夫泪。

西风萧瑟，北雁南飞，鼓角铮鸣，大漠孤烟，长河落日，孤城紧闭，怎一个凄凉了得？

范仲淹摇晃着手中的酒杯，默默徘徊在院中，却叹不是醉卧在沙场，而是借酒浇愁愁更愁。浇的是什么愁？难酬的壮志，还有乡愁。

这首词不仅写出了他忧国忧民的赤子之心，还彰显了他壮志未酬的感慨之情。据闻，文学大家欧阳修读到这首词后，曾调侃是"穷塞主之词"。欧阳修之所以这么说，是因为他没有上过沙场，体会不到战争的残酷罢了。

庆历三年（1043 年），西夏请求议和，西北战事暂歇，仁宗召范仲淹回京，授枢密副使。同年八月，仁宗任命他为参知政事，位同副宰相。范仲淹年少时的梦想终于实现了。

由于连年征战，百姓苦不堪言，宋仁宗心急如焚，多次召见范仲淹征询意见。范仲淹便草拟了一份万言书，提出了十项改革政见，这就是历史上著名的《答手诏条陈十事》。宋仁宗一律予以采纳，很快，革新的诏书便颁发到了全国各地，拉开了"庆历新政"的序幕。

有了皇帝的支持，在革新的道路上，范仲淹自然信心满满，对一系列的冗政进行了大刀阔斧的改革。没过多久，朝中的政治面貌便焕然一新，官府的办事效率也得到了提高，财政、漕运等方面的痼疾皆有所改善。

新政推行期间，范仲淹在查看官员名单时，一旦发现有不称职的，就拿起笔来一笔勾掉。可他这一笔下去，不仅意味着那位不称职的官员丢了乌纱帽，也意味着这一家人从此便从士大夫阶层堕入了平民阶层。

所以，革新派的另一位主将，也是范仲淹的挚友富弼，就动了恻隐之心，忍不住劝他："你这一笔勾下去容易，可知道这一户人家马上就要抱在一起痛哭了？"范仲淹则回答："一家人哭，总比一路人哭好。"这句话可见他推行改革的决心。

范仲淹并非无情之人，但事情总有轻重缓急，孰轻孰重，也总得有人做出决断，既然大家都拿不定主张，心怀妇人之仁，那这个坏人就由他来当好了。

因为皇帝给予了全面的支持，所以，新政的推行，从表面上看，一切风平浪静，但私底下却暗潮汹涌。范仲淹的革新触犯了太多官僚的利益，所以朝中的很多守旧势力，都在暗中寻找攻击革新党人的机会，然而范仲淹实在是太清廉了，他们根

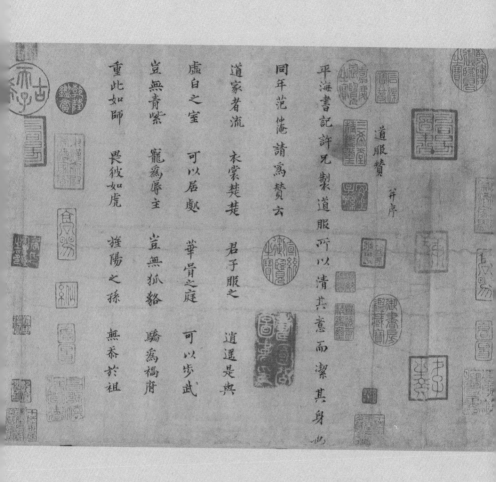

平海書記許兄製道服所以清其意而潔其身也

同年范仲淹 請爲贊云

道家者流 衣裳楚楚 君子服之 道還是與

虚白之室 可以居處 華胥之庭 可以步武

豈無青紫 寵爲辱主 豈無狐貉 驕爲禍府

重此如師 畏彼如虎 旌陽之孫 無忝於祖

道服贊 并序

● 宋·范仲淹《道服贊》（局部）

本就找不到理由。想来想去，他们便把吕夷简曾经扣到他头上的那顶"朋党"的帽子，再次扣到了他的头上。

众口铄金，积毁销骨。那些别有用心的人，不断地在宋仁宗面前进谗言，诬蔑以范仲淹为首的革新派是"朋党"。随着时间的流逝，指责革新派是朋党的议论也越来越多，越来越猖獗，并且迅速占据了舆论的制高点。范仲淹不想让皇帝为难，也不想牵连太多同僚，正好此时边事又起，他便借着这个机会自请外出巡守，再次离开了朝堂。

历时一年有余的"庆历新政"，便随着范仲淹离朝被彻底废止了，而革新派的重臣，如富弼、滕子京等人，也都一一被贬出了京城。一切又都变回了原来的面貌，仿佛改革从来都没有进行过一样。

这一年，范仲淹已经 56 岁了，他真的不知道自己还有没有机会再次回到朝堂，施展自己的政治抱负，让老百姓都过上安定富足的生活。不过，他并没有气馁，他觉得只要自己还有一口气在，就一定会为天下的黎民发声，哪怕因此丢了性命，也在所不惜。

心忧天下

公元 1046 年 10 月的一天，在河南邓州的官署里，范仲淹收到了好友滕子京从岳州给他寄来的书信，看完信后，他内心思绪翻涌。

滕子京不仅是他的好友，也是他的"战友"，在"庆历新政"中给予了他莫大的支持。改革失败后，滕子京被贬为岳州知州，远离了朝堂。滕子京在信里表达了对范仲淹的思念，并邀请他给正在重新修缮的岳阳楼作记，还附上了一份岳阳楼草图。

尽管范仲淹没有去过岳州，也没有亲眼见过岳阳楼，但要给岳阳楼作记，倒也不是什么难事。可这篇文章到底要怎么写呢？描写岳州壮丽的风貌，还是歌颂滕子京在岳州取得的政绩？很显然，真要这么写的话，那文章也就落了俗套了。但老友的请求又怎么能够无视呢？范仲淹捧着岳阳楼的草图，陷入了沉思。

一时理不清任何头绪的范仲淹，索性带着几位诗友去百花洲上赏菊吟诗去了。或许，美景当前，他便能文思泉涌，顺利完成老友交给他的差事。

在百花洲上，诗意盎然的范仲淹果然瞬间就有了灵感，想着那千里之外的岳阳楼，他的耳边仿佛真的传来了洞庭湖水奔腾不息的声音，势如千军万马，而他的眼前也立即出现了洞庭湖气吞万里的景象。

他被这声势浩大的气浪包裹着，满眼都是洞庭湖的浩渺。忽地，他只觉得有一股激流飞快地注入了他的笔端，于是，他轻轻一运力，便将积聚在胸中的千言万语，一一在纸笺上喷薄而出："予观夫巴陵胜状，在洞庭一湖。衔远山，吞长江，浩浩汤汤，横无际涯……"浩浩汤汤的洞庭湖风光，在他出神入化的笔下，一览无余。

写到最后，范仲淹已是踌躇满志，感慨万千。他借着给岳阳楼作记的机会，呐喊出了自己的心声："不以物喜，不以己悲，居庙堂之高则忧其民，处江湖之远则忧其君。"

新政失利像一根刺，深深地扎在了范仲淹的心里。他虽然被贬出了京师，可他那一颗忧国忧民的心，却始终留在了朝堂之上。他时刻关注着那里发生的一切，喜则为之雀跃，忧则为之担心，难怪欧阳修都会称赞他说："公少有大志，每以天下为己任。"

范仲淹的一生，忧与乐是他生命的底色，他在忧乐中做官，在忧乐中戍边，也在忧乐中开启革新。当好友滕子京来信，请他给岳阳楼作记时，他便把自己一生忧国忧民的情怀，借助洞庭湖的万千气象，一股脑儿地倾泻而出，其中的"不以物喜，不以己悲"，既是对老友的劝慰，也是自勉。

范仲淹已经 58 岁了，恐怕来日无多了，但那颗宁鸣而死的赤子之心，却从来没有改变过，都凝结成了他文中的那句"先天下之忧而忧，后天下之乐而乐"。

范仲淹在布衣时为名士，在州县做官时为能吏，在边疆戍边时为名将，在朝廷当政时又为良相。他被同时代的士大夫称为"本朝人物第一"，朱熹更是尊其为"第一流人物"。不过，范仲淹更让后世人所敬仰的，则是他高风亮节的作风和一颗悲天悯人的心。

宋仁宗皇祐元年（1049 年），已经 60 岁的范仲淹调知杭州，晚辈们都觉得他差不多要退休了，就准备购置田产供其安享晚年，却被范仲淹拒绝了。同年十月，范仲淹主动出资购买了千亩良田。当然，他这么做并不是为了一己之私，而是用于建设范氏义庄，拿佃租接济贫寒不能自立的族人，给他们提供最低限度的生活保障，并资助婚丧嫁娶的用度。

范仲淹幼年丧父，对贫困的生活深有体会，尽管母亲谢氏改嫁后，他几乎没再受过范氏家族的任何恩惠，但在花甲之年，他居然还能心系族人，不想让范氏一族的晚辈经历同他一样的艰难困苦，这是多么难能可贵，又得有多大的心胸与气度！

范氏义庄是史无前例的非政府慈善机构，而且持续了将近九百年的时间，直到民国时期才彻底消解。据说在清代雍正年间，范氏一族的后人还在不断往里面注入资产。由此可见，范仲淹这一善举的影响力是十分深远的。

宋仁宗皇祐四年（1052 年），范仲淹在调知颍州的途中，病逝于他的出生地徐州，后归葬于河南洛阳县 [1] 尹樊里的万安山下，和早已被他从应天府迁葬于此的母亲谢氏葬在一起。

早在范仲淹患病时，仁宗皇帝便经常遣使送药慰问，到他病逝后，仁宗更是嗟叹哀悼了许久，并亲自为其题写墓碑碑额"褒贤之碑"，同时赠其为兵部尚书，谥号文正，后又屡次加赠为太师、中书令兼尚书令，并追封楚国公。对于一个文臣来说，可谓荣宠至极。

可就是这么一个位极人臣的朝廷显贵，在他去世之后，居然没有给后世子孙留下半点财产，甚至连一所像样的居所也没有留下。但是，他却能够在生前把所有财产都用到组建范氏义庄上，给范氏族人提供各种方便。由此可见，他确实是一个大公无私、高风亮节的伟人。可以说，他用一生践行了"心忧天下"这四个字。

1　中国古县名。1955 年 11 月，洛阳县撤销，所辖之地分割给洛阳市。

宋·赵孟坚《墨兰图》（局部）

玖

苏轼

最相思，不过你的名字

　　苏轼是北宋中期名震朝野的文坛领袖，在诗、词、散文、书法、绘画等艺术领域，都取得了旷古烁今的杰出成就，以全能型才子名冠两宋，可谓前无古人、后无来者。

　　他行文纵横恣肆，不拘一格。诗作题材广阔，清新豪健，善用夸张比喻，独具风格，与黄庭坚并称"苏黄"；词作开豪放一派，与辛弃疾同为豪放派代表，并称"苏辛"。

　　他的散文著述更是恢宏富丽、豪放自如，与欧阳修并称"欧苏"，更与父亲苏洵、弟弟苏辙同登"唐宋八大家"之列。他的书法也不遑多让，擅写行书、楷书，与黄庭坚、米芾、蔡襄并称为"宋四家"。

　　至于绘画，苏轼擅长墨竹、怪石、枯木等"士人画"，重视神似，主张画外有情，提倡"诗画本一律，天工与清新"，为日后"文人画"的发展奠定了理论基础。

苏轼在诗、词、文、书法、绘画、佛学、美食、水利工程等等方面，都取得了极其辉煌的成就，相关的文章可谓汗牛充栋，数不胜数。所以，这一次我们可以试着从别的角度——感情的角度——来了解一个有血有肉的苏轼。

不思量，自难忘

常言道："一个成功男人的背后，必定有一位好女人。"而苏轼的人生经历则证明了，要成为旷古奇才，你背后最好有多个好女人。

苏轼一生当中，有三个至关重要的女人。第一个是他的结发之妻王弗，第二个是他的续弦王闰之，第三个则是他的侍妾王朝云。可以说，这三个姓王的女人刚好串联起了他的一生。这三个人，一个是贤内助，一个是贤妻良母，一个是红颜知己。苏轼能够遇见这三个人，在爱情婚姻方面可以说是圆满了。

作为一代文宗，苏轼对当时和后世的影响都非常深远，他的词作更是领一时之冠，"大江东去，浪淘尽，千古风流人物"，短短十三个字，便写出了前无古人、后无来者的豪迈之情；而"但愿人长久，千里共婵娟"，仅仅十个字，更将萦绕在他心头的美好祝愿，以生动明快的姿态跃然纸上。

然而，铁血男儿也有无限温柔的一面，苏轼笔下的爱情，缠绵悱恻，情意缱绻，尤其是他为王弗所写的悼亡词，即便千年之后再读，依然惹人无限唏嘘。

江城子·乙卯正月二十日夜记梦

十年生死两茫茫，不思量，自难忘。

千里孤坟，无处话凄凉。

纵使相逢应不识，尘满面，鬓如霜。

夜来幽梦忽还乡，小轩窗，正梳妆。

相顾无言，唯有泪千行。

料得年年肠断处，明月夜，短松冈。

这首流传千古的悼亡词，是我国文学史上的第一首悼亡词，是苏轼在爱妻王弗病逝十周年时写的。此时，王弗早已远离了苏轼的生活，但她的音容笑貌仍时常浮现在苏轼的脑海中。

苏轼为何会对亡妻念念不忘呢？想来一切都源于他们婚后共同度过的十年美好生活，王弗的一颦一笑，都给苏轼留下了深刻的印象，哪怕阴阳相隔已经十年，他依然无法忘记她的每一缕温柔。

1054 年，17 岁的苏东坡在家乡迎娶了眉州乡贡进士王方的女儿王弗为妻，从此，文采斐然的他，便多了一位美丽聪慧、温柔贤惠的爱侣。嫁给苏轼的时候，王弗只有 15 岁。

王弗出生于眉州青神县，距离苏轼的老家眉山县（今四川省眉山市东坡区）并不远。她知书达理、蕙质兰心，侍奉翁姑甚为恭谨，对府中上下的每一个人都谦和有礼，成了苏东坡的贤内助。

得妻如此，苏轼自是爱她如珍宝，百般呵护，万般怜惜。

夫妻二人举案齐眉，相敬如宾，每日耳鬓厮磨，那份浓浓的爱意渐渐深入彼此的心灵。

然而，很多人都不知道，苏轼和王弗的结合，根本就不是遵循"父母之命，媒妁之言"的包办婚姻，而是缘于一段浪漫的爱情故事。说他们是自由恋爱也不为过。

眉州青神县的岷江之畔有一座中岩山，少年时期的苏轼就在这里的中岩书院求学，他的老师便是乡贡进士王方，也就是他未来的岳丈、王弗的父亲。中岩山风光旖旎，苏轼经常流连于湖光山色中乐而忘返。

距中岩书院不远的地方，有一座中岩寺，寺里有一汪由山泉汇集而成的清池，相传为古代神话人物"慈姥龙"居住的宅邸，所以大家一直唤其名为慈姥潭。从表面上看，池水清澈见底，和普通的池子并无二致，但若有人站在池边驻足击掌，藏身于池底岩缝内的鱼儿便会成群结队地竞相游出，仿佛鸟儿凌空翱翔，甚为壮观。

年少的苏轼玩心尚重，时常去池边观鱼，惊叹之余又稍嫌美中不足，便向老师王方提议："好水不能无鱼，美景亦当有美名也。"于是，王方邀请了县内众多名人文士及院内诸生，一起来到中岩寺的池子前投笔竞题，要为它命名立碑。

到场的都是一时之秀，自然不甘落于人后，纷纷搜肠刮肚，要找出最好的词汇来秀一秀才华，但当王方打开他们的投名笺，看到"戏鱼池""观鱼池"这样的名字时，只能频频摇头。

见大家的命名都不能让老师满意，一直站在一边的苏轼也忍不住心痒痒了起来。想起那池中之鱼，平时都是唤之即来，

● 宋·马和之《后赤壁图》（局部）

颇有些灵性，他便立马提起笔来，写下"唤鱼池"三个字。

唤鱼，一个"唤"字，活灵活现，马上就把"观鱼""戏鱼"给比下去了。苏轼的才华不仅博得了众人的喝彩，也让老师王方心服口服。于是，大家便将池子命名为"唤鱼池"。

巧合的是，与此同时，住在岷江对岸的王弗，在听说了父亲要为慈姥潭重新命名的消息后，心里不禁一动，便让丫鬟给王方送来了一封书笺，也要替池子命名。

没想到，当王方打开女儿派人送来的书笺后，却发现上面赫然写着"唤鱼池"三个娟秀的小字，与苏轼不谋而合。王方吃了一惊。众人看到后也非常震惊，心里不禁纳闷，这两人真是心有灵犀。

王方一直都很欣赏苏轼的才华，通过这次为慈姥潭重新命名的插曲，他对这个学生的喜爱之情就更添了一层，不禁生出了要把女儿嫁给他的念头。

从那之后，王方便有意无意地创造机会，让苏轼和王弗单独相处。久而久之，这一对郎才女貌的璧人，便日渐亲密了起来。在唤鱼池畔，他们暗暗许下了誓愿，一个非他不嫁，一个非她不娶。

后来，17岁的苏轼娶了15岁的王弗为妻，成就了文学史上的一段旷世佳话。可这段佳话偏偏正史没有记载，也无法进行考证。但有一点是可以确定的，那就是苏轼和王弗的结合，的确是由女方家人托人到苏家提的亲。

唐宋时期一直都有"榜下捉婿"的风俗。每一个寒窗苦读的学子，一旦通过科举考试得到进士出身，便等同于拿到了进入朝堂的入场券，前途无量。若是还没有婚配的进士，王公大臣们都会抢着把自己尚未出阁的女儿许配给他们。说起来，这是一种政治投资。

苏轼少时便有文名，王方自然知道他绝非等闲之辈，有朝一日金榜题名，想必也要成为大臣们竞相争抢的对象，于是，他想先下手为强，要赶在苏轼还未高中之际就把女儿嫁给他——这算是一种天使投资。

到底是近水楼台先得月，王方终究是赶在苏轼进京赶考之前，抢先一步把女儿许配给了自己的得意门生，成就了一段才子配佳人的佳话。

婚后，苏轼和王弗非常幸福，两人朝夕相伴，缠绵悱恻。王弗不仅是一个贤惠体贴的妻子，更是苏轼身边的良师益友，因为她的出现，苏轼少了许多烦恼，也隔绝了不少麻烦事。

苏轼生性耿直，虽饱读诗书，却不谙世事，缺少心机。这对一个平民百姓来说，倒也无甚紧要，但身处尔虞我诈的官场之中，这样的性格稍有不慎就会惹来祸端。

相比而言，王弗的性情要比苏轼冷静沉着许多。她平时虽然话语不多，但每每出言必定能把事情分析得头头是道，一针见血地道出本质，给苏轼解决了很多麻烦。

苏轼做官以后，王弗就时常提醒他，你既然胸无城府，为人处世就要格外谨慎，不能得罪小人，更要远离阴险狡诈之人。偏偏在苏轼眼里，这个世界是不存在坏人的，而且他坚信，只要是跟他打过交道的朋友，都是跟他一样心直口快的人，压根儿就没什么坏心眼，倒是王弗有些一惊一乍的，把别人想得太坏，把问题想得太复杂。

丈夫能生出这样的想法，让王弗很是放不下心来。于是，每当有同僚登门拜访，王弗便躲在屏风后面倾听苏轼与客人的谈话，以其女性独有的眼光和细腻的心思，来判断此人到底是正人君子、伪君子还是真小人，再向苏轼提出客观的建议，告诉他谁可以成为推心置腹的朋友，谁要迅速远离。这便是民间流传甚广的王弗"幕后听言"的故事。

有一个叫章惇的人，在苏轼还没有发迹的时候就和苏轼交好，两个人还时常结伴游山玩水，说他们是一对志同道合的好兄弟也不为过，但是王弗却很不喜欢这个人。有一次，章惇来家里找苏轼，王弗照例躲在屏风后面偷听他们的谈话。等章惇走后，她就提醒苏轼，此人说话首鼠两端，毫无主见，只是顺着你的话一味地奉承迎合，将来必是大奸大恶之人，你还是趁早跟他割袍断义，彻底远离他为好。

不得不说，王弗不仅心思缜密，而且很有识人之明。多年以后，章惇一得势，就露出了他阴险狡诈、残忍刻毒的本性，很多大臣都遭受过他的打击与荼毒，就连苏轼也接二连三地遭到过他的排挤与陷害。最后，苏轼忍不住感叹，此生就是做鬼，都不愿意再碰到章惇这样的人。王弗看人果然看得准。

正因为有了王弗这位贤内助，苏轼婚后的生活美满幸福，仕途一帆风顺，在官场上少走了很多弯路，也少受了许多挫折。兴许是老天都妒忌他们甜蜜的感情，这对少年夫妻并没能携手走到人生的终点。1065 年，26 岁的王弗病逝于京师开封，正值盛年的苏轼自此成了鳏夫。

自打王弗去世后，少了"幕后听言"的提醒与点拨，苏轼的命运也随之发生了转变，后半生经历了几起几落，在官场上几乎从来没有顺心顺意过，还差点丢了性命。

爱妻死后的十年，正是苏轼在仕途上波澜起伏的十年。王弗病逝后不到一年，苏轼的父亲苏洵也因病去世了，他和弟弟苏辙将父亲和王弗的棺椁运回老家眉山，并遵循父亲的遗愿，将王弗葬在了母亲程氏的墓旁，并为她亲手种下了千株松树，以寄托哀思。

亲人先后去世，对苏轼来说是致命的打击。在眉山为父亲守孝三年期满后，苏轼返回开封，官复原职。

宋神宗即位后，以王安石为首的新党得势，苏轼的恩师欧阳修及故旧挚友，都因反对新法，纷纷被贬黜出京师。他也像他那些被迫离京的师友一样，不被容于朝廷。

道不同不相为谋。于是，他主动请求外放，调任杭州通判三年，开启了他人生中颇为孤独失意的一段日子。杭州通判任满后，苏轼又被调往山东密州出任知州。那会儿的他，还没有预料到前方会有多少坎坷在等着他。他只知道，颠沛流离的官路早就折磨了他半生的光阴，对于前程，他已没有太多的念想。

仕途上的不顺，情感上的空虚，都勾起了他对前妻的无限思念。宋神宗熙宁八年（1075 年），王弗去世已经整整十年，正在密州知州任上的苏轼，因为相思成灾，半夜竟然梦到了阔别已久的王弗，一下子便又惹出了他无限的伤心事，终于忍不住泪湿衣襟，提笔写下了那首催人泪下的悼亡词。

在梦中，她依旧是新婚时的娇羞容颜，带着一丝丝的青涩与懵懂。在雕花的轩窗边，她慵懒地放下油光可鉴的云鬟，慢慢打开陪嫁的妆奁，一个低笑的回首，那眉梢眼角浮现出的盈盈笑意，便都入了他澄澈的眸子。那一瞬，所有的暖意与柔软，都显得刚刚好，多一分则烦冗，少一分则疏淡。他觉得自己就是人世间那个最幸福的男子。

可惜，梦醒之后，在深夜里抽泣的那个人，早已是尘埃满面，两鬓飞霜，无处话凄凉。往事已矣，一切都不可再追，唯有明月和松风未曾改变。

她是他今生的最爱，却也是他后半生最深的痛。想到亡妻长眠于千里之外的孤独与凄凉，苏轼的心便痛到了极点。

正月二十是王弗的忌日。自从她去世后，每一年的这一天都无比寂寥、冷清。这十年，无论是在官场，还是在文坛，他都经历了太多的纷纷扰扰，然而不管生活多么艰辛、内心多么愁闷，他依然抹不掉对爱妻的怀念。

王弗死后，苏轼将她葬于故乡眉山，而自己此时却身在千里之外的密州，两地暌隔的结果，便是去坟前祭奠她，也难以做到。在这漫长广阔的时空之中，又隔阻着难以逾越的生死的界限，怎能不让他伤感唏嘘？

作为苏轼的结发妻子，王弗是幸运的，虽然只与他携手共同度过了十年时间，但这并不妨碍她成为他心底那颗永恒的朱砂痣。

不思量，自难忘，只是如今的唤鱼池畔，可还能照见他们当初的你侬我侬、情意缠绵？

生不同时死同穴

苏东坡的第二任妻子，是王弗的堂妹王闰之。1068 年，王闰之嫁给了堂姐夫苏轼，成了苏轼与王弗之子苏迈的继母。

那一年，她已经 20 岁了。

宋代女子婚嫁，早则在 14 岁左右，最晚也晚不过 20 岁。王弗 15 岁嫁给苏轼，苏辙的妻子史氏嫁入苏家的时候也才 14 岁，所以，王闰之以 20 岁的"高龄"嫁给苏轼，实属晚婚，再不嫁出去，就成"大龄剩女"了。

唯一合理的解释就是，早在王弗病重的时候，这门亲事就由弥留之际的王弗替苏轼定下了，只是由于父亲去世，苏轼需要守孝三年，才不得不将他与王闰之的婚期推迟了三年。三年之前，王闰之也不过 17 岁，还是个妙龄少女。比她年长 11 岁的苏轼，不仅是她的堂姐夫，更是她的偶像。她第一次见到苏轼的时候，还是个天真无邪的小女孩。她喜欢听苏轼讲典故和故事，无论什么平淡无奇的故事，只要经他的嘴讲出来，就出奇地精彩纷呈，而苏轼也总是乐于以堂姐夫的身份给她讲逸闻趣事，每次都讲得绘声绘色，让她怎么也舍不得放他离去，就连堂姐王弗都时常打趣她说："你这么爱听故事，将来也找个和你姐夫一样有满肚子学问的夫君吧。"

王闰之从来没有想过自己会嫁给苏轼。嫁给苏轼，是堂姐的遗愿，因为王弗担心别的女人不能善待自己唯一的儿子，思来想去，只有这个堂妹知根知底，是苏轼续弦的最佳人选。

没有人问过她的心意，也没有人在意她的想法。虽然她和苏轼算是同辈人，可他们毕竟还有着 11 岁的年龄差呢。她本可以嫁个与她年纪相仿的男子，既不用给人当填房，更不用给人当继母，为什么堂姐一死，大家就迫不及待地想要把她嫁给堂姐夫呢？

他是她的偶像，可这并不代表她非得嫁给他，而且说实在的，她真的还没有做好给一个 6 岁的孩子当继母的准备，更不知道该怎么当好继母。堂姐有堂姐的私念，王家也有王家的盘算——苏轼早就是名动天下的大文豪了，不出意外的话，将来是要出将入相的，可不能因为王弗去世就断绝了这门姻亲。肥水不流外人田，要想让王家和苏轼继续捆绑在一起，唯一的办法，就是让王闰之代替王弗，成为他的第二任妻子。这既是王弗的遗愿，也是王家人共同的期望。对此，苏轼自然没有二话可说。为了孙子苏迈的健康成长，苏洵也举双手赞同。于是，这门亲事就这么定了下来。

说实话，王闰之心里也是喜欢这个堂姐夫的，但她自认为那并不是她想象中的爱情，而是一种仰慕与崇敬，与儿女私情没有半点关系。让她嫁给苏轼，她还是觉得有些突然，甚至是有些唐突的，可既然长辈们已经替她做主定下了这门婚事，那她就遵从家人的意愿，嫁给他好了。

王弗去世的那年，苏迈才 6 岁，正是需要母爱的时候。王家人之所以一门心思地要把她和苏轼凑到一起，绝大部分原因也都是为这个稚子着想。想起堂姐过去对自己种种的好，她便放下了心中一切的芥蒂，只等着披上嫁衣的那一刻。

万万没想到，王弗去世的第二年，苏洵也跟着去世了。按照礼制，苏轼必须先替父亲守 27 个月的孝，才能把她娶过门来。27 个月，说长不长，说短不短，可对她一个已经 17 岁的大姑娘来说，这是一场漫长的等待。等苏轼守完孝，她都 20 岁了，成了名副其实的老姑娘。

对王家来说，让正待字闺中的王闰之嫁给苏轼，是最好的选择；对王闰之自己来说，嫁给苏轼，也是她相对称心的归宿。

就这样，苏轼为父亲守完孝后，王闰之便顺理成章地成了他的新娘，也成了苏迈的母亲。

婚后，王闰之不仅对苏轼悉心照料，对苏迈更是视如己出，与对待自己亲生的儿子并无两样，这样的后妈，真是打着灯笼都找不到，也难怪她去世后，苏轼会在祭文中写道："昔通义君，没不待年；嗣为兄弟，莫如君贤。妇职既修，母仪甚敦。三子如一，爱出于天。"

1071 年，因为与执政的新党理念相左，苏轼主动请求外放，带着家眷来到杭州做了通判。北宋时的杭州，虽然比不上南宋时的繁华富丽，但也是富甲一方的东南名郡，湖光山色处处养眼，加之贤妻时时相伴在侧，都让苏轼由衷地感到舒心与惬意。

对于苏轼来说，杭州真的就是人间天堂，而西湖则是他和王闰之最喜欢的去处。在那里，他不仅认识了很多志同道合的僧侣道友，还找到了遗失许久的快乐。

身为通判的苏轼，只是管理杭州的副官，并没有太多的公务需要打理，所以他有充裕的时间去游山玩水。唯一让他感到烦恼的，就是王安石变法给民间带来了混乱，各种天灾给老百姓带来了疾苦。

当然，做副官还有一样不好的地方，那就是必须随时听从上司的安排去各地公干。苏轼特别喜欢跟老婆孩子一起待在杭州，关起门来过自己的小日子，闲了就领着一大家子去西湖看花、观鱼、看戏、听曲，所以每次离开杭州，他都不太情愿。

1073 年冬天，苏轼被两浙转运使派到常州、润州、苏州、秀州等地去赈济灾民，兜兜转转了大半年时间，直到第二年入夏才回到杭州。这是他离开杭州时间最长的一次公干。他对老婆孩子的思念之情也与日俱增，便在途中写下了很多诗词来寄怀。作于润州的《少年游》，便是他写给王闰之的。

少年游·润州作，代人寄远

去年相送，余杭门外，飞雪似杨花。
今年春尽，杨花似雪，犹不见还家。
对酒卷帘邀明月，风露透窗纱。
恰似姮娥怜双燕，分明照、画梁斜。

去年冬天，我一直把你送到余杭门外，你可否还记得，那漫天的飞雪恰似杨花一直飘落个不停？等你，盼你，却不意今年的春天，竟然就这么悄无声息地溜走了。抬头望，院里的杨花仿佛雪花一样落了一地，可我还是没有等到你回家的身影。

举起酒杯，透过卷起的帘子，我想邀请明月陪我一起畅饮，却不意风在刹那之间吹透了纱窗，让我想起了你。月光斜斜地洒进屋里，将头顶上的画梁照得分外清晰，是不是月亮里的嫦娥正在怜惜那对刚刚飞过画梁的燕子？

这首词的上片是以王闰之的口吻写给他自己的，而下片则是以苏轼自己的口吻写给王闰之的。这种"代人寄远"的写法，是古代诗词中常见的笔法，诗人词家常常化身为远方思念自己的那个人，用对方的口吻来抒写自己的情感，以达到一种共情的艺术效果。

很明显，苏轼在这首词里指代的是身在杭州的王闰之，尽管他没有明确点出对方的身份，但我们仍能从他的人生轨迹中，找出种种的蛛丝马迹，来证明这里写的就是王闰之。

无独有偶，苏轼在润州一带赈灾的时候，还写过一首《减字木兰花·得书》，从题目上我们就可以知道，他是因为收到家书后掩饰不住内心的喜悦，才提笔写下了这首词，尽管没有明说是谁写给他的家书，但当时家中的孩子都还小，剩下的那个人也就只有王闰之了。

减字木兰花·得书

晓来风细。不会鹊声来报喜。
却羡寒梅。先觉春风一夜来。
香笺一纸。写尽回文机上意。
欲卷重开。读遍千回与万回。

微风迎面吹来，好舒服啊！忽然又听到喜鹊叽叽喳喳地前来报喜，心里那叫一个美呀！好羡慕院里的那树梅花，在春风还没有吹绿大地的时候，就已经知道春天马上就要来了，开得那叫一个欢啊！

收到你从远方寄来的信，看着字里行间写满了对我的思念，我的心也跟着即将到来的春天瞬间活跃了起来。读完你满纸深情的家书，我就把它小心翼翼地折叠了起来，可刚刚折好，又忍不住再次打开，看了千万遍，也舍不得把它收起来。

这首词作于熙宁七年（1074 年）春，距离苏轼离开杭州已经有两个多月的时间了。这时候的他对家人的思念一日甚于一日，收到王闰之的书信后更是相思成灾。

前秦时期，秦州刺史窦滔被流放外地，其妻苏蕙因思念丈夫，织锦为 840 字回文诗，宛转循环皆可诵读，寄给远方的丈夫以表情思，成为流传千古的佳话。

苏轼用此典来比喻妻子寄来的家书，可见王闰之不仅知书能文，而且写得情意缱绻、文采斐然，所以才使得他爱不释手，流露出对妻子由衷的欣赏与深切的思念。

很多人都说，王闰之的才情不及王弗，其实这是历史的误会。从苏轼的这首词，我们不难看出，王闰之不仅有才，而且文章写得相当好，只不过她不太喜欢彰显自己的才华，未能像王弗那样留下"幕后听言"的故事，所以后人就想当然地认为她比不上王弗，不如王弗懂苏轼。

其实，王闰之非常懂苏轼，她的温柔、浪漫与才华，也不需要拿出来在世人面前显摆，她所有的好，只要苏轼一个人知道就行了。

王闰之与王弗是一对性格迥异的堂姐妹。对苏轼来说，如果王弗是诤友，那么王闰之就是他最忠实的粉丝。王弗的锐气与精干，在王闰之身上是完全看不到的，她就像三月的春雨一样，润物细无声，不带一丝张扬，走到哪里，都带着一股恬淡与轻柔，而这也是苏轼最为欣赏她的一点。

她不像王弗，会在生活中时时点拨苏轼，也不会告诉他什么人可以交往，她唯一在意的是如何成为一个合格的妻子和母亲。她不会给丈夫任何压力，只要他过得惬意，便是她的清欢。丈夫的诗词文章写得好不好，她不关心；丈夫的官做得有多大，她也不关心。生活中的一切，只要他觉得好的，于她而言，那就是好的。

她就像雨水一样，时刻滋润着苏轼，抚慰着他种种不安的情绪。苏轼也懂得她的好，对她在背后的种种付出都倍加珍惜，并没有视若无睹，更没有觉得理所当然，所以，他为她写下了浓情蜜意的《少年游》和《减字木兰花·得书》，每一个字眼，都蕴含了他对妻子的理解。我们可以从他朴实的文字中，发现他对这位续弦非同一般的关爱与依恋。

明日重九亦以病不赴述古会再用前韵

月入秋帷病枕凉，霜飞夜簟故衾香。
可怜吹帽狂司马，空对亲春老孟光。
不作雍容倾座上，翻成肮脏倚门旁。
人间此会论今古，细看茱萸感叹长。

也许，他对她的爱不及对王弗的来得浓烈与震撼，但正是这种看似平淡、冷静的态度，往往最能体现出内中情感的深厚与广度。孟光与梁鸿，那可是举案齐眉的伉俪典范，苏轼明显是将自己与王闰之的婚姻拿来与孟光、梁鸿相比。这一份骄傲与自得，如果不是对她爱得深沉，又如何说得出口？

1074 年，苏轼离开杭州，前往密州出任知州，这也是他人生中第一次担任地方父母官。密州地处北方，是一个相对荒凉穷困的地方，与杭州不可同日而语。环境的巨大差异，让初来乍到的苏轼感到很不习惯。

　　偏偏在这个时候，密州还闹上了蝗灾，放眼望去，遍地饿殍，端的是民不聊生，一片凄凉。苏轼只能马不停蹄地投身于灭蝗的工作中，扶危济困，救助百姓。

　　那个时候的密州到底有多惨呢？到处都是死人，到处都是弃婴，苏轼只能一边安抚人心，一边赈济百姓。最困难的时候，甚至不得不跟着老百姓一起挖野菜以度饥荒，身心疲惫到了极点。

　　有一天，他从外面忙完公务回到家的时候，已经筋疲力尽，没想到小儿子苏过跑到他面前跟他撒娇，要他陪着一起玩。这一下，本就焦躁不耐烦的苏轼立马忍不住大发了一通脾气，把不谙世事的苏过狠狠地责骂了一顿。

小儿

小儿不识愁，起坐牵我衣。
我欲嗔小儿，老妻劝儿痴。
儿痴君更甚，不乐愁何为？
还坐愧此言，洗盏当我前。
大胜刘伶妇，区区为酒钱。

　　看到心爱的小儿被骂，王闰之非但没有生出一丝一毫的怨怼之心，反而望着他语气平和地说："你现在的脾气怎么比小孩子还大？虽然生活多有困苦，你为什么就不能找点乐子，让自己过得开心点呢？"

　　就在苏轼为自己刚才的失态感到万分惭愧的时候，她已经面带微笑地把小酒小菜端到了他的面前。此时此刻，面对这么个温柔体贴的妻子，他除了充满感激与敬佩，就是无限的怜惜。

在苏轼心里，王闰之是一个端庄娴静而又体贴入微的妻子。不管周遭的环境如何，她都能安之若素，沉着应对，这一点跟王弗倒是有些相像。

王闰之的一生，似乎只有在"乌台诗案"爆发时，才出现了情绪上的失控。当时，因为新旧两党互相倾轧，苏轼成了掌权派的眼中钉，誓要除掉他不可。当御史台派人来湖州抓他的时候，王闰之终于忍不住失控了，指斥苏轼写的那些文章不但毫无用处，还让全家为他担心，最后干脆把他那些招致灾祸的诗书一把火烧了。

她不是不知道那些诗书对他来说有多重要，可对她来说，他的性命和家庭才是最重要的。如果在他的诗书和他这个人之间做一个选择，那她肯定会毫不犹豫地选他——诗书被烧了还可以再写，可人要是没了，那可就真的什么都没了！

在她眼里，那些给他惹出祸端的诗文就是这次无妄之灾的根源，无论如何，她都要烧了这些罪魁祸首，让那些想要继续给他罗织罪名的人无从下手。

有人据此认定，苏轼与王闰之的感情淡漠，其实这是对他们当时所处的险境没有充分的认识。如果将自己代入当时的情境，你就会明白，王闰之的举动是非常正常的本能反应。

苏轼虽然很痛惜被烧掉的诗书，但他也对妻子表现出了充分的理解，否则他就不可能在御史台狱中留下的绝命诗中，写下"眼中犀角真吾子，身后牛衣愧老妻"的句子。他并不怪妻子，而是感觉自己愧对妻子。

　　经过各方的力量角逐，在御史台狱中蹲了 130 天大牢的苏轼终于被放了出来。但死罪可免，活罪难逃，两个月后，他又被贬为黄州团练副使，万分凄楚地离开了开封。而王闰之则在乌台诗案刚刚发生时，就带着一家老小去了应天府苏辙的家中暂住，并没有跟随苏轼一同前往黄州。

　　王闰之不在身边的日子里，苏轼想尽了办法抵抗孤独。"每旦起，不招客相与语，则必出而访客。所与游者亦不尽择，各随其人高下，谈谐放荡，不复为畛畦，有不能谈者则强之说鬼，或辞无有，则曰：姑妄言之。"他实在是太无聊、太寂寞了，逮着谁就缠着谁谈天说地，甚至逼着路人给他讲故事，若对方推辞，就要求对方"姑妄言之"，随便编点什么都行。后来，他还把这些听来的故事都编进了《东坡志林》中。

　　家中没有女主人操持的这小半年，黄州到处都是苏轼无处安放的身心。元丰三年（1080 年），苏辙一路跋山涉水，终于把嫂子送到了兄长身边。苏轼的身心也落定了。

　　被贬黄州之后，苏轼成了一名普通的团练副使，俸银根本不够一家老小的花销用度，日子过得捉襟见肘。为此，苏轼对老妻王闰之充满了愧疚之情。

菩萨蛮·七夕

风回仙驭云开扇。更阑月坠星河转。

枕上梦魂惊。晓檐疏雨零。

相逢虽草草。长共天难老。

终不羡人间。人间日似年。

　　苏轼一家人的生活陷入了困境。于是，王闰之在这个时候主动承担起了勤俭持家的重任。为杜绝苏轼大手大脚的老毛病，王闰之规定家中每天的生活费用不能超过 150 钱，为此她还想了个法子，每到初一的时候，她就先取出 4500 钱分成30 份，分别挂在屋梁上，每天天亮的时候，就取一份来用，用不完的就放进另一个桶里，用来招待朋友。

　　精打细算，量入为出，王闰之的持家有方在此得到了充分的体现。她根本就不在意生活是富裕还是贫穷，富有富的过法，穷也有穷的过法，只要家人在一起，她就能把日子过得风生水起。所以，尽管家里的生活过得紧巴巴的，但她的内心始终都是平静且笃定的。

　　为减轻生存的压力，王闰之还和家人一起，在苏轼的带领下，于城东的一块坡地上开荒种地，从此过上了自给自足的生活。

　　王闰之从没有怪怨过丈夫连累她和家人跟着一起吃苦，他能活着走出御史台大狱，对她来说就已经是万幸了，所以无论是富贵荣华，还是贫困交加，她都能安之若素，并尽自己最大的努力，给家人最好的生活。

　　五间屋，十畦地，百余桑，这就是苏轼在黄州的全部财产，而他也乐得与妻子一起晴耕雨读。可以说，黄州时期的生活，对苏轼而言，依然是安逸的。尽管每天都要撸起袖子，到东边的坡地耕地劳作，一日三餐都是粗茶淡饭，但他心底还是涌现了岁月静好的感觉，并乐呵呵地给自己起了个"东坡居士"的别号。

　　和王弗比起来，王闰之是一个地地道道的家庭主妇，既不浪漫，也不能陪他吟诗作对，把酒问青天，但她却在与他一起度过的 25 年平淡生活中，给予了苏轼体贴入微的照顾，这一点是相当重要也是相当了不起的。在这种平淡似水的温柔中，她和苏轼培养出了另一种爱情，不炙热，不激烈，不张扬，不浮夸，却真真切切、细水长流。

宋神宗元丰五年（1082 年）十月十五日，苏轼从雪堂出发，带着两个朋友准备一起回临皋亭住所。在回去的路上，他发现月光皎洁，夜色甚是诱人，突然兴致大发，想要饮酒吟诗，无奈手头没有酒，他便让朋友们守在路边等着，自己则先跑回家去找妻子要酒。没想到，他刚提出要求，王闰之就笑着告诉他："这酒啊，我早就给你悄悄地藏着了，就知道你有用到它的时候呢！"

苏轼看到妻子给他准备好的酒，高兴得手舞足蹈，赶紧跑回去找到朋友，结伴去游赤壁了。这一坛酒，是苏轼夜游赤壁不可缺少的助兴之物，而那一份妻子对丈夫的爱，更是细致、体贴到了骨子里。我们要感谢王闰之，如果没有她藏起来的这一坛酒，也许我们今天就读不到冠绝古今的《念奴娇·赤壁怀古》了。

念奴娇·赤壁怀古

大江东去，浪淘尽，千古风流人物。
故垒西边，人道是，三国周郎赤壁。
乱石穿空，惊涛拍岸，卷起千堆雪。
江山如画，一时多少豪杰。
遥想公瑾当年，小乔初嫁了，雄姿英发。

羽扇纶巾，谈笑间，樯橹灰飞烟灭。

故国神游，多情应笑我，早生华发。

人生如梦，一尊还酹江月。

宋哲宗元祐七年（1092 年）初春，苏轼正在颍州当知州。因当地出现灾荒，民不聊生，苏轼忙得睡不了一个安稳觉，王闰之也颇为愁闷。

那晚，夜空明净，月光皎洁，正好官署大堂"聚星堂"前的梅花也已经盛开了，王闰之见了，便对苏轼说："春月色胜如秋月色，秋月色令人凄惨，春月色令人和悦。何如召赵德麟辈来饮此花下？"苏轼听后大喜，说："吾不知子能诗耶，此真诗家语耳！"

不会写诗的王闰之，竟然说出了一番诗意盎然的话来，这着实令苏轼震惊不已，更让他欣喜异常，当下便把同僚赵德麟招来，一起在梅花树下饮酒赏月。酒酣耳热之际，苏轼又想起了妻子那句充满诗意的话，灵感突现，随口便吟出了一首《减字木兰花》来。

减字木兰花·二月十五夜与赵德麟小酌聚星堂

春庭月午，摇荡香醪光欲舞。

步转回廊，半落梅花婉娩香。

轻云薄雾，总是少年行乐处。

不似秋光，只与离人照断肠。

在苏轼的眼中，王闰之即便称不上不世出的才女，却绝对是贤惠的妻子。娶妻如此，夫复何求？正因为有了王闰之，他才有了这世间的一份妥帖，也正因为有了王闰之，他才能成为旷世才子苏东坡。

是王闰之成就了苏东坡，是她那份看似平淡实则隽永的深爱，才让苏轼变成了苏东坡，让他真正拥有了田园之趣、桃源之乐。

宋神宗元祐八年（1093 年）农历八月，王闰之因病在开封去世，时年 45 岁。她走得特别突然，苏轼悲痛欲绝，不仅将她厚葬在西郊的佛寺中，还给她举办了隆重的葬礼。

王闰之是佛教徒，苏轼亲自给她撰写了佛颂，并请著名画家李公麟画下释迦文佛像供奉于寺庙，给亡妻超度。他还为王闰之写下了一篇沉痛的祭文，感念她的贤良淑德以及一路无怨无悔的甘苦相伴，并郑重地许下"唯有同穴，尚蹈此言"的誓约。

八年后，苏轼在常州去世，其子苏过遵照他生前的遗愿，把他和王闰之葬在了一起。自此，这对在人世间相伴了 25 载的夫妻，终于抵达了他们想要的大圆满，再也无法分开了。

唯有朝云能识我

古代强调多子多福，所以宋朝的文人，但凡条件尚可，基本都纳妾。就连强调"存天理，灭人欲"的大儒朱熹，在六十多岁时都娶了两个尼姑当妾。一往情深如苏轼，也不能免俗。他身边的侍妾不止一位，然而最有名的，还要数比他整整小了 26 岁的王朝云。

如果说王弗是苏轼心头的朱砂痣，王闰之是苏轼窗前的白月光，那么王朝云一定就是他门前那朵开得既热烈又恣意的红玫瑰。

苏轼到底有多喜欢王朝云，又有多宠爱王朝云呢？我们只要看一看他被贬惠州后写的《朝云诗》，答案便已了然于心。

朝云诗

不似杨枝别乐天，恰如通德伴伶玄。
阿奴络秀不同老，天女维摩总解禅。
经卷药炉新活计，舞衫歌扇旧姻缘。
丹成逐我三山去，不作巫阳云雨仙。

对于王弗和王闰之这两位正妻，苏轼一生都未写过用她们的名字命名的文章，而作为侍妾的王朝云，却偏偏拥有了这项殊荣。由此可见，朝云在他心目中占据了极其重要的位置。

写下这首诗的时候，是宋哲宗绍圣元年（1094年），变法派重新上台掌权，而作为保守派中坚分子的苏轼，自然再次登上了新党的黑名单。变法派也不多废话，直接就把他贬到了偏远又蛮荒的惠州，由着他自生自灭。

苏轼已经57岁了，年近花甲的他在前一年失去了他的贤内助王闰之，本想再过上几年清静日子，就去地府跟王闰之团聚，却不料这把年纪了还要忍受贬斥迁徙之苦。皇命难违，他不得不收拾起行囊，带着家人一起赶赴惠州。

陪他前往岭南的，除了王闰之给他生的小儿子苏过，还有他心尖上的红玫瑰王朝云，而朝云也是唯一一个跟随他南下、对他不离不弃的姬妾。

苏轼在《朝云诗》的诗序中说得很明白："世谓乐天有粥骆马放杨柳枝词，嘉其主老病不忍去也。然梦得有诗云：春尽絮飞留不得，随风好去落谁家。乐天亦云：病与乐天相伴住，春随樊子一时归。则是樊素竟去也。予家有数妾，四五年相继辞去，独朝云者随予南迁。因读乐天集，戏作此诗。朝云姓王氏，钱塘人，尝有子曰干儿，未期而夭云。"

原来，苏轼之所以格外高看朝云一眼，是因为朝云没有像其他姬妾一样，在他遭受变故之际弃他而去。

从朝云十多岁起，苏轼还在杭州当通判的时候，她就跟在他身边了。后来苏轼历经贬谪，起用，再贬谪，再起用，反反复复，起起落落，她始终坚定不移地跟着他，就像是苏轼的影子。跟着跟着，就一路从杭州跟到了密州、徐州、湖州、黄州、常州、登州、开封、颍州、扬州、定州、汝州，最后又跟到了惠州。

这可是 20 年的岁月啊！除了王闰之，也就只有朝云待在他身边的时间最长了，他又如何能不对她另眼相看呢？

朝云一直放心不下他，执意要跟着他一起来惠州。对此，他万分感念，对朝云的喜爱又添一分。

年近耳顺的苏轼深知自己不会再有翻身的机会，故而早已开始为朝云做起了打算。他要她拿着他给她的钱财离开，是回杭州养老，还是重新找个人嫁了，让她自己决定。

朝云还年轻，人生尚未走完一半，他怎么忍心让她继续跟着他吃苦遭罪呢？偏偏朝云是个倔脾气，也是个相当有主见的人，不管苏轼怎么劝，她就是不肯走，哪怕明知道这一回他们要去的是比黄州、颍州更穷苦的地方，她也坚持要跟着他。

他不得已，只好应允了朝云，带着她和幼子苏过，历尽艰辛，终于踏上了惠州的土地。

关于朝云的来历，有人说她本是西湖名伎，因美貌被苏轼纳为侍妾；也有人说，朝云是苏轼出任杭州通判时，被同僚当作丫鬟送给他的；还有人说，是王闰之同情朝云小小年纪便沦落风尘，便好心收留了她，一开始让她在府上当侍女，久而久之就成了苏轼的妾。

不管朝云是怎么来到苏轼府上的，但有一点是可以肯定的，那就是朝云和苏轼有着将近 30 岁的年龄差。不过在爱情里，年龄差距从来就不是问题，重要的是，他喜欢上了她，而她恰恰也因仰慕爱上了他。

朝云就是苏轼的一朵解语花，无论苏轼想做什么，一举手，一投足，或者只是一个看似不经意的眼神，她都能心领神会，算得上是他身边的一个真正的知心人。那么王朝云到底有多美，她又凭什么能在苏轼的姬妾里脱颖而出呢？

饮湖上初晴后雨

水光潋滟晴方好，山色空蒙雨亦奇。
欲把西湖比西子，淡妆浓抹总相宜。

其实，这首诗是苏东坡写给朝云的，那句名震千古的"欲把西湖比西子，淡妆浓抹总相宜"，并不是描绘西湖的，而是

水雲裏空庖煮寒菜

破竈燒濕葦那

知是寒食但見烏

銜帋　君門深

九重墳墓在萬里也擬

哭塗窮死灰吹不

起

右黃州寒食二首

自我来黄州 已過三寒
食年 欲惜春 春不
容惜 今年又苦雨 兩月秋
蕭瑟卧聞海棠花泥
污燕支雪 闇中偷負
去 夜半真有力 何殊少
年子 病起須已白
春江欲入戶 雨勢來

宋·苏轼《寒食帖》（局部）

对朝云最为隆重的赞美。

那时的朝云，小小年纪就已经是西湖边鼎鼎有名的歌伎了。她不仅通音律，而且蕙质兰心、善解人意，再加上一副沉鱼落雁的面容，苏轼在宴会上第一次见到她的时候，便已对她生出了别样的情愫。

但那个时候，她真的太小了，所以即便进入苏府，她的身份也只能是府上的丫鬟，或是做她的老本行——歌舞伎。再后来，她不再是西湖边卖笑弹唱的歌伎了，而是他的家伎，只为他一人歌一人舞。那些从前的姐妹见到她时，也不再喊她过去的名字，只管追着她朝云、朝云地叫个不停。

她喜欢别人叫她朝云，更喜欢他这么叫她。遇见他之前，她还不叫朝云，这个名字是苏轼亲自替她起的。朝云，朝云，多么富有诗情画意的名字，琅琅上口，也只有学贯古今的他才想得出来。

从前，她是西湖边的歌舞伎，叫什么花名都不重要，如今，她是苏大学士府上的家伎，"朝云"这两个字便成了她的心头好。她感念苏大学士的知遇之恩，更感激他在她沦落风尘之际收留了她，只是这份恩情，她什么时候才偿还得清？

在苏轼府上，尽管只是丫鬟兼家伎的身份，但大家都没有拿朝云当外人，所以她几乎没有经过什么磨合，便迅速地融入了这个大家庭中。

她的活泼与快乐也时刻影响着家里的每一个成员，大家都对她特别友好，尤其是苏轼，不管有什么好吃的、好玩的，都会想着留一份给她。

朝云虽然是丫鬟，但她并没有像其他丫鬟那样，做什么说什么都生怕犯错，时刻都提着心、吊着胆，而是想说什么就说什么，甚至"胆大妄为"得厉害，敢当面"嘲讽"苏轼。

有一天，苏轼忙完公务回到家中，在院子里百无聊赖地摸着肚子走来走去，忽地心中一动，不禁叫住身边的侍女问："你们且说说看，这里面装的都是什么东西？"一个侍女马上回答："都是锦绣文章！"苏轼忍不住摇了摇头，觉得并不满意。另一个侍女则连忙接过话茬说："这满腹装的都是学识，都是高见！"苏轼听了也不以为然。这时朝云正好从屋里走出来，听了她们的问答，忍不住望着苏轼咯咯笑着说："这里面装的就是一肚皮的不合时宜！"

朝云的话音刚落，苏轼不禁捧腹大笑。是啊，他这满肚子里装的不就是不合时宜嘛！他没有责怪朝云，自此后更对她珍惜怜爱万分，并把她当成了自己的知己。

尽管只是一句玩笑话，但也说明苏轼身边真正懂他的人，恐怕除了王闰之，就是王朝云了。除了王闰之，敢这么跟他说话的，也只有一个王朝云了。所以，苏轼越发觉出她的稀罕和可贵之处来。

后来，苏轼经历"乌台诗案"，差点丢掉性命。他被贬至黄州的那一年，18岁的朝云被44岁的苏轼纳为侍妾，在苏府里有了名分。

黄州是苏轼的重生之地，是才高气盛的苏子瞻蜕变为豪迈旷达的东坡先生的所在，但说到底，也是他从云端跌落沟渠的地方。

跟随苏轼颠沛流离的这几年里，朝云变得越来越成熟，也越来越乐观。面对各种各样的困境，她没有埋怨，更没有心生怨怼，她知道他的心情不好，所以她总是静静地守在他身边，侍候他喝酒，陪他看月亮，替他磨墨洗砚，并和他一起发明了美味可口的东坡肉和东坡鱼。

黄州是位于鄂东南的一座小城，尽管这里有苏轼垦荒种谷的东坡，有他泛舟烹鱼的赤壁，也有清茶午盏、素菜春盘，但有限的俸禄常常让他感受到捉襟见肘的困扰，就连一向持家有方的夫人王闰之，也生出了"巧妇难为无米之炊"的烦恼。

孩子们毕竟都是在长身体的时候，长此以往肯定不行。于是，在王朝云的点拨下，苏轼发明出了一道名菜"东坡肉"。

吃不了山珍海味，搞点猪肉吃吃总是可以的吧？那个时候，猪肉相对于其他肉类来说比较便宜，而黄州的猪肉更是便宜得不像话，所以苏轼说："黄州好猪肉，价贱如泥土。"人们不吃猪肉还有一个原因，"贵者不肯吃，贫者不解煮"，有钱人看不上，穷人又不知道怎么烹调。

苏轼没钱，就盯上了猪肉，尤其是特别便宜的五花肉。王朝云和苏轼经过多番研究尝试后，精心烹饪出了香糯软滑、肥而不腻的红烧肉。此菜一出，就成了苏轼和苏家人佐餐时的一道保留菜品。因为没有名字，就用苏轼的号为它命名，这就是后来闻名遐迩的名菜"东坡肉"。接着，苏轼和王朝云又相继开发出了东坡鱼和东坡羹，都是味道绝佳的菜品。

苏轼在黄州的生活，是相当贫苦和不如意的。然而，因为有了朝云相伴在侧，日子却也过得有滋有味。春天有鲈鱼，夏天有羹汤，秋天有果子，冬天有东坡肉，虽然都不是什么值钱的食材，但他也吃得津津有味，而这一切，可都是朝云的功劳！

朝云于苏轼而言，不仅是侍妾、解语花、知心人，还是一个优秀的厨娘。尽管在黄州谪居的四年，时常都会让他体会到"寂寞沙洲冷"的孤独，但只要家人围坐在一起，桌子上有朝云亲手烹制的食物，有朝云亲手酿制的美酒，日子虽然清苦，但也没觉得愁闷。

苏轼沉溺在朝云的温柔乡里，慢慢地度过了他人生中不长不短的四年黄州生涯。诚然，对苏轼而言，黄州的四年是失意的四年，但也是他人生中最为快乐的四年，因为他幸运地找到了一个既懂得他又体恤他的知己。

宋神宗元丰六年（1083 年），王朝云生下了他们爱情的结晶，苏轼最小的儿子苏遁。苏轼中年得子，自然喜不自胜，在给孩子"洗三"的这天，他特地写下了一首《洗儿诗》，来表达自己对这个孩子的喜爱与期望。

洗儿诗

人皆养子望聪明，我被聪明误一生。
唯愿孩儿愚且鲁，无灾无难到公卿。

所有人都希望自己的孩子冰雪聪慧，长大了能够有一番作为，然而，他苏子瞻却恰恰被聪明误了一生，所以他宁可这个新出生的孩子平凡一点，因为只有这样，他才能无病无灾、平平安安地度过一生。

苏轼给孩子起了个乳名叫干儿，没事的时候，他就会抱着他心爱的干儿在院子里四处溜达。那段时间，他心里简直比吃了蜜糖还要甜上三分。

　　然而，世事无常。元丰七年（1084 年）初春，远在开封的宋神宗亲自下诏，将苏轼调到汝州任团练副使，虽然是平级调动，但是汝州靠近京城，说明皇帝心里还是惦记着他的，这让他感到非常欣慰。谁知道，就在他带着一家人马不停蹄地赶往汝州赴任时，刚刚走到金陵，被他视若珍宝的干儿居然因为中暑夭亡了。

　　朝云肝肠寸断。那段日子，她终日以泪洗面，谁劝都不管用。为了安抚她那颗日渐破碎的心，苏轼决定不再往汝州走了，而是上书请求朝廷，暂时留在了常州。

　　常州挨着太湖，这里的环境和朝云自小生长的杭州非常相似，苏轼不忍心看她终日伤怀，便特意为她留在了江南。苏轼相信，时间是最好的药，再加上江南的美景，朝云一定会慢慢好起来的。

　　第二年，宋神宗崩，宋哲宗立，太皇太后高氏以哲宗年幼为名，临朝听政。高太后不喜欢王安石的新政，也不喜欢新党，于是新政被废，新党尽被驱逐，以司马光为首的一干旧党被重新召回了京师，而苏轼也以礼部郎中的职位被召还朝中。

　　应该说，这是苏轼一生中最为得意也最为扬眉吐气的一段时光。在朝半月，他便又升为起居舍人，三个月后，升中书舍人，不久，再升翰林学士、知制诰，知礼部贡举。

　　官场得意，苏轼颇为珍惜当下的生活，更加用心地经营自己的家庭。尽管政务非常繁重，但每逢假期，他都会尽量抽出时间来陪伴家人，会带着王闰之和朝云一起去逛街，去樊楼吃饭喝酒，去大相国寺的市集为她们买首饰和胭脂。

　　然而，当苏轼看到新兴势力拼命压制王安石的新党后，认为他们的做法与所谓的"王党"并无二致，不过是一丘之貉。于是，不合时宜的他再次向朝廷提出了谏议，对旧党执政后暴露出的种种腐败现象进行了抨击。结果，他又引起了保守势力的竭力反扑，遭到了诬告陷害。为了自保，苏轼只好再度自求外调，而他选择的第一站，依然是那座令他魂牵梦萦的城市——朝云的家乡杭州，也是他和朝云最初相见的地方。

再次回到杭州，他已经不是当初的通判了，而是杭州知州。身为蜀党领袖、文坛宗主，他的身边仍然簇拥着很多粉丝和友人，虽称不上十分如意，但也还算称心。这几年间，门面上的事，处处都以夫人王闰之为主，而朝云作为他最宠爱的侍妾，负责在他面前绚美如花就行了。

杭州的三年，朝云把自己活成了苏轼的影子，时刻相伴左右。

这样的日子，持续到他调任颍州、扬州、定州三州的知州后，直到狂风骤雨再次来临。宋哲宗元祐八年（1093 年），太皇太后高氏去世，朝政归于宋哲宗。高太后的去世与宋哲宗的亲政，再一次决定了新党和旧党的起落。

在高太后的时代受到驱逐的新党，终于被宋哲宗陆续召回了朝廷，而苏轼这些曾被高太后恩宠信任的旧党，则纷纷跌入了深不见底的深渊。

所有元祐党人的境遇都非常不妙，苏门四学士更是首当其冲，遭到了严厉的打击，秦观被贬往处州，张耒被贬往宣州，黄庭坚被贬往黔州，晁补之被贬往应天府，而苏轼则被贬去了更加偏远的惠州。

既来之，则安之。宋哲宗绍圣二年（1095 年）的端午节，已抵达惠州七个月的苏轼，突然心血来潮给朝云写了两首新词，而这个时候，他已经是一个 58 岁的老人了。

殢人娇

白发苍颜，正是维摩境界。
空方丈、散花何碍。
朱唇箸点，更髻鬟生彩。
这些个，千生万生只在。
好事心肠，著人情态。
闲窗下、敛云凝黛。
明朝端午，待学纫兰为佩。
寻一首好诗，要书裙带。

浣溪沙·端午

轻汗微微透碧纨，明朝端午浴芳兰。流香涨腻满晴川。
彩线轻缠红玉臂，小符斜挂绿云鬟。佳人相见一千年。

和十几年前刚被贬到黄州时成天只知道昏睡的苏轼比，59 岁的东坡居士显然要豁达多了。既然是端午佳节，那就和眼前人且过且珍惜吧。

彩线轻缠，小符斜挂，朱唇箸点，髻鬟生彩，我的朝云艳若芙蕖，灿若朝霞，若能许愿，那我就许一个和你相伴一千年的愿吧！

　　只可惜朝云没有这样的好运气。不久之后，她就病倒了。在病榻上辗转绵延了多时，最后依然撒手人寰了。当时是宋哲宗绍圣三年（1096 年）的七月五日，年仅 34 岁，距她陪苏轼到惠州，还不到两年的时间。

　　朝云去世后，苏轼特地将她葬在了惠州西湖畔栖禅寺的松林里，祈愿她的灵魂可以沐浴佛音与松风，早登极乐。自此，他再也没有纳过妾，终生不再听《蝶恋花》，把余生的相思都给了朝云一人。他还在她墓上的六如亭上写下了一副楹联："不合时宜，唯有朝云能识我；独弹古调，每逢暮雨倍思卿"，以为纪念。

　　1097 年，因为一首《纵笔》的自嘲诗，苏轼离开惠州，被贬往更远的海南儋州。

　　元符三年（1100 年），宋哲宗崩，宋徽宗即位，飘零各地的旧党被再次召还东京，苏轼也位列其间。不过，还没等他回到朝堂，次年，即宋徽宗建中靖国元年（1101 年），刚刚走到常州的他就因病不能再行，最终于七月二十八日病逝于斯。

　　这时，距离苏轼上次从黄州被贬召还，已经过去了十几个年头。那一年的七月二十八日，他与朝云的幼子苏遁夭于途中，他因此在常州停了下来；如今又是七月二十八日，他又一次在常州停了下来。

　　然而，这一次的停留却是永远，就好像苏轼与朝云在人间的缘分，始于杭州西湖，终于惠州西湖。

● 宋·赵佶《瑞鹤图》（局部）

拾

赵佶

不爱江山爱丹青

他是雄冠天下的艺术家，擅书画、工诗词、通音律，才俊过人，堪称全能型的艺术天才。

他 18 岁即位，成为北宋第八位皇帝。虽然在政治上平庸无能，却是个罕见的丹青妙手，不仅是中国书画史上开宗立派的大师，也是贡献最多的画家。

他是花鸟画顶级大家，他的《筠庄纵鹤图》，"闲暇之格，清迥之姿，寓于缣素之上，各极其妙"；他也是人物画的高手，最为著名的《听琴图》，刻画细致入微，人物专注之态，各不相同，哪怕隔了千年的时光，那铮铮的琴声，依然叩响了每一个观者的心弦。

他，就是后世毁誉参半的宋徽宗赵佶。

著名历史学家陈寅恪说过："华夏民族之文化，历数千载之演进，而造极于赵宋之世。"中华古代文化的高峰在宋朝，而宋朝文化的巅峰则在宋徽宗。也只有宋朝，才会诞生像赵佶这样的艺术家帝王。知名作家蒋勋评价他："宋徽宗有一种对美的极度追求，可是又发现美的无奈和美的绝望。"为了美，他可以燃烧自己，压根就不在意现实里的得失；为了美，他可以天真地要求汝窑的工匠，务必烧造出他梦里见到的天青色；为了美，他可以耗费六年的时间，去修建比圆明园更胜一筹的皇家园林艮岳。

人们恨他亡了国，却又无法忽略他在艺术上取得的巅峰造诣。他自身的矛盾延续下来，便成了后人心头始终挥之不去的纠结，而他"丰亨豫大"的审美倾向，就像他的瘦金体书法一样，锋芒毕露，却又不失一种温润清丽的美。

一切都是矛盾的，千载之下，人们来不及仔细揣摩他的心思，便又投入了忙碌的生活之中，对他的故事、人生，能够给予的唯一回应，便是一声短促的叹息。

据说宋徽宗平时十分注重写生，每天都坚持不辍，他的写生画稿日积月累，最后收编成集竟有千册之多。这个写生集则被他亲自命名为《宣和睿览册》。

"天下一人"，是他的专用花押，用于书画作品的题款。没人知道他为什么要写这样的花押，疏淡的几笔，两横却相隔甚远，像是随意落下。

"天下一人"这四个字，或许只有他才担当得起。拥有至高皇权的，只他一人；将北宋生生断送了的，依然只他一人。

是他，以一己之力，将清简而又丰润的审美意趣推向了全国，影响深远；也是他，用他的刚愎自用和懦弱自私，亲手将大宋的繁华富丽埋葬进了历史的冰窖……

无奈的天子

宋徽宗的一生，是荣华富贵的一生，也是如梦如幻的一生。他仿佛从云端走来，又仿佛踏浪而去，衣袂飘飘，笑颜温婉，就连慢慢消逝的背影，都带着一股难以言说的祥和与从容，哪怕与他隔了千年的时光，你依然能感受到他的美好与真诚，不染纤尘。

这个世界给他打上了太多的烙印：宠信佞臣的昏君，丢了江山社稷的亡国之君，与妓女鬼混的风流皇帝。仿佛"宋徽宗"三个字与失败、懦弱、无用、耻辱等字眼画上了等号。

偏偏这些都不是他想要的。如果再给他一次选择的机会，他宁可一辈子都待在端王府里，也定然不会去做那被百姓山呼万岁的天子。

当皇帝应该是哥哥赵煦（宋哲宗）的职责，他写写字、作作画、弹弹琴、填填词就好了。在赵佶心里，比他年长6岁的赵煦就是神一样的人物，天底下就没有他办不到的事。但没想到，自幼体弱的哥哥二十几岁就撒手人寰了。

向太后满面慈祥地看着他说："你六哥（宋哲宗赵煦）英年早逝，没留下一个儿子，所以这皇位就只能在你们兄弟几个当中挑一个人来坐了。你九哥（申王赵佖）有眼疾，皇位轮不上他坐，这剩下的几个兄弟中就数你年纪最长，所以也就只有你最适合了。"

向太后的话还没有说完，18岁的赵佶就蒙了：就算九哥不能继承皇位，不是还有小十三（简王赵似）嘛！小十三是皇帝哥哥一母同胞的亲兄弟，这皇位给他来坐不是更顺理成章

吗？再说，小十三也才比他小了一岁而已，太后为什么非要让
他来做这个皇帝？

可向太后早就拿定了主意要让他来当这个皇帝，别的人选
她根本就不考虑。宰相章惇曾向她推荐过赵煦的同母弟简王赵
似，但向太后不想让赵煦生母德妃（朱氏）继续在宫里坐大，
思来想去，终究还是把目光投向了赵佶。

赵佶的母亲陈氏早逝，且生前不过是个地位卑下的美人，
娘家没有任何的根基，让她的儿子来当皇帝，自然是对向太后
最有利的。所以，向太后才不管赵佶愿不愿意做皇帝，无论如
何，这个皇位都必须由他来坐，除非他不是神宗的儿子。

向太后是宋神宗的妻子，也是赵佶的嫡母。哲宗赵煦去世
后，她不仅是后宫的主人，还是整个大宋的决策者，所以她说
的话就等同于皇帝发的政令，就连哲宗的生母德妃都拗不过她，
小小的端王又怎么能够违抗她的旨意？

向太后恨铁不成钢地望着一脸不情愿的赵佶说："又不是
让你上刀山下火海，有什么好推辞的？知道有多少人都在盯着
这个位置吗？没错，小十三是只比你小一岁，还是你皇帝哥哥
一母同胞的亲兄弟，可你想过没有，万一让小十三当上了皇帝，
这往后还能有咱们娘俩的好日子吗？宫里人都知道我向来偏心
你，你又恰恰比他年长了一岁，就算侥幸让他坐上了皇位，他
又对你放得下心来吗？"

话说到这个份上，赵佶总算是明白了，想不想当皇帝，并
不是由他说了算，向太后既然是铁定了心要让他坐天下，他似
乎也是无法拒绝的。为什么偏偏是他？就因为除了有眼疾的九
哥，诸位兄弟中只数他最年长了吗？

18 岁的赵佶简直烦透了。别人都是为当不上皇帝烦，他却是因为不想当皇帝烦。当皇帝到底有什么好的？父亲三十多岁就驾崩了，皇帝哥哥才二十几岁也跟着走了，这天下真的就有那么好坐吗？在赵佶眼里，当皇帝不仅麻烦事多，而且是一种高危职业，弄不好就会像父亲和哥哥那样英年早逝。与其这样，他还不如做一辈子的端王。

当皇帝真就不是人干的事。他记得小的时候，父亲总是没日没夜地趴在书案上，批阅大臣们递上来的奏章，甚至都没时间陪他一起玩。

他问父亲："皇帝不是天底下最至高无上的人吗？为什么还有这么多的事等着你去处理？"父亲抬起头望着他说："没错，皇帝的确是天下最尊贵的人，可这份尊贵却是建立在心怀天下的责任上的。皇帝可以穿绫罗绸缎，可以吃山珍海味，可以拥有天下的财富，但同时，皇帝也要为天下的百姓尽最大的心力，要让他们都过上丰衣足食的生活，而要完成这个目标，则是任重道远的，所以就忙得没有时间陪你逗蛐蛐了。"

皇帝哥哥年纪很小的时候就登基了。别人都以为皇帝哥哥是个幸运的人，可他却从来都不这么看。当上了皇帝，也就意味着失去了自由，失去了快乐。

终其一生，皇帝哥哥没过过一天舒心的日子，长期生活在祖母高氏的阴影下，要多憋屈有多憋屈，所以祖母一死，他立马就流放贬黜了祖母支持的元祐党人，就连祖母给他娶的皇后都换了，但最后还是没能逃过早夭的噩运。

这就是他亲眼所见的皇帝，日理万机的父亲和哥哥，没有一个不是英年早逝，没有一个不是抱憾而终，所以他完全不想当皇帝。他只喜欢写写画画，他只喜欢吟诗填词，他只喜欢蹴鞠和斗蛐蛐，皇帝，他是真心不想当，也当不来。他出生的时候，父亲宋神宗曾梦见南唐后主李煜前来谒见，所以宫里的人都笃定地认为他就是李煜转世，而等他长大一些后，神宗更讶异地发现，他这个儿子确实和李煜很像，成天不是喜欢趴在书案上练字，就是喜欢端坐在庭院的树下画画，极富艺术天赋，如果能够加以正确的引导，将来的成就绝对不会小于李煜。

谁都知道李煜是亡国君主，可谁也没有避讳这些，毕竟太子之位早就定下了，而他在众兄弟中只不过排行第十一，皇位是怎么也不可能轮到他的，所以也就不用担心国家会亡在他手里了。神宗皇帝对这个儿子十分宠爱，从小就为他请来各种名师精心栽培——既然他这么喜欢艺术，那就让他一辈子都快快乐乐地沉醉在艺术里，做一个艺术大师吧！

神宗是这么想的，也是照着这个方向去培养赵佶的。可他千算万算，也没有算到六子赵煦二十出头就死了，而且没有留下可以继承皇位的儿子，更算不到自己的妻子会出于一己之私，生生地把赵佶推到了历史的前台，最终断送了江山社稷。

其实，赵佶从一开始就是有自知之明的，但他胳膊扭不过大腿，便只好由着向太后把他扶上了皇帝的宝座。向太后是什么人？神宗明媒正娶的结发之妻，正儿八经的大宋皇后、皇太后，要对付一个 18 岁的半大小子还不是手到擒来的事？

向太后早就知道这小子每次来她宫里请安，都是打着拜见她的旗号，去偷偷跟她身边的两个押班宫女幽会，既然他对皇帝的位置不感兴趣，那索性把话挑明了：只要他听从她的安排，她就把那两个如花似玉的宫女赐给他做妃子，要是不从，从今往后他就别想再见到那两个押班宫女了。

偏偏赵佶还是个多情种。家有端王妃王繁英尚嫌不足，又把目光对准了向太后身边的宫女郑氏与王氏。在他眼里，这两位宫女就是天仙一样的人物，皇位他可以不要，佳人他却不能舍弃。于是，他终究还是做了向太后的乖儿子，老老实实地穿上了龙袍，是为宋徽宗。

坐上金銮殿的宝座后，赵佶也没有排斥自己的皇帝身份。事实上，他觉得，披着皇帝的外衣做一个艺术家，也没什么不好的，而且可以利用君主的身份，达成很多他从前无法达成的心愿，也给他在艺术的道路上提供了很多方便，而这些都是他在王府里当端王时所无法想象的。

渐渐地，赵佶便把朝政扔给了他信任的那些大臣和太监，比如王黼、李邦彦、高俅、童贯、蔡京，而他则一心一意地沉浸在他的书画世界里。

在赵佶心里，皇帝可以像父亲和哥哥那样勤政爱民，也可以只是一个吉祥物，既然有大臣们帮他处理朝政，那还用得着他事事亲力亲为吗？只要把事情处理妥当了不就行了，至于是他亲自上阵，还是由大臣们代劳，本质上又有什么区别呢？

赵佶开始摸索出了一些做皇帝的经验，甚至觉得父亲和哥哥都是自讨苦吃，如果他们也懂得把国事都交给大臣去办，又怎么会因为日夜操劳而积劳成疾呢？当皇帝就要像他一样，不仅要懂得如何偷懒，还要懂得如何放手，这样才能每天都活得潇潇洒洒、快快乐乐，不是吗？

兴许是老天有意要成全赵佶当一位杰出的艺术家，在他登基的第二年，向太后就因病去世了。过了不到一年，哲宗的生母朱太妃也跟着撒手人寰了。这么一来，宫里就没有人能够约束他了，他索性放开了手脚，在写写画画的同时，前前后后给自己选了一百多位嫔妃。可他还嫌不够，又看上了醉杏坊的名伎李师师，生生给自己惹出了无数风流债。

赵佶没想到这个皇帝一当就当了二十多年，如果不是金兵南下，想必就是当 40 年太平天子，也定然不在话下。他已经活得比父亲和哥哥都长久了许多，如果再多给他一些时间，如果金人没有打到开封城下，那他将会在艺术上取得更加辉煌的成就。可惜历史没有如果，也不能假设，他最终只能以一个亡国君主的身份，灰头土脸地离开了金碧辉煌的皇宫，离开了他痴爱的湖光山色，离开了他珍若性命的库藏字画，一路北上，直到生命走向尽头。

赵佶知道自己不是当皇帝的料，可命运偏偏把他推上了皇帝的宝座，所以他尝试着用一个艺术家的方式去统治管理国家，把大宋和他治下的老百姓，都当成了他画纸上的景致。然而，遗憾的是，国家和子民，终究不是他笔下的花鸟，而他也做不成一个鱼与熊掌兼得的艺术家帝王。

痴诚的画家

赵佶的一生，有欢喜，有悲凉，有辉煌，也有沉沦。他看似潇洒不羁，其实从出生的那一刻起，便已注定他会被命运所围，怎么也逃脱不得。是杰出的艺术才能禁锢了他，是对艺术全身心的热爱，让他作茧自缚，生生把自己从九五之尊变成了阶下囚。

如果他能把用在画画上的功夫，稍稍拿出一点点用在治理国家上，那么历史很可能会被改写，可他偏偏把书画当成了他的第一事业，偏偏要做一个出类拔萃的画家，所以历史也给予了他最无情的嘲弄与讥讽。

赵佶这一生，最擅长画的就是花鸟，只因为他坚信，唯有看得见真实的世界，才能画出最美的神韵。于是，他像孩童一样，俯下身子，去观察花鸟鱼虫。他熟悉鹦鹉用前后两只爪趾抓住树枝的情态，更熟谙"孔雀登高，必先举左腿"的生物习性。据说，他当政时，宫内光收藏的花鸟画就有几千件。在对名画的临摹中，他的绘画技艺不断得到提升，又因为喜欢收集奇珍异兽，更为其绘画提供了素材，所以赵佶的绘画作品中，数花鸟画最为精妙。

他还是一个喜欢创新和突破的画家，特别注重画外的诗境。他独特的艺术鉴赏力，极大地刺激了中国画对意境的追求与发展。"已有丹青约，千秋指白头"，这是他在《腊梅山禽图》上的题诗。他天真地以为，自己已与丹青结下了一生的约定，所以他必须看尽这世间的种种美好，等到鬓发霜白的时候，再用最大的热情去描摹眼中的春夏秋冬。

然而，世界对他的期待，是要他做一个好君王，延续大宋的繁荣。这与他对这个世界的期待相悖。他一心只想为美而活，从不掩饰，也从不收敛，想做什么就做什么，喜欢什么就去追求什么，这样的性格，对艺术来说是一种幸事，但对老百姓来说，那就是不折不扣的灾难了。

赵佶拥有卓越的才华与超越时代的审美意趣。在《瑞鹤图》中，他用手中的画笔，将深远辽阔的天空，涂抹成了明媚深邃的蓝色；雨过云破的天青色，被他从汝瓷上直接移到了绢布上。从此，他温润精妙的笔墨，也变得和瓷的质地一样明丽，望一眼，便醉却了三千里的江山。

这其实是一种超现实的表现手法，线条与色块的融合，热烈、奔放、饱满、深邃，一改传统构图的沉厚与凝重，不仅营造出了诗的意境，更在布势和取舍上，用布满天际的群鹤，赋予了整幅画作丰厚的内在精神与气韵。

赵佶的目光越过宣德门前的华表，越过宫殿两侧的鸱吻，越过莽莽的烟云，一直尾随着白鹤们的身影，飞上了九霄，越过了青天，飞向了那个他曾经向往了无数回的仙家世界。1、2、3……18，他数了数，总共有 18 只仙鹤在天际翱翔，它们莫不是上帝派下凡尘的使者，要来见证这人间的大宋是何等昌盛、何等繁华？

这是一个祥瑞的征兆，他欣然提笔，要把这些盘旋在宫门上空的仙鹤，一一画在画布上，让那份高洁隽雅、飘逸灵秀，永远地驻留在这个世界里。那一瞬间，他眼里看到的天空，不再是往日里的平淡无奇，处处流溢着光华的精彩与缤纷，而他用石青在绢布上平涂出的色彩，也不再是传统山水画中泼墨式的留白，而是一片氤氲得近乎真实的幽蓝。

玉宇澄清，映衬出鹤群的圣洁与华贵，在云雾中若隐若现的宫殿，更于庄严肃穆中透出神秘吉祥的氛围。画中 18 只仙鹤，或高飞，或盘旋，或高倨，姿态万千，无有同者，灵动精妙，呼之欲出，空中仿佛回荡着悦耳的鹤鸣，整个画面显得生机盎

● 宋·赵佶《戴胜图》

然，构成了一幅精美的仙鹤告瑞的景象。

为求逼真，鹤身粉画墨写，目睛更以生漆点染。其他细节部分，也都倾注了他大量的心力，据说，拿放大镜放大了看，这些仙鹤的羽毛清晰可见，堪比真鹤。

这是赵佶一次大胆的尝试。画这幅图的时候，是政和二年（1112年）上元节之后，距他被金人俘虏北上，还有整整15年的时间，所以他有的是工夫去涂抹自己的心情，也有的是雅兴去进行一些艺术上的突破与改进。

赵佶在位期间，除创作出了众多杰出的书画作品之外，他还利用皇权直接推动了绘画艺术的发展，建立了周密的画院制度，使画院成为当时名副其实的皇家美术学院。

他成立了培养书画特长生的翰林图画院，大力提倡绘画，并将书画创作正式纳入科举考试之中，以招揽天下的书画才子为己所用。考中的画家，皆以"翰林""侍诏"等身份进入图画院，享受与文官相近的待遇，可以穿戴官服，领取国家发放的俸禄。

赵佶还将书画科考按题材分为了佛道、人物、山水、鸟兽、花竹、屋木六科，以古诗中的句子作为画作考试的题目，要求考生们按照诗句的意蕴画出相应的画来，看谁的构思最为巧妙、更具创造性。这一系列的考试，在中国画坛上留下了许多佳话。比如"野水无人渡，孤舟尽日横"这样的考题，优胜者并没有落入在孤舟上画一只鹭鸶这样的俗套，而是画一人在船尾入睡，手边横置一支笛子，因终日等待渡者而尽显疲态。

他曾出过一道"深山藏古寺"的画题，很多考生都参照字面的意思，画出了深山，画出了寺院，甚至是寺院的飞檐，但个个都不中他的意，而最后拿到第一名的考生，竟然没有在画纸上画下任何与寺庙有关的建筑，却只画了一个和尚在山溪边挑水的身影。

"深山藏古寺"，着意在一个"藏"字上，宋徽宗要的就是它能够给人以"画有尽而意无穷"的艺术感受力。"善藏者未始不露，善露者未始不藏"，绘画讲究藏得自然，藏得巧妙，藏得有诗情画意。所以，那个最懂得"藏"的画师，也就脱颖而出了。

无独有偶。一日，赵佶踏春归来，雅兴正浓，便以"踏花归来马蹄香"为题，在御花园举行了一次别开生面的画考。这里的"花""归来""马蹄"，都好表现，唯有"香"是无形的东西，用画很难表现出来。许多画师虽有丹青妙手之誉，但听了这个画题后，也都面面相觑，深感力不从心，不知道该如何下笔才好。

有人画了一个骑马踏春归来的少年，手里还拈着一枝花；有人更别具匠心地在马蹄上面画了几瓣落花，但都无法表现出"香"的意境来。唯独有一个青年画师，轻轻几笔，便在马蹄周围添上了几只翩跹的蝴蝶，这一下便把那个"香"字给恰到好处地勾勒了出来。几只蝴蝶飞绕在奔走的马蹄间，形象地表现出了踏花归来，马蹄还留有馨香的意境。宋徽宗在拊掌赞叹之余，自然也就把这次的魁首颁给了那个有着奇思妙构的年轻画师。

宋徽宗不仅是画院的倡导者和支持者，同时还是一个水平很高的鉴赏者，所以他要求进入翰林图画院的画家都必须师法自然，要把握对象的"情态形色"，符合自然规律，且不必倚傍前人。

有一天，在宣和殿前的花圃里，赵佶发现一只孔雀正展翅飞上藤墩，便以此为题，要求在座的画师把这帧景象画出来。然而，等画师们都画完后，他却皱起了眉头说："画是画得漂亮，可惜都画错了。"画师们听了他的话后，面面相觑，半天都说不出话来。他叹了口气说："孔雀登高，都是先举左脚的，而你们画的却是先举右脚，所以说画错了。"

从这个故事中，我们就能看出宋徽宗的花鸟画之所以能画得如此传神，除了画工了得，更得益于他对事物的细心观察与思考。

至于那些通过考核进入翰林图画院的画师，赵佶则会授予他们画学正、艺学、待诏、画学生等身份，所以，终徽宗一朝，画家在社会上的地位得到了显著提高，不仅可以穿官服，还可以佩戴正式官员才可以佩戴的鱼袋。由此可见，画师在他心目中的地位是非常之高的。

因为赵佶对书画的重视，所以他培养出了一大批丹青妙手，如王希孟、张择端、李唐等流芳千古的著名画家。他们出色的才情，不仅给宋徽宗百无聊赖的宫廷生活带来了许多乐趣与欢笑，更给后世留下了丰硕的艺术财富。

可以说，没有宋徽宗，就不会有王希孟的《千里江山图》，更不会有张择端的《清明上河图》。这些艺术瑰宝，历经千年的雪雨风霜、烽火狼烟，却依然能够熠熠生辉，彰显出大宋丰厚的底蕴与气度。这一点，赵佶功不可没。

由宋徽宗亲自选出来的学生，最著名的莫过于王希孟了。

小小年纪的王希孟，一开始并没有什么拿得出手的作品，屡次献画皆不能让宋徽宗满意，但他没有因此忽略他，更没有放弃他，而是按捺住性子，手把手地把平生所学传授给这个只有十多岁的少年。

政和三年（1113 年）四月，也就是赵佶画出《瑞鹤图》的次年，王希孟仅用了半年时间，就创作出了长达 12 米的《千里江山图》，除了"长"得气势磅礴，"绿"得爽朗富丽，它的构图也疏密有致，气势连贯，远看浩浩山河，近看飞檐走壁，青绿赋予其山体堂皇，淡色施以远处气韵，既有浩荡，亦有精妙，堪称中国绘画史上的一个奇迹。

王希孟到底还是个少年，身上有着一股初生牛犊不怕虎的蛮劲，所以他的《千里江山图》有了很多的突破，而这一点是赵佶尤为欣赏的。起伏的山峰，浩渺的江河，加之点缀其间的山村野市、渔舟客艇、桥梁水车，一点一画均无败笔，端的是美不胜收。

赵佶很喜欢这幅《千里江山图》，不禁生出了后继有人的慨叹。18 岁画出《千里江山图》的王希孟，和自己登位大宝时的年纪相仿。看着朝气蓬勃、画技日进千里的王希孟，赵佶又想到了少年时的自己。

此时距他当上皇帝已经有 13 年之久了，他的端王妃，也就是他的第一任皇后王繁英，已经去世 5 年了；他最宠爱的大刘贵妃也早已辗转在病榻之上，一天天憔悴了下去；而那个一心想要垂帘听政的皇嫂、昭怀皇后刘氏，也因为受不了他派出的宫女对她的各种恐吓和辱骂，用帘钩自缢了。

一切都物是人非。这就是深宫，这就是政治，把一个个人都生生地逼成了鬼，而他那双弹琴画画的手，居然也沾染了血迹。

他并不想这么做，毕竟都是一家人，他本非草木，又岂能无情？端详着王希孟的《千里江山图》，31岁的赵佶发出了无奈的叹息，要不是生在帝王家，那一年，同样18岁的他，说不定也正在翰林图画院习字学画呢，又哪里会生出那么多帝王的烦恼？

既然注定做不好一个皇帝，那就隐身在帝王的身份之后，去做一个合格的艺术家，去管理好翰林图画院吧！他把所有的精力，都放在了发现书画艺术人才上，也正因如此，北宋画坛才出现了《清明上河图》这样的旷世之作。

赵佶从不嫉妒别人的艺术才能高于自己，更不会打压埋没人才，相反，他有一双智慧的眼睛，善于发现人才，也喜欢提携人才，并热衷于为他们的成长提供保障。作为一个拥有丰富艺术细胞的帝王，他相当豁达，也相当包容。

徽宗一朝，比王希孟更有名的画师，是寄居在开封相国寺香积厨里的张择端。某天，赵佶在皇家卫队的簇拥下，声势浩大地前往相国寺上香，发现了在香积厨潜心作画的张择端。他二话没说，就让宰相蔡京将张择端召进了翰林图画院，并亲自命题，让张择端画下开封的繁华盛景。

张择端被召进翰林图画院后不久，就因为受不了内廷那种拘束的氛围，向徽宗请求把他安置到僻静的农舍，这样他才能发挥出自己的最佳水平。

赵佶非常理解每个人的绘画习惯有所不同，便同意了张择端的请求，命蔡京为他在开封郊外找了一处安静的农舍，把他安置了过去。自此，张择端便沉下心来，开始夜以继日地创作《清明上河图》。

谁能想到，这幅描摹开封城繁华盛景的旷世佳作，居然是在开封城外偏僻的农舍里创作完成的呢？当蔡京将这幅长达五米多的风俗画卷呈送到赵佶面前时，他内心充满了喜悦与欣慰。这就是他的皇城，这就是他的子民，这就是他的大宋，同时，这也是他的理想，是他的功绩，是他的成果。

是的，一幅《清明上河图》，不仅是张择端画笔下的大宋盛世，也是他赵佶的盛世。他要后世的人们永远记住创造了这个盛世的赵佶。于是，他将这幅传世名画收入了皇宫内府，用他独创的瘦金体书法，亲自在画上题写了"清明上河图"五个字，并加盖了双龙小印，以示珍重。

翰林图画院的另一位著名画师叫李唐，他原本在市井上以卖画为生，直到48岁时才抱着试试看的心态，参加了画院的科考。当时，赵佶出的试题是唐诗"竹锁桥边卖酒家"，李唐没有像其他画师那样去画酒楼酒馆，而是在小溪桥畔的竹林深处，画了一幅酒帘，简单的几笔勾勒，就轻松地突出了"锁"的深意。赵佶看后大为赞赏，并亲点李唐为第一名，让他进入翰林图画院做了一名专职画师，领取国家俸禄。

李唐的画风，为刘松年、马远、夏圭、萧照等画家师法，在南宋时期流传很广，对后世的影响巨大。他的存世作品有《万壑松风图》《清溪渔隐图》《长夏江寺》《采薇图》等，和皆以孤本闻名于世的王希孟、张择端相比，要幸运得多。

赵佶爱才，对拥有杰出艺术天赋的画师更是青睐有加。据南宋邓椿《画继》记载，为了安享晚年，宋徽宗在端王府的基础上修建龙德宫。龙德宫建成之后，他觉得建筑样式无可挑剔，只是宫墙都是一片雪白，有点单调，便命令宫廷画师在屏壁上作画。这些画师都是当时的顶尖画手，这个任务对他们来说自然是小菜一碟。壁画完工之后，宋徽宗前来检查验收。谁知道，宋徽宗看了画师的画之后大失所望，直到看见一个不起眼的角落的一斜枝月季，眼前才为之一亮。他问月季是谁画的，有画师回答，是一个年轻画师画的。宋徽宗当时非常高兴，重赏了这个年轻画师。其他画师不解，就问原因。宋徽宗回答："画月季花很少有人能画好，因为月季一年四季、一天内不同时间，花蕊、花叶都不相同。其他人画的月季都有问题，只有这个年轻人画的是春天中午的月季，而且丝毫不差，所以我才重赏了他。"如果宋徽宗没有对月季经过长期的观察，是无法做到慧眼识英才的。

　　无疑，赵佶是一位杰出的画家，同时还是一位深具慧眼的伯乐。如果没有他，北宋的绘画艺术就无法取得如此辉煌的成就。

一流的书法家

　　作为艺术家，赵佶始终都在追寻浪漫的生活，所以他的字画作品，同样离不开诗情画意的浸淫。他不仅画得好，书法也是一绝，他独创的瘦金体书法独步天下，至今无人超越。

　　赵佶的瘦金体书法，笔画瘦硬，挺拔秀丽，飘逸爽利，运转如刀，对笔触的控制力相当惊人，即便是完全不懂书法的人，看过后也会陡然生出一种美的享受。

宋代书法以韵趣见长，赵佶的瘦金体既体现出时代的审美趣味，"天骨遒美，逸趣霭然"，又具备强烈的个性色彩，"如屈铁断金"。这种书体，在前人的书法作品中从未出现过。

我们今天看到的赵佶的瘦金体书法，已然是一种非常成熟的书体，也就是说，他早就把它的艺术个性发挥到了淋漓尽致的地步。这种瘦挺爽利、侧锋如兰竹的书体，书写者需要具备极高的书法功力和涵养，创作时需要气定神闲的心境，别人自然也就模仿不来了。

赵佶的书法，初习黄庭坚，后又学褚遂良和薛稷、薛曜兄弟，杂糅各家所长且独出己意，对后世影响巨大，但却有个致命的缺憾，那就是他不懂得藏锋，而是反其道而行之，把汉字线条写得锋芒毕露，就像行走在悬崖峭壁的美人，既让人爱不释手，也让人望而生畏，想必这也是瘦金体未得传承的最大因素。

收藏在台北故宫博物院的《秾芳诗帖》，其中的十个字"秾芳依翠萼，焕烂一庭中"，每一个字都美到极致，可谓璀璨至极，但这种锋芒毕现的美，却是中国古典美学的禁忌，所以很少有人师从宋徽宗，将瘦金体发扬光大，而这也就注定了赵佶的瘦金体必然是一种孤独的绚美，美则美矣，却无法传承，也造就了它前无古人、后无来者的独特艺术魅力。

金章宗曾经仿效过他的瘦金书，题写在明昌内府中从宋廷抢劫而来的书画名迹上，如传为赵佶所摹的《虢国夫人游春图》等，但其笔势纤弱，形质俱差，根本没学到赵佶的精髓。

说到瘦金体书法，就不得不说一下赵佶的《千字文》。《千字文》是宋徽宗在崇宁三年（1104年）所作，其所用的纸张为宫廷专供，呈淡黄色，历经千年的岁月辗转仍保存完好。书法的落款为"崇宁甲申岁宣和殿书赐童贯"，由此可见，这套"千字文"是宋徽宗赐给北宋权宦童贯的。

这幅书法，赵佶把楷书中瘦劲的风格发挥到了极致，历来被书画名家视为珍品中的珍品。

瘦金体《千字文》在清代曾被乾隆皇帝收藏于内府，乾隆还郑重地将一方"乾隆御览之宝"印于上面。这里需要强调的是，因宋徽宗是亡国之君，其作品在乾隆皇帝的收藏中并不多见，所以此幅书法实属难得。

乾隆之后，"嘉庆御览之宝""宣统御览之宝""安仪周家珍藏"等印章陆续被加注其上，使其成为一幅流传有序的不朽佳作。

除了创造出极具个性魅力的瘦金体书法之外，宋徽宗在草书上取得的成就也是不容忽视的。草书《千字文》是赵佶传世的狂草作品，也是难得一见的徽宗草书长卷，其笔势奔放流畅，变幻莫测，一气呵成，颇为壮观，可以说是继张旭、怀素等人草书名作之后的又一传世杰作。

赵佶把在绘画、书法，甚至是诗词上取得的成就，通通当成了自己可以媲美唐宗宋祖的理由，他变得有点忘乎所以，却忘了，要成为像汉高祖、汉武帝那样的皇帝，是绝对离不开清醒的头脑和犀利的眼光的。

赵佶可以画出《瑞鹤图》《听琴图》，他可以创造出瘦金体，他可以继承怀素的狂草并使之发扬光大，他可以指点王希孟用青绿二色画出《千里江山图》，他可以发现并支持张择端画出旷世之作《清明上河图》，可他偏偏成不了汉高祖，也成不了汉武帝。

其实，赵佶一直都很自卑，尽管他早已在艺术领域取得无上的成就，但他内心深处一直知道，在皇帝这门大考中，他仍然没有交出像样的答卷，甚至都没有拿得出手的作品。他想要改变，想要突破，于是创造出了前无古人、后无来者的瘦金体书法。遗憾的是，政治并不是书法，可他偏偏悟不出这个道理，依旧一意孤行地走了下去，走着走着，就走进了死胡同。

在书法的创新上，他不懂得克制，一味地追求新奇，追求刺激，把自己内心澎湃的激情、欲望、执念，毫无保留地宣泄在了纸上，但政治却是不可以这么玩的，它不需要激情，不需要执念，不需要创新，不需要争奇斗妍，唯一需要的就是懂得克制，懂得藏锋。

为君者，需要刚柔并济，知己知彼，赵佶的个性过于鲜明，也过于刚毅，体现在书法上是锋芒毕露，体现在政治上就是刚愎自用，任性而为。自登基以来，他在政治上做出的每一次决策，几乎都与他的书法一样锋芒毕现，罢相、处理党争、建画院、修艮岳、改革税法、联金击辽，都彰显出他强烈的个人意图，而不是展现国家的集体意志。这样的皇位又如何能坐得安稳呢？

宣和二年（1120 年），为了收复幽燕之地，赵佶做出了一生中最错误的决定，那就是联合金国夹击辽国。他在自负和迷醉中看到了连宋太祖、宋太宗都不曾实现的宏图伟业，如果自己把这事办成了，那也算是一代雄主了。

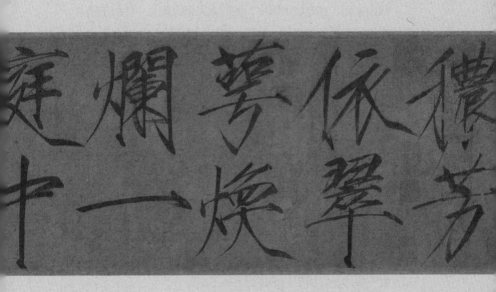

● 宋·赵佶《秋芳诗帖》（局部）

他太需要这份成功和认可了。他已经 38 岁，距离他登位大宝已经整整 20 年了，可他还没有做出什么拿得出手的功绩，所以联金击辽、收复幽燕，便成了他流芳千古的唯一希望。

江山如画，在赵佶的眼中，他的大宋帝国就是一件做工精湛的汝瓷，等着他来描绘、烧造、把玩。他想在这件艺术品上铭刻上自己的文治武功，伟大且不朽。然而，事与愿违，他的雄心最后只能以生灵涂炭的悲剧收场，老天爷甚至连弥补的机会都不愿意给他，就把他逼向了无法回头的绝境。

他已经透支了这片江山的福祉，所以，当狂风暴雨降临在开封上空的时候，除了寄希望于金人能够对他和他的家眷大发慈悲，他甚至都没能发出一声唏嘘与叹息。他终究还是从一国之君变成了任人欺辱的阶下囚，就像李煜一样，大敌当前，却毫无还手之力。唯一的区别就是，当年的李煜被他的先祖赵匡胤封成了违命侯，而他却被金太宗封作了昏德公。一个违命，一个昏德，他到底还是逊了李煜一筹，要是向太后九泉之下有知，会不会为自己当初的选择而后悔不迭呢？

天生的艺术家

除了喜好绘画、书法、蹴鞠，赵佶的爱好还有许多。据说，宫中的万千好物都没有被他放在眼里，而唯独让他珍念了一生的，便是汝瓷。

赵佶喜欢"雨过天晴云破处"那份内敛优雅的青，从此，汝瓷便有了独特的艺术魅力，而他也成了推动汝瓷发展的主导者。

相传，汝瓷的釉色源于宋徽宗的一场梦。这个挑剔的帝王不喜欢定窑的白瓷，他更向往的是梦中的天青色，所以醒来后，他立即诏令匠人，要求他们务必在瓷器中将这种色彩表现出来。

"雨过天晴云破处，这般颜色做将来。"这种颜色，匠人们闻所未闻，但又不敢怠慢，因为一旦烧造不出来，那可是要掉脑袋的。可这种色彩只存在于赵佶的梦中，他们从来都不曾接触过，也无从揣摩，所以只能勉为其难地接受了这项艰巨的任务，夜以继日地尝试。

赵佶对艺术的极致追求，使他褪去了艺术家原有的天真烂漫，转而成为一个刚愎自用的偏执狂。这也体现在他对烧造汝瓷的工匠的态度上。据说，在试验期间，工匠们每次把烧制出的瓷器呈给他过目，即便只有一丁点的瑕疵惹他不满，都会被当场砸碎，工匠们甚至会被治罪。

为了烧制出令宋徽宗沉醉的天青色，汝窑的工匠绞尽了脑汁。最后，他们以名贵的玛瑙入釉，在经历了无数次的失败之后，那梦中的天青色，竟然真就从他们的手中造了出来。

出窑的瓷器色泽青翠华滋，釉汁肥润莹亮，温润古朴，似玉而又非玉，美得璀璨，美得夺目，美得惊心，美得无处可藏。而面对汝瓷的"崩釉"，汝窑的匠师们更是表现出了高超的智慧与技艺，他们居然把釉表的缺陷，人为地转化成了自然装饰，且将之控制得恰到好处，使"梨皮蟹爪芝麻花"的开片纹饰成了汝瓷一绝。这一美，就是近千年。

这种瓷器的存世量极为稀少，据说只有 90 件左右，而且这种烧造技艺只出现于徽宗时期，"靖康之变"之后，这种技术也就跟着失传了，后世的工匠无论怎么努力，也无法复原出那般震颤人心的美，难怪世人皆说："纵有家财万贯，不如汝瓷一片。"

汝瓷从开创到登峰造极，不过短短 20 年的时间，而宋徽宗在位的时间也不过 25 年。也就是说，是赵佶推动汝瓷走上了瓷器的顶峰，但汝瓷也伴着北宋的衰败而彻底败落。

时至今日，当我们在博物馆里看到北宋的汝瓷器物时，看到它那份细腻柔和，似乎也就在素淡的天青色里，瞧见了宋徽宗梦中的那抹澄澈的天空。

有人说，历史是胜利者书写的，皆以"成王败寇"盖棺定论。在史书里，赵佶就是个不折不扣的昏君，他骄奢淫逸，信任奸佞，贪生怕死，可当你真正接触到汝瓷时，你又会觉得，他其实是个天真可爱到极点又让人心疼的人，和汝瓷一样，美到极致，却也脆弱到了极致。

这样的人适合从事艺术，不应该成为一个帝王。天生敏感而又细腻的他，拥有的是感性而不是理智，这份敏感用在艺术上，可以成就不世的天才，但用在政治上，就会祸国殃民，最后自己也惨死异乡。

当金国的铁骑兵临开封城下的时候，徽宗才终于明白了过来，大敌当前，明丽飘逸的《瑞鹤图》拯救不了他的大宋，一手漂亮的瘦金体书法更支撑不了风雨飘摇的王朝。

于是，束手无策的他，决定禅位于 26 岁的太子赵桓，把江山交到儿子手里，至于儿子能不能让它起死回生，那就不是他这个太上皇管得了的事了。

大厦将倾，无力回天。仅仅一年之后，宋钦宗靖康二年（1127年）的春天，正是"舞蝶迷香径，翩翩逐晚风"的季节，早就已经当上甩手掌柜的他，却再也无心欣赏瑰丽的春光了，因为他和三千余宗室宫人，都被攻破开封城的金兵用麻绳捆着押出了开封。

一切的一切，都结束了，所有的繁华与富丽，都化作了眼前的一缕青烟。皇宫里多得数也数不清的奇珍异宝正在被无情的火焰吞噬，他精心构筑的皇家园林艮岳也被毁于一旦。

那一瞬，他的眼里终于有了泪花。

靖康之耻，是扎在赵佶心上的一根利刺，如同他笔下瘦金体书法锐利的一撇，毫不留情地刺穿了一个帝王兼文人所有的孤傲和清高。

宋高宗绍兴五年（1135年），在被金人囚禁了多年之后，受尽了折磨与屈辱的宋徽宗，终于病死在了五国城。

在生命的最后一刻，他写下了《在北题壁》和《燕山亭·北行见杏花》，一诗一词，字字悲伤，字字惊心，却不知道他是不是真的后悔了。

在北题壁

彻夜西风撼破扉，
萧条孤馆一灯微。
家山回首三千里，
目断天南无雁飞。

燕山亭·北行见杏花

裁剪冰绡，打叠数重，冷淡燕脂匀注。

新样靓妆，艳溢香融，羞杀蕊珠宫女。

易得凋零，更多少、无情风雨。

愁苦。闲院落凄凉，几番春暮。

凭寄离恨重重，这双燕，何曾会人言语？

天遥地远，万水千山，知他故宫何处。

怎不思量，除梦里、有时曾去。

无据。和梦也、有时不做。

　　他后悔不该联金击辽，他后悔不该自欺欺人地想要收复幽云十六州，去完成太祖、太宗未竟的事业，他后悔不该当这个皇帝，不该听信奸佞的谗言，把自己置于死地，但他一点也不后悔成为一个感情细腻的艺术家。

　　作为艺术家，他把简约、素雅的气质，完美地融入了书法、绘画、诗词、工艺、园林之中，引领了中国千年来的审美时尚，他厥功至伟，又何错之有？

　　他这一生，都在追求一种极致的美，所以他创造出了瘦金体书法，所以他大胆地鼓励王希孟用青绿二色画出了震撼天下的《千里江山图》，所以他把这世间所有的美都毫无保留地捧出来呈现在了世人面前，而这究竟又伤害到了谁的利益呢？

　　作为皇帝，他可能不太称职，因为他的骄奢淫逸，在执政后期，甚至引发了宋江和方腊的起义，但他也确确实实为老百姓做了很多好事。比如他在寺庙里设置了安济坊，为贫病无力的求医者提供治疗和容身之所，还为每个病人建立病历，以记录病情和治疗情况；比如他一手创办了翰林图画院，并组织编撰了《宣和书谱》《宣和画谱》《宣和博古图》等珍贵的典籍。

可以说，由他直接推动的有关社会福利、人文关怀、教育理念等方面的改革，可以称得上是现代社会发展的先驱，你又有什么理由把他一棍子打死，说他是个一无是处的皇帝呢？

老实说，宋徽宗虽然治国无方，但绝对不是一个完全找不到闪光点的皇帝。如果时间停止在宣和四年（1122 年），他没有派出童贯率兵北上，配合金国攻打辽南京，那么金国也就不会坐大，更不可能会打起大宋的主意，他说不定就会成为人人赞颂的太平天子。

遗憾的是，历史无法假设，由于他的刚愎自用和好大喜功，仅仅过了几年时间，世界就在烽火狼烟中斗转星移了，而他的大宋，他的江山，他的艮岳，他的汝瓷，他的书画，他的美人，转眼就沧海变桑田，破碎成一地狼藉，不可收拾。

● 宋·佚名《十八学士图》（局部）

图书在版编目（CIP）数据

曾有人这样生活 / 吴俣阳著 . -- 北京：台海出版社，2023.7
ISBN 978-7-5168-3536-4

Ⅰ.①曾… Ⅱ.①吴… Ⅲ.①散文集－中国－当代 Ⅳ.① I267

中国国家版本馆CIP数据核字（2023）第 061191 号

曾有人这样生活

著　　　者：吴俣阳	
出 版 人：蔡 旭	责任编辑：俞滟荣

出版发行：台海出版社
地　　址：北京市东城区景山东街20号　　邮政编码：100009
电　　话：010-64041652（发行，邮购）
传　　真：010-84045799（总编室）
网　　址：www.taimeng.org.cn/thcbs/default.htm
E－mail：thcbs@126.com

经　　销：全国各地新华书店
印　　刷：天津明都商贸有限公司
本书如有破损、缺页、装订错误，请与本社联系调换

开　　本：880毫米×1230毫米	1/32
字　　数：204千字	印　　张：9.5
版　　次：2023年7月第1版	印　　次：2023年7月第1次印刷
书　　号：ISBN 978-7-5168-3536-4	

定　　价：59.80元